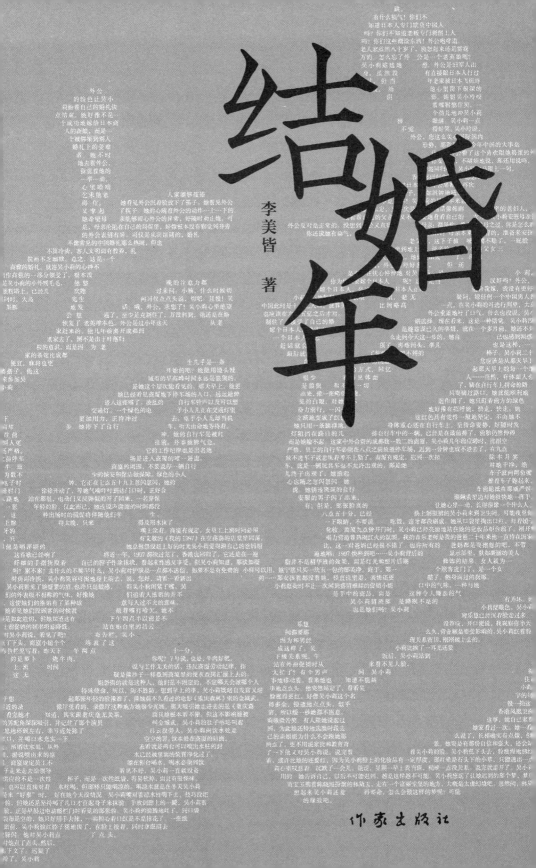

1

外公的脸色让吴小莉盼着自己的婚礼快点结束。她好像不是一个成功地嫁给日本商人的新娘，而是一个被绑架到别人婚礼上的受难者。她不时地去看外公，留意着他的一举一动，心里暗暗乞求他老人家能够按捺得住。她看见外公沉着脸放下了筷子。她看见外公又拿起了筷子。她的心随着外公的动作一上一下的。她希望母亲能够留心外公的异常，好随时劝止他，可是，母亲沦陷在自己的局促里，好像根本没有察觉到身旁的外公表情有异。

司仪是从宾馆请的，婚礼不像常见的中国婚礼那么热闹，但也不算冷清，客人文明而有教养，礼貌而不乏幽默，总之，这是一个高雅的婚礼。就连吴小莉的心神不宁，也被当作高雅的一部分领受了，根本没有人在意。

最活蹦乱跳的是吴小莉的小外甥毛毛，他整晚的注意力都在那个圣诞树一样的巨型蛋糕塔上，已经几次跑过来问：小姨，什么时候切蛋糕？当毛毛第五次跑来问时，大岛先生向司仪点点头说，切吧。

且慢！吴小莉的外公突然站起来，果断地发话。

哦，外公，求您了！吴小莉心里绝望地呼叫着。她原以为外公想通了，至少是克制住了，万没料到，他还是在婚礼上恢复了老英雄本色。

外公是过小年这天从老家赶来的。他几年前离开成都回老家去了，倒不是出于叶落归根的意识，而是因为老家的茶馆比成都便宜，麻将也更好凑搭子。他这次是专门来参加吴小莉婚礼的。

小莉找了个什么对象？外公到家坐下就问。

一个日本老板。吴小莉的母亲代她回答。

一个日本人？还是老板？外公反问。

是啊，小莉有福气。母亲不无自豪地说。

可是，外公突然拍案而起，把全家人都吓了一跳。有什么福气！你们不知道日本人专门欺负中国人吗？你们不知道老板专门剥削工人吗？你们这些糊涂东西！外公咆哮道。老人家虽然八十岁了，震怒起来还是雷霆万钧。

怎么忘了外公是一个老英雄呢？吴小莉尴尬地想。外公是旧军人出身，虽然没有直接跟日本人打过仗，但当年老家被日本飞机炸毁，给他心里留下很深的阴影。姐姐吴小玲咬着嘴唇憋住笑，一个劲儿地冲吴小莉挤眼睛。吴小莉一点不觉得好笑。

吴小玲说，外公，您这么关心国际国内形势，那我问您，今年中国的大事是什么？外公瞥了这个喜欢跟他捣蛋的外孙女一眼，不耐烦地说，那还用说吗，香港回归呀。吴小玲立马跟上一句，香港都回归中国了，您怎么还对日本……

外公果断地再次一拍桌子，声如洪钟地吼道，日本是日本！

吴小莉的母亲本来就惊魂未定，又再次受惊，表情活像韩剧里的老妇人，惊恐地看看自己的父亲，又不安地看看自己的女儿。

吴小莉安慰母亲说，没事，外公反对是正常的。

没想到外公又直指母亲：都是你，养女不教母之过，你是怎么教导孩子的？你还说她有福气，亏你说得出口！母亲本来是蹲着的，准备来安抚自己的老父亲，这下子被唬得蹲不稳了，一屁股坐到地上去。

母亲给吴小莉父女三人使眼色，他们便出去了。再回来时，外公已经好多了，但还是忍不住忧心忡忡地对吴小莉说，小莉，你为什么要嫁个日本人呢？这不是当汉奸吗？

外公，不是我要嫁个日本人，是这个日本人正好适合我嫁，我没有更好的选择。吴小莉耐心地解释。

在外公眼里，毫无疑问，嫁任何一个中国男人都比日本人强，中国此时是十三亿人口，就算男性比例略高一点，在吴小莉的可选行列里，大岛先生的排名至少也应该在六点五亿之后才对。

外公重重地吁了口气，什么也没说，吴小莉以为他终于克制住了，接受了自己的婚姻选择。现在看来，这是一种错觉。

2

吴小莉没有对外公撒谎，嫁个日本人，确实不是她蓄谋已久的事情，就在一个多月前，她还不知道自己要嫁给一个日本人。怎么走到今天这一步的，她自己也感到困惑。人有时候话赶话就会说顶了，再难回头，事儿也是这样，一环扣一环，最后就成了你绝对意想不到的样子。吴小莉二十二年的人生几乎是一条直线，追溯起来，分岔应该是从那天早上的迟到开始的吧？

她能用镜头慢放的方式，回忆起那天早上的每一个细节。

城市的早高峰时间永远是狼狈的，很少看得见体面人——当然，有体面人也不是她这个层次能看见的。那天早上，她更是狼狈和不顾一切了，骑在自行车上拼命抢路。她已经看见商厦地下停车场的入口，远远地伸出来，像一张鳄鱼的嘴。只要骑过路口，她就能顺利地进入这张嘴了。凌乱的自行车铃声以及可以想见的白眼，对她都不起作用了，她只盯着前方的绿色交通灯。一个绿色的电子小人儿正在交通灯里奋力前行，一闪一闪地好像在招呼她，快走，快走。

她脚下更加用力，正待冲过去，电子小人儿却当机立断地变成了红色。这红色具有党性一般地坚定，不由她不望而却步。她停下了自行车，听天由命地等待着。她只用一条腿撑地，身体重心还在自行车上，呈待命姿势，好随时发力往前冲。她的自行车是被红灯阻挡在路口的几排自行车中的一辆，已经是在最前排了，前胎仍然伸得比别人更往前。并非她脾气急，而是她输不起。

这家中外合资的成都数一数二的商厦，吴小莉几年前应聘时，比招空姐还严格。它的工作纪律也是出名地严格，员工的自行车必须在八点之前放进停车场，迟到一分钟也放不进去了，在九点钟之前停车场是进入商厦的唯一通道，放不进车子就意味着考不上勤了。商厦有规定，迟到一次扣除本月奖金一半。而商厦的周围，不要说停一辆自行车，就是一辆玩具车也不允许出现的，那是绝对地干净，绝对的无杂物，一直有为数不少的保安和保洁做保障。

绿色的小人儿终于出现了，她推起车子就向鳄鱼嘴冲锋，边冲边盯着像颗痣一样长在鳄鱼嘴角的电子时钟，它正在七点五十九上忽闪忽闪，她的心也随之忽闪忽闪。她推着车子跑起来，衣摆像翅膀似的飞。但还是晚了。她眼瞅着电动栅栏门徐徐开动了，等她气喘吁吁到达门口时，正好合拢。她锈迹斑斑的自行车前轮抵在那威严锃亮的不锈钢上，看起来不胜颓唐沮丧。

她正穷途末路地站在那里，电动门又反弹似的开了回来，一名穿保安服的男子闪了出来，眼瞅着里边对她极快地一挥手。她飞了进去，顾不得狼狈，边快走边回头，看见了一张年轻的脸。仅此而已，她连说声谢谢的时间都没有。但是，那张脸真的让她心里一动，长得很像一个什么人。

他们的开始就是这样的。婚礼上的吴小莉尚且不知，这种出场时的慌促将伴随他们半生。

八点五十分，已经换上制服裙的吴小莉来到卫生间。可能夜里做梦的缘故，她早上醒得太晚，只来得及用水抹了一下眼睛，不要说吃饭，连牙都没刷成。她从口袋里掏出口红，对着镜子往没有刷过牙的嘴上涂着。商厦有规定，女员工上班时间必须化妆。

商厦九点钟开门时，吴小莉已经亮丽地站在她的化妆品柜台前了。刚开门没什么人，只有艾敬的《我的1997》在空荡荡的店堂里回荡，竭力营造着热闹红火的氛围。

我的音乐老师是我的爸爸
二十年来他一直待在国家工厂
妈妈以前是唱评剧的
她总抱怨没赶上好的时光

吴小莉觉得跟自己的爸妈相比，这一对爸妈已经很不错了。也许所有的爸妈都是要抱怨的吧，不管过成什么样。这首歌已经响了将近一年，1997都快过完了，香港也回归了，它还是在一遍遍地唱：1997快些到吧……

吴小莉背后的显示屏里，肤如凝脂的美人儿不停地用纤细的手指抚摸着自己的脖子作涂抹状，看起来性感又享受。但吴小莉知道，那肤如凝脂并不是精华液的效果，而是灯光和照片后期修饰的结果。女人就为一张皮活着吗？累不累？卖什么的不稀罕什么，吴小莉对护肤品一点都不迷信，如果不是有免费的小样可以用，她宁愿只买一块五一包的郁美净。

终于，第一个顾客进门了，是一个女孩，时尚而冷淡，吴小莉笑容可掬地迎上前去，说，您好，请看一看新出的……

那女孩看都没看她，径直往里走，表情还更酷了。侧身而过的刹那，吴小莉看见了她蹙紧的眉。也许只是敏感，但吴小莉闭紧了嘴。吴小莉逛街时不止一次闻到盛情难却的促销小姐口中的气味，一种与她们的外表极不相称的气味，好像她们追着人推销的并不是手中的商品，而是这种令人嫌恶的气味，这使她们的推销有了某种故意与人过不去的意味。吴小莉猜测那是睡眠不足的缘故，她看见她们没顾客的时候就捂着嘴打哈欠。她不也是她们吗？

吴小莉刷牙的愿望是如此迫切，但她知道这在下午四点半以前是不可能的。吴小莉上前促销的频率明显降低。

站在柜台里的吕云眼睛望着别处，嘴巴对吴小莉说，看见了吧？布告栏。

吴小莉也看着别处不动声色地点了下头。商厦小姐个个练就了这种眼口不一的说话本领。

早上她匆匆看到布告栏里写着：昨天下午两点十一分，男装部3号对7号说，我今天中午吃的是萝卜烧牛肉，你呢？7号说，也是，牛肉好肥，腻味死了，晚上我要吃毛血旺。上班时间说与工作无关的话，违反商厦劳动纪律，扣除两人本月奖金一半。

这无疑是像沙子一样撒到商厦里的便衣查岗汇报上去的。最让商厦小姐恐惧的就是这种人，他们是不固定的，不定哪天会派哪个人来担当这一特殊使命，所以，防不胜防。

想到早上的事，吴小莉既暗自发窘又暗自庆幸。她终于想起那张年轻的脸像谁了，像她前不久看过的电影《重庆森林》里的金城武。她是在自己家附近的录像厅里看的，录像厅这种地方她很少光顾，那天吸引她走进去的是《重庆森林》这个片名。看完她才知道，其实跟重庆毫无关系，而且她根本看不懂。但这不影响她被那个失魂落魄的男配角深深吸引，并记住了那个演员叫金城武。

吴小莉的肚子咕咕叫起来，她不好意思地环顾左右，幸亏近处除了吕云没旁人。吴小莉向饮水处走去，她想漱漱口，并喝口水充实一下空空的胃。

饮水处在商厦的后面，和卫生间相连。所谓饮水处，从外表看就是两台可以喷出水柱的封闭型不锈钢桶，据说喷出来的凉水已经被里面的装置净化过了，可以直接饮用。商厦规定员工不能在柜台喝水，喝水必须到饮水处。拿着杯子走来走去给领导看见不好，吴小莉一直就没备杯子。饮水处供应的不是一次性杯子，而是一次性纸袋，容易软掉，而且有股怪味。若是不用纸袋，也可以直接对着水柱喝，但那样只能喝凉的。喝凉水就是在冬天吴小莉也不怕，怕的是来"好事"时，好在她今天没情况。

吴小莉嘴对着凉水柱喝下去，技巧没把握好，水喷了一脸，但她还是坚持喝了几口才直起身子来抹脸。手放到腮上的一瞬，吴小莉看见了一张年轻的脸，正是早晨过电动栅栏门时看见的那张脸。吴小莉的脸腾地红了，到口袋里去掏纸巾，口袋却是空的，她只好用手去抹，一面担心着口红是不是抹花了。

一张纸巾呈现在吴小莉面前，吴小莉脸红脖子粗地接了，在脸上按着，同时拿眼睛去看他一眼又赶快躲闪。他对吴小莉点了点头，吴小莉也慌乱地对他点了点头。然后，两个人就拿不出下文了。迟疑了几秒钟，他走掉了。吴小莉快步到卫生间去对着镜子照了照，还好，妆没有弄坏。她略略放心了。

回到柜台前，吕云对吴小莉使眼色，吴小莉还没领会是什么意思，就见化妆品部副经理乐慧已经沉着脸走过来。吴小莉身子不由自主地挺了挺，叫道，经理。

乐慧没答应，开口便说，我观察你半天了，上午客人本来就少，促销再不积极，上卫生间都要那么久，营业额是要受影响的。

吴小莉红着脸无言以对。乐慧早她一年进商厦，年龄跟她一般大，因为和男经理关系密切，刚刚提上去的。几天前她们还是挤眉弄眼的小姐妹儿，现在却变成这样。吴小莉比挨了一耳光还要难受，但是，难受也得受，谁让她们现在是上下级关系呢。

午饭后，吴小莉站到柜台里面，感觉自己现在能看见人脸了。吴小莉站在外面促销时从来看不见人脸，奇怪地视而不见，好像有道门关了一样。

现在不太忙了？有个男声问。

吴小莉循声看去，一张年轻的脸，正在一两米外若无其事地移动着。看来他也知道不能站住说话的秘诀。

吴小莉把视线挪开，同样若无其事地点点头。

他突然站定了，看看吴小莉的工牌，小声而忐忑地问，你叫吴小莉？同时脸涨得更红，好像吴小莉这个名字的每一个字都在烫着他。

吴小莉一点没觉得他问得多余，惶遽地点点头，似乎慢一拍这几个字就会掉在地上一样。其实是生怕他发窘，所以缓一秒她都不愿意。

香港凤凰卫视有个主持人也叫吴小莉。他又说。

吴小莉微微苦笑。有人跟她说起过这事，她自己家看不到凤凰卫视，姐姐吴小玲家能看到，为此她还特地选准时段去她家看过一次。她一看那个跟她同名的吴小莉，就知道自己的亲姐姐为什么不会跟她那么说了，长相确实有点像，但气质风度内在，那就差得不是一点两点了，更不用说家世和教育背景。她要是有那份自信和强大，还会站在这里吗？

不过你比她还漂亮。转悠了一下他又对吴小莉说。说完看着吴小莉的脸。

吴小莉低下头去，脸慢慢地洇红了，抬起眼来瞥他，发现他的脸也红着，或许比她的还要红，因为吴小莉脸上的化妆品有一定厚度，那红晕是石头下的小草，只能透出一点点。

光脸漂亮有什么用呢？吴小莉心里叹息着。

沉默了一会儿，他说，星期一早上我当班，稍晚一点没关系。说完就走开了。

吴小莉脸更红了。这种方便她是不会利用的。她告诉自己，以后不可能迟到，越是这样越不可能。

吴小莉想起了让她迟到的那个梦，梦里她清晰地看到欧阳奋强扮演的贾宝玉携着陈晓旭扮演的林黛玉，走在一个富丽堂皇的地方，大概是太虚幻境吧。忽然间，林黛玉变成了她，但那种缠绵没变。想起来吴小莉还差得要命，怎么会做这样的梦呢？可能昨晚看了几页《红楼梦》的缘故吧。

吴小莉几乎不喜欢任何有字的东西，就连一般女孩子爱不释手的时尚杂志，她也只看图不看文，她对文字从来视而不见，眼睛浮在表面，就像油浮在水上，溶不进去，经常是眼睛看了半天，心里却什么影儿没有，回头来过，还是那样，一段文字反反复复消化不了，最后只好放弃。这可能是上学时成绩不佳留下的后遗症吧？但就是这个有恐字症的吴小莉，却唯独喜欢《红楼梦》，百读不厌，里面的细枝末节她都说得出来。她是住在外公家时喜欢上的。外公家跟所有普通人家一样，没有书架，但是，外公家的桌子上却摆着一套《红楼梦》。没得选择，她就看《红楼梦》了，一看就上了瘾。《红楼梦》虽然是古典名著，但生僻字很少，一点都不难读。

吕云吃完饭回来，吴小莉又站到柜台外开始促销。三点多，乐慧来了，通知晚上盘点。乐慧走后，吴小莉和吕云同时无精打采地叹了口气。

四点钟，沈蔚来到，吴小莉下班，走时顺手抓了两支正在促销的乳液试用装。

这一切，只不过才过去了一个多月，可是回想起来，那个叫吴小莉的化妆品促销小姐似乎已经离她很远了。

那原本是吴小莉平凡的一天，虽然早上迟到了一点，但那种状况在她的生活中也是平凡，她无暇去想这会是她命运的另一开端。

3

改变吴小莉命运的，还有一个叫刘玉珍的女人。市井小巷里，反正有的是吴小莉这样的女孩和刘玉珍这样的女人。

那天四点半，吴小莉回到了自己在光华村的家。光华村是因抗战时期上海光华大学迁到这里而得名的，现在又有赫赫有名的西南财经大学，但这些文脉跟吴小莉家毫无关系，跟她家关系最大的是菜市场和百货店。

打开蓝色油漆脱落了大半的铁防盗门时，吴小莉听见里面有陌生女人说话的声音，再打开胶合板木门，她发现一个大概跟母亲同龄但比母亲光鲜的女人正坐在沙发上。母亲说，小莉回来了，这是刘阿姨，以前跟妈妈一起上班的，还记得吧？吴小莉反应过来了，是刘玉珍。她已经好几年没见过这个女人了，只记得她以前永远像刚做过头发的样子。不同的是，从前的短发现在变成了盘发，所以她一下子没认出来；相同的是，头发还是像刚做过的样子，蓬得很高。

如果吴小莉懂得古典音乐，回想到此时刘玉珍的出现，耳边或许就会响起命运敲门声之类的交响曲了，可她没有那么高深的文化素养，什么也听不到。她疲惫地深埋在自己的命运里，只想着快点回屋躺一会儿。

吴小莉问了好，刘玉珍眉开眼笑地说，看看小莉，出脱得好乖哦，比小时候又漂亮几个花儿了，幸亏我先来看看，要不随便摸一个，还不屈了她。

吴小莉心中有数了。刘玉珍现在是远近有名的红娘，吴小莉的母亲说过，她一个人就是一家婚姻介绍所。

吴小莉放下包钻进厨房去刷牙。家里的卫生间太小了，只能当厕所使用，刷牙洗脸都要在厨房进行。她听见母亲在外面说，我家老大顶了老吴的班，工作不咋地，多亏嫁得好，老公在银行上班。

刘玉珍说，女娃儿，嫁得好就够了。

也只有这样想了，谁让她们上学不行呢。母亲说。

牙刷在吴小莉嘴里停住不动了。恐怕不全是这么回事吧？吴小莉心里反驳着母亲。父母是搞石化工程的，属于流动性质，各地转移，多数时间不在成都，不得不把吴小玲和她寄托在外公家上学。两地分居的二姨把表弟也寄托在那里。外公是个旧军人，一动就说自己十岁伢子就当兵打仗了，所以他坚决主张吃苦磨砺孩子。当然，外公一个老汉带三个孩子，也不容易。外公只管买菜，做饭和打扫卫生由三个孩子轮流值日，一人一天。吴小玲十六岁时，吴小莉十三岁，表弟十二岁。十二岁的男孩居然会做饭，简直令人难以置信，可这是真的。既然连比她小一岁的表弟都在做饭，她还有不做的道理吗？仍然记得有一个晚上，都八点钟了，吴小莉还没洗完碗，想想老师布置的作业还待在书包里，她就索性不想拿出来了。第二天，老师点了吴小莉的名。从此，她就害怕上学了。初中勉强毕业，吴小莉的学习生涯就彻底结束了，也算完成了义务教育。一年后，她虚报年龄凭借长相被招进了这家商厦。

吴小莉发了一会儿怔，嘴里的牙刷又惆怅地动起来。母亲还在说，小莉工作倒蛮好的，在春熙路那家高档商厦。

刘玉珍说，蛮好蛮好。母亲说，是啊，所以我说嘛，更不能让她找个条件不好的了。

小莉跟我家老二同岁，应该二十二了吧？刘玉珍问。

是，二十二了，今天是她的生日。母亲答。

吴小莉一愣，她都没意识到今天是自己生日。

该找了。就听刘玉珍在外面说。

是啊，该找了，我找人算过了，二十二岁是她的结婚年。母亲说。

这是哪里的事儿啊？吴小莉不知道母亲是信口一说，还是真的那么做过。二十二岁结婚？疯了吗？再说，这一年都快过完了，平地起雷上哪儿结婚去！这不荒唐吗？

以前没谈过？刘玉珍问。

追她的她都不喜欢，有人给介绍过两个，一个干税务的，一个干法院的，我觉得都不错，她偏说找不到感觉，处了几天就算了。母亲说。

我给她介绍介绍看，不知道你们两母女怎么想的，是图人呢？还是图家庭图工作？刘玉珍说。这是切入正题了。

吴小莉听不下去了，从厨房里走出来，故意不看刘玉珍，径直对母亲说，妈，我们晚上盘点。

母亲说，好，我一会儿就做饭。

刘玉珍站起来说，我回去吧。

母亲说，别回去了，就在这吃吧，今天是小莉生日，我买了不少菜。

不了，我家老二晚上也要回来吃饭，我改天再来找你吧。刘玉珍说着就要往外走。

母亲让刘玉珍等一等，闪身进屋去了，很快拿了几支乳液试用装出来，往刘玉珍手里塞，边塞边说，小莉拿回来的，不花钱，都是外国货。

是的哟。刘玉珍在行地说。别看这么一点点，买的话要不少钱呢，在大商厦工作就是好。

可不嘛。母亲说，语气里又有自豪又有讨好。

吴小莉听着心里硌得慌，但又实在说不出什么来。其实那只是国产名牌的试用装。

那时候她万万不会想到，二十二岁结婚的疯狂荒唐事儿，她真的就平地起雷地做了起来。

4

那天晚上八点，吴小莉又回到商厦。商厦打烊前，她就和吕云开始盘点了，留沈蔚一个人继续站柜台。商厦是全年运转的，不可能停下来盘点，只能每月一次加班。这每月一次的盘点啊，简直比来"好事"还灾难。

因为一张退货的小票收银台忘了收回，问题又迟迟找不出来，三个人又急又累，都哭了。那天她们柜台是结束盘点最晚的，都快深夜一点了才离开。

假如有一天不在这里上班了，我就再也不进来，再也不用自己卖过的化妆品。走时吴小莉突然说。

回到家，吴小莉没有洗漱就睡觉了。

好像刚刚睡着似的，晨练回来的父亲喊开了，小莉起床，六点四十啦。吴小莉巴不得恳求父亲，再让我睡一会儿吧，哪怕睡完就死也值了。但想想这并不是父亲的事，她又心如死灰地坐了起来。

八点半开完小组会，吴小莉和沈蔚在柜台碰了面，相视而笑，说这下也好，自来有眼晕了，省得再画。

雪上加霜的是，这天早上她们柜台的卫生检查又被扣了分，不用说，一半奖金没了。

几天以后，吴小莉的情绪才渐渐缓过来。吕云和沈蔚则在那几天留意到了一张年轻的脸。她们其实是通过吴小莉的表情反观出来的，每当他看似偶然地从柜台前经过，吴小莉的表情多少都有点不自然。

又是一个中午，吕云吃饭去了，吴小莉刚刚吃完回来，大概一点半，他又来了，踟蹰着走近她的柜台，像上次一样。吴小莉看着他踟蹰的样子，竟有点心疼，恨不得马上让他知道：我并没有这个化妆品柜台这么高贵，放心走近就是了。

我给你预备了一个杯子。他说，眼睛依然看着别处。

不用。吴小莉说，迅速地瞥了他一眼，两颊殷红欲滴。这居然是吴小莉第一次对他开口说话。

就在饮水处附近一个地方放着，什么时候我指给你看。他又说。

谢谢。吴小莉说，努力使自己显得淡淡的。

你在这里几年了？他问。

五年了，吴小莉回答。又问，你呢？

刚来没多久，我原来在其他地方干。

你在这里，觉得怎么样？他又问。

吴小莉摇摇头。

我也觉得不是久待的地方。他说。

吴小莉点点头，从侧面看着他红红的嘴唇，以及嘴唇上方毛茸茸的小胡子，脸又泅红了。

这时吕云回来了，眨巴着眼睛对他笑，他便红着脸走了。

挺像金城武的哈。吕云说。吴小莉装作听不懂。吕云撇撇嘴说，你就给老子装吧。

整个下午，吴小莉的眼睛有意无意地扫来扫去。吕云说，找谁呢？吴小莉说，别瞎讲。脸却红了。吕云说，刚才我去卫生间的时候，看见你那个小金啦。吴小莉下意识地往卫生间方向望去。吕云说，看吧，我说你装吧？吴小莉窘急得简直想说，求你了！吕云说，好了好了，不为难你啦。

吴小莉心里默念：小金……脸上的红晕迟迟不肯退去。其实她只需要看看他的工牌，就可以知道他的名字。但她一直固执地没看。

第二天早晨上班的时候，吴小莉心情明媚如朝阳，经过门卫室时，她不知自己是要加快还是放慢脚步，但是，没看见那个身影。进了商厦，她随便瞥了一眼布告栏，却看见了自己的工号赫然在列。布告栏里这样写着：昨天下午一点半左右，化妆品柜台4号在上班时间说与工作无关的话，违反劳动纪律，扣除本月奖金一半。

化妆品柜台4号，就是吴小莉。

怎么回事？咱们那个时候说话了吗？等等，怎么只有你一个人被记了？到了柜台，吕云急急地问。吴小莉笑笑，什么也没说。她可以确定，自己那个时候只跟他说了那几句话，跟其他人几乎没说几个字。

工牌突然变成了烙在吴小莉胸前的一个红字，让她无以言表地敏感。更让她受不了的是别人的分外客气，实在比冷漠更不好消受。柜台的电子屏里正在播放着：不暗沉，不闷妆，打造透亮妆感……呈现水光粉嫩肌……伴随着一个女人脸上柔美的手部动作和魅惑的眼神。

吴小莉知道商厦不定期会有钓鱼检查的，但没想到会以这种方式轮到自己头上，更没想到会是他。吴小莉心理上还留了一个出口：我就等着看你怎么见我吧！她在心里说。

男孩一直没有出现。无处纾解的愤懑使吴小莉心里愈发斩钉截铁。

几天后，吴小莉突然悟到，他怎么会害怕见我呢？既然他能那么做。

到这时候吴小莉的心才彻底沉下去了，越沉越低。那几天在柜台，吕云和沈蔚都不敢跟她说话。她也几乎一言不发。

那一天吴小莉回家便一声不吭地上了床，其实那几天她都是如此，家人不知注意到了没有。过了一会儿，母亲从外面回来了，径直推门进来，坐在她床边。吴小莉家人都没有敲门的习惯，但那天她特别希望母亲能敲敲门，给她一个拒绝的机会。母亲却不由分说地扳过吴小莉的肩膀说道，小莉，你猜我今天干什么去了？

吴小莉懒懒地睁开眼，发现母亲满面春风，吴小莉印象中母亲自内退（实为下岗）以后就没有这样笑过，今天的好心情为什么无法阻挡了？吴小莉不想扫母亲的兴，可她实在提不起精神，一声不吭地重新面壁去。但这依然没有影响母亲的好心情，她说，小莉，跟你说哈，我今天到刘阿姨家去了，她物色到一个日本老板，年纪是大了一点，四十八岁，可是，只要看中了，人家保证明媒正娶的。

"物色"这个词，狠狠刺痛了吴小莉。她霍地掉过脸来，硬邦邦地说，您以为这是卖猪吗？明媒正娶又是什么优待吗？

哎，你这怎么说话呢？母亲委屈地说。母亲脸上的春风没有了，失神的目光锁定在黯淡的窗帘上。吴小莉本来还想说，您和我爸才多大年纪？都没有四十八呢！确实，吴小莉父母一个四十七岁，一个四十六岁。

吴小莉还没有完全发作，看着母亲的样子就有点不忍了，她只希望母亲快点出去，好让她得到解脱。她爬起来推着母亲的肩膀说，妈，求求您，让我安静一会儿吧。

吴小莉的爸爸显然听到了她们的口角，也在门口说，她想安静，你就让她安静一会儿嘛。

母亲怀着不可理喻的气愤走出去了，边走边委屈兮兮地回头看吴小莉。母亲一出去，吴小莉的眼窝就开始发热，眼泪终于犹犹豫豫地流了出来。这是父母的房子，她有什么资格让母亲出去呢？她觉得自己一无所有还毛病挺多，心里酸酸的，更想哭。

第二天早上，自然还是上班，吴小莉所有的"第二天"几乎都是要上班的。推着自行车走过"鳄鱼嘴"时，她突然意识到，今天是星期一。刚刚意识到，她便看见了一张年轻的脸。他显然已经看见她了，正慌着回避。吴小莉本想狠狠地盯住他的，他的慌乱却使她突然不忍了，无声无息地收回了目光。

站在柜台前，吴小莉想，他怎么没想到我可以去反咬呢？假如我要求逮我的人交代我说什么了，跟谁说的，他不是把自己拽进去了吗？

站了很久，吴小莉才想明白，他是料定她不会反咬，才这么做的。

这么一想，吴小莉心里便得到了某种安慰，渐渐踏实起来。他这么做一定有不得已的理由，或许他跟她谈话的本意不在于此，可是他逮不到别人，没法交差，便一念之差把她顶上去了。像他这么爱脸红的男孩，大概也只有找她下手吧？吴小莉突然感觉不恨他了，进而竟有点替他担心似的：假如撞到别的女孩枪口上，他怎么有的跑？

可是，她对于他又怎么了呢？有什么特殊吗？吴小莉又恨起来。一面恨一面又掏心掏肺地想，他们俩，究竟有什么呢？究竟有什么使她认为他不能那样对她呢？想来想去，实在抓不住什么切实的"证据"，如果一定要说有什么，他们之间所有的，也不过是彼此的脸红而已。可是，脸红算什么呢？吴小莉又茫然了。说起来，脸红确实不算什么抓得住握得牢的东西，可是，他们为什么不对别人脸红，而偏偏对彼此那么容易脸红呢？难道它不应该说明点什么吗？

午饭时分，他远远地出现过，吴小莉知道他是为她而来，准备给他一个原谅的眼神。但他却没有走近，露了露脸就闪身离去了，仓促得像逃。从吴小莉视野消失的瞬间，他又躲躲闪闪地回过头来看她，一接触她的目光，神色便骤然间仓皇了。吴小莉愈发觉得他可怜，真想追上去拽住他的衣袖告诉他，我不恨你。吴小莉替他难过起来，心想，就算我不责备他，他心里一定也够受的了。他仓皇的神色既给了她安慰，又让她感觉到某种心疼，她无论如何恨不起他来了。

后来吴小莉又在饮水处遇见过他一次，两个人都有点不好意思，一低头闪过去了。过去之后，又回过头来相互寻找，找到了，眼神又急忙闪避，脚底下走得更快了。

就在这次遇见的第二天，吕云去洗手间回来，突然对吴小莉说，哎，出卖你的那个小金，正在人事部辞职呢。

为什么？吴小莉问。

你管他为什么，活该，报应。吕云说。

别这么说。吴小莉说。

怎么？你还护着他呀！还没给他害苦吗？吕云大大咧咧不以为然地说。

人走都走了，还何必呢？吴小莉说。她这才发现，她连他的姓名都不知道。现在她更不想知道了，她只在心里默认并封存"小金"这个称呼就行了。

其实我并不恨你，你这又何苦呢？吴小莉再次在心里叹息。

当天晚上，吴小莉对母亲说，那天说的事，给刘阿姨一个回音，让她约个时间见面吧。

那些像油菜籽一样长大的女孩儿，如果有俊秀的外貌和内心，自然有一天会有一个男孩儿来使她们脸红，来把她们捧在手心里，使她们体会到被珍重的感觉，使她们更有女人味儿，野百合的春天就此来临了。吴小莉看起来应该是这样的女孩儿。她自己也曾经以为是，如果没有后面的意外。

但意外的事情就可能导向意外的人生。如果没有一个有钱的老男人等在那里，或许撑一段时间，她就会再次回到自己的轨道里。可是，这个老男人已经准备好了，又恰好出现了。

5

吴小莉是在一个周五黄昏时分见到大岛先生的,她是下了四点的班来的。第一感觉是:真丑!难怪要从中国讨老婆。这个人简直验证了她对日本男人所有的负面想象,丑而阴郁,像一根瘪肚子瓜。吴小莉想不起见过的人里还有谁比他更丑的了。出于卖化妆品的职业习惯,吴小莉一眼就看到大岛先生的肤质是属于暗沉多油的橙皮,是吴小莉最不喜欢的一种显脏的肤质,几乎什么样的护肤品都改善不了。

当时大岛先生是坐着的,吴小莉唯一感到欣慰的是,他的个子还不像想象中的日本人那么矮。但看见吴小莉后,大岛先生倏地站了起来。这一站让吴小莉吃了一惊,怎么会不及她高呢?再一看整体,吴小莉明白了,问题出在比例上。大岛先生胸以上部分还是比较有气势的,但从腰以下就突然间收缩了起来,仿佛上帝把他造到那里累了,于是就虎头蛇尾匆匆收了工。上帝这样偷懒的结果就是:大岛先生坐下去很伟岸,单看坐在那里的他,你会自然而然地想到挺拔的四肢;但一站起来,你又会忍不住责怪造物主荒唐,居然把两个人的身体对接错了。从大岛先生几乎算是气宇轩昂的风度来看,他本人也是蛮无辜的,错就错在上帝。

他们是在一个茶馆里见面的。吴小姐,请坐。大岛先生微微颔首,彬彬有礼地伸出手臂向她示意。原来大岛先生是会说中文的,说得比中国的岭南人还好。吴小莉微笑颔首回礼,说声谢谢,轻轻坐下了,轻得像一只猫。主要是刘玉珍跟大岛先生说话,说些中国怎样日本怎样的话题。听得出来,刘玉珍对于日本的跃跃欲试简直是急不可耐的。但是吴小莉注意到,大岛先生没有许诺刘玉珍任何东西，哪怕是中国式的"欢迎去玩"之类的假客套都没有，更没有大包大揽说干话。吴小莉只是听着他们的声音，内容时而听得进去，时而听而不闻。大岛先生没有满口哈依哟兮之类的，这也令吴小莉略略放心。他的行事风度，吴小莉似乎还可以接受，只是，不要看他的脸。但是，跟一个人在一起生活，怎么可能不看他的脸呢？

吴小莉穿着黑白相间的横条毛衣，白底黑条，有百叶窗的感觉。大岛先生一眼一眼地瞟过来，好像在透过百叶窗一点一点过滤吴小莉。她几乎一言不发，眼睛只盯着茶馆里的一个喷雾流水的工艺加湿器。

刘玉珍在问日本的食物和化妆品牌子什么的了。大岛先生简单作答，不时地看向吴小莉。吴小莉的妈妈也顺着大岛先生的视线去看吴小莉，是希求她开口的殷切眼神。刘玉珍聊化妆品牌子，也有把话题引向吴小莉的意思。但吴小莉就是开不了口，虽然她自己也觉得有点失礼。吴小莉的拧劲儿在于，一旦感觉到一点不合适，就索性彻底不合适吧。她打定主意抵死不开口了，心里就更安定下来。她调整了一下坐姿，让自己坐得更舒服。让妈妈如坐针毡去吧，让刘玉珍尽情发挥去吧，她反正很自在。

父亲的不敢言动，吴小莉也早就看在眼里了。父亲其实是一个有点话痨的人，可是今天简直拘谨成机器人了。大岛先生招呼他喝茶，他就喝一口，大岛先生不招呼，他的眼睛就随着大岛先生茶杯的起落而动，其他身体部件全都不动。吴小莉心里酸酸地责怪他：至于嘛！就是父母的拘谨，让吴小莉打定主意拧下去。

本来吴小莉就跟刘玉珍讲好了，见一面就可以了，不吃晚饭，现在她更是盼望着快点散了回家去。因为大岛先生不停地给她斟茶，又不停地举起茶杯向她示意，她不知不觉就喝了不少——这似乎是她给大岛先生最大的面子了。但喝茶刮胃，她越来越饿，又不愿开口吃茶点。而且，她也想上卫生间了，更不愿当着大岛先生的面起身去。于是，她就一直忍着。也许，大岛先生是被吴小莉的不说话弄得改变了主意，突然间发出了吃饭的邀请。他面向刘玉珍说，可否请吴小姐赏光一起吃晚饭？他说这话的时候眼神一点都没有瞥向吴小莉这边，一副跟谁说话就是跟谁说话的样子，显得很庄重。吴小莉觉得他是刻意的，让她虽然听到但无从拒绝。同时，他也是巧妙地对症下药：吴小姐不是不开口吗？那也不会开口拒绝了吧？

但吴小莉这时候不能不开口了，她想要推掉。可是，母亲已经替她答应了。母亲除了小心翼翼地随声附和刘玉珍，这次总算流畅地说出了一句属于自己的话：那就谢谢大岛先生了，就怕太麻烦您了。吴小莉的父亲也赶紧附和着母亲：啊，太麻烦大岛先生了。似乎只有到这时候，父亲才让别人知道他也在场的。大岛先生看着吴小莉欲言又止的表情，温和地冲她微笑了一下。吴小莉只好又恢复了安之若素的神态。她不可能喜欢他，但他的行事态度她倒能接受，包括他刚才巧妙而得体的邀请方式。

大岛先生马上拿手机通知人订餐。吴小莉听见他说的是红杏酒家。刘玉珍站起来说，这样好不好？大岛先生和小莉先在这聊一聊，让司机送我们过去，回头再来接你们，您看怎么样？大岛先生。大岛先生点头表示同意，然后看着吴小莉，吴小莉也只好点头。

父母和刘玉珍走后，就剩下大岛先生和吴小莉面对面，现在轮到吴小莉如坐针毡了。不知道是不是看出了什么，大岛先生不再招呼"吴小姐"喝茶，而是招呼她尝一下点心，然后用精致的小叉子叉了一块点心递到她面前，并不无亲切地介绍道：这是白玉团子。吴小莉接了，却张不开口去吃。

吴小莉觉得自己必须张口说点什么了，可是，说什么呢？首先是怎么称呼他呢？刚才父母都称呼大岛先生，显然是沿用刘玉珍的称呼。吴小莉活了二十几年，只对男顾客称呼过先生，她觉得"先生"天生就是用来外交或做生意用的。可是对于大岛先生，即便在心里默默地想，她也是用的"大岛先生"这个称谓，仿佛"大岛"和"先生"就是长在一块儿的，不可能拆单，而且她也找不出其他对大岛先生合适的称谓。就因为他是日本人吗？吴小莉想到这点觉得很不舒服。再想想，"大岛"这个词，跟中国人的姓名相比太特殊了，而且根本不知道是名还是姓，如果单单称呼个"大岛"，确实好别扭，称"大岛先生"，则无论是名是姓都很自然了。这样一想，吴小莉又觉得舒服一点了。她说，谢谢大岛先生。

说完这句，她觉得自己尽完义务了，又心安理得地闭了口。大岛先生只好就势向她介绍日本的点心，以及什么节气吃什么等等。看吴小莉还不开口，他又介绍起团子的做法。吴小莉听来听去，不就是糍粑或者年糕吗？她对这类食物根本不感兴趣，但还是不失礼貌地点头，表示在听的样子。大岛先生递给她的那块白玉团子，她拿了一会儿，早已悄悄地放回盘子里去了。

等大岛先生也住了口，吴小莉才发现，还是说着话好一点。老辈人有句话，仰头老婆低头汉。就是说，这两种人厉害。大岛先生便是低着头看吴小莉的，却比正视还让她难以招架。吴小莉更深地低下头去，低到最后，脖子累得不行，她又抬起头来。一抬头赫然看见大岛先生的脸，她的眼睛好像被烙了一下，赶紧避开。那一瞬间，她不由自主地联想到了死面馒头。一个看都不愿意看的人，你怎么会愿意跟他说话呢？只要不看，光听他说话还行。

她再次低下头去，却又看到了大岛先生的脚，出奇地大！原来，严格地说，大岛先生并不算虎头蛇尾。再往上看，便看到了大岛先生的腿，怎么会那么短呢？吴小莉纳闷。吴小莉觉得这个人的西装肯定只能定做。叫个大岛，却并不见得大气磅礴，真是的。吴小莉莫名地暗自调侃。

后来吴小莉才明白，当她不停地在暗中埋汰大岛先生时，其实就是在说服自己接受他了。甚至，她不是还想到家里将来可以有一个茶馆里那样的喷雾流水的工艺加湿器吗？就她自己那个刷牙都要在厨房里进行的家，装一个这东西是不可能的，那还能是哪里呢？在她盯着喷雾流水出神时，大岛先生不时觑向她的目光，不是让她在排斥的同时还有点骄矜吗？他越垂涎她，她越对他有把握。或许，她并没有像自己以为的那么不自在？

大岛先生还说过什么，她没有印象了，只记得一句：还是中国女性可取。他居然用的是"可取"这个词。但吴小莉一点没觉得他装，反而感觉到某种得体。

那天晚饭，刘玉珍居然把老公、儿子、孙子、女儿及女儿的未婚夫都叫来了，吃得像闹剧一般。母亲数次不安地去看大岛先生，生怕他不待见自己家了。

一顿饭吃掉大岛先生六千多块钱！吴小莉不敢拿这六千多块去跟自己的工资折算。她看着正在结账的大岛先生，突然有点心疼，不是心疼大岛先生的钱，而是心疼大岛先生。自己并没有什么诚意，却害他当冤大头，虽然不是她要他当的，却到底是为了她呀。这种心疼不是爱，是不忍和愧疚。此外，吴小莉觉得这样的同桌共餐实在委屈了大岛先生，对此她更是深怀歉意。

吴小莉心里坚定地告诉自己，好了，可以打住了，从此，人不再见，心不再堵。就冲这顿令人汗颜的饭，她也不能走近大岛先生。因为，在大岛先生心目中，她必定是与这一切连在一起的，他已经看到了她从什么地方走来，看到了她的根和根上的土。她不会说"你身边的人就是你""人以类聚物以群分"这种深奥的话，但她知道龙对龙虾对虾王八找王八，她知道什么人找什么人，即便刘玉珍一家不是她找的，但大岛先生至少可以看得到，她就配跟这个层次的人在一起。她想大岛先生肯定也是够够的了。

吴小莉只希望大岛先生快点忘了她，以及与她联系在一起的这一切。但在红杏酒家门口，大岛先生却提出让吴小莉坐他的车。当大岛先生的手臂很绅士地伸过来时，吴小莉本能地往后一退，并非客气，她是真的很排斥，当他的身体整个呈现在她面前时，这种排斥感尤甚。她说，不了，我跟爸妈一起打车。打车，这是她临时想起来说的，她总不能对大岛先生说坐公交吧？刚刚吃完六千多块钱的一顿饭呀！大岛先生又看看吴小莉父母，邀请他们一起坐上去。吴小莉赶紧说，不了不了。要是一家人挤在大岛先生的车上，那像什么话。尽管在家人为数不多的几次打车中，连姐姐一家在内五个大人一个小孩打一辆车的时候他们都有过，惹得出租车司机一路叨叨，但，这可是大岛先生的车呀。

看吴小莉很坚决，大岛先生就让司机吩咐门童招三辆出租车。刘玉珍对门童喊，哎，两辆就够了。两辆车来了，刘玉珍看着自己庞大的家人队伍，却犯了难。她急中生智地对吴小莉母亲说，我跟你们一辆车吧。吴小莉真不知她怎么想的，她家跟自己家根本不在一起呀，离得还不近，她家在建设路。但是刘玉珍已经钻进了第一辆出租车，坐到后排最左边。吴小莉父母于是殷切地跟大岛先生告别。大岛先生却打开皮夹，趋前一步递给第一辆车司机一百块，吩咐说，下车找零给前排。又走了两步，递给下一辆出租车司机五十块说，车钱先付了。这一举动让他们每个人既惊讶又眼前一亮。吴小莉想，刘玉珍一定后悔没有打三辆车吧？吴小莉母亲上前想要推辞，但又不能把钱从出租车司机手里拿过来，简直不知如何是好。吴小莉真怕她再去拿自己的钱包客套，那可就太……好在大岛先生及时拦住了她，做了个请的手势说，上车走吧。

大岛先生的司机把出租车前门打开了，吴小莉正在犹豫是自己还是父亲坐前面，大岛先生已经伸过手臂来请她，她赶紧坐了进去，以免大岛先生的手臂碰到她的身体。车子启动时，吴小莉对着站在车外行注目礼的大岛先生轻轻摇手，心里再次对他的行事感到满意，但眼睛还是没法正视他。

上了路，刘玉珍对司机说，找个公交车站给我停下。吴小莉明白了。

吴小莉母亲感叹地说，这顿饭吃的，哎哟，这顿饭吃的……刘玉珍冷不丁地说，你心疼了？吴小莉父亲赶紧说，这是怎么说的呢，你莫多心。吴小莉母亲说，就是呀，我哪里会有那个意思，感激你还来不及呢。刘玉珍又来了一句，我们能吃几次呀！你们不是来日方长吗？这句话算是戳到根儿上了，原来她并非没有看到吴小莉母亲担忧的侧目，她只是不想让别人影响自己的尽情享受和发挥罢了。吴小莉母亲赶紧抓住刘玉珍的手示好，嘴里更是一迭声地感激。

哪里来的来日方长？吴小莉简直想反问一句，终究忍住没有出口。

命运总是跟吴小莉说反话，她觉得绝不可能的"来日方长"，偏偏就成了真。至少现在看是这样，不然她和大岛先生也不会有这场婚礼了。

刘玉珍第二天傍晚就来了，说大岛先生对吴小莉很满意，希望进一步交往。他俩倒是一点没耽误。吴小莉对大岛先生的急切有点意外。但这也改变不了什么。

吴小莉说，谢谢您，刘阿姨，告诉他，这事到此为止了。

到此为止了？为啥？母亲诧异地问。昨晚回来就洗洗睡了，今天一大早吴小莉就去上班，她还没来得及跟她聊这事，没料想到她会是这个态度。

刘玉珍说，你讨厌他？

吴小莉说，不讨厌。

这不就行了吗？刘玉珍爽快地说。母亲也随声附和。

吴小莉说，我已经决定了。说完就走开了，任身后的目光恨不得像子弹一样把她击穿。

圣诞和元旦双节快到了，商厦越来越忙，吴小莉在这种令人麻木的忙碌中很快就把大岛先生抛到了脑后。

有一天乐慧送工资单来了。沈蔚赶紧接过来看。吴小莉没看，她不用看就知道没多少。吴小莉突然想起上次大岛先生请吃的饭。尽管吴小莉学习不好，还是知道马克思怎样用羊毛斧头之类的来解释商品价值和交换，如果按同样的方式换算，她站一个月的价值约等于两瓶进口护肤品，或一次迟到加一次卫生不合格再加一次说话，或大岛先生请九分之一次客。吴小莉觉得自己还挺幽默的。

6

年关将近，商厦更忙了。吴小莉木然地上班下班，像机器人一样，无喜无悲不痛不痒，直到那一天生理期来临。可能这段时间身体太劳累了，前段时间又经历了一些情绪波动，她这一次痛经格外厉害，好像有块玻璃在狠狠地刮着她的子宫内壁，一下比一下锋利，她痛到直想蹲下去，紧紧地压住自己的下腹部，把那块痛从身体里挤出去。她的腰也酸痛得好像要断成两截，腿脚的酸胀感随之加重了。

吕云同情地看着她说，女人受罪哦，听说痛经结婚以后就好了。这个说法吴小莉听过，是姐姐吴小玲说的，不过略有差异。吴小玲说，光结婚还不行，要生个孩子才会好。她自己就是生完孩子告别了痛经。痛经好像是她们的家传，母亲做姑娘时也痛经得厉害，吴小玲早早地结婚生子，确确实实是跟摆脱痛经的魔咒有一点关系的。吴小莉说这话时，眼神别有意味，吴小莉突然反应过来，脸腾地红了。吴小玲是在暗示，光有性生活是解决不了痛经的。过来人的丰富经验使吴小玲的话富有层次，性生活、生育，可都是她的资本呀。而吴小莉是一张单薄的白纸，性生活这样的暗示是不能不使她脸红的。但是现在，吕云的话一点没有使她脸红，她依然脸色煞白。

吴小莉回到家一句话不说，好像所有的力气都在商厦用完了。母亲忧心忡忡地看着她越来越消瘦的身体和越来越空大的眼眶，想说什么又不敢说，只好继续看自己的电视。其实她看电视也是为了等吴小莉，要不然早睡了。

电视上一男两女正在讨论女性解放问题，吴小莉忽然听见"日本"两个字，便站住了。

……日本女人要想解放，首先必须走出家门，享有和男人同等的工作机会……其中一个女人说，那是个保养不错的中年女人。

吴小莉听完进屋去了。一般她下了晚班回来会再吃点家里给她留的饭菜，这晚上却没有吃，直接睡了，母亲叫了她两次之后不再叫了，自己也睡去了。

小莉起床了！吴小莉再次听见母亲叫她时是早上六点五十分。母亲为了让她多睡一会儿，那天早上从六点四十就开始看表，直到不能再拖了才敲她的门。

吴小莉睡得混混沌沌，好像一个七窍未开的泥人，含含混混地对母亲答，知道了。母亲便放心地买菜去了。

母亲走后，吴小莉努力起了起身，但还没坐起来又倒下了。那种熟悉的求饶的心理又来了，好像死到临头的家伙求好汉饶命，那样的情节在影视剧中通常是这样的：大爷饶命啊，只要大爷饶了我的命……心情是完全相同的，所不同的是她求的是一睡，而且不知道是在向谁求。

吴小莉的意志打了一下滑，便像一条鱼一样滑到睡眠的深海里去了，潜入水面的最后一秒，还情不自禁地感叹：真幸福啊，睡觉！

吴小莉再有意识时，那条在水底酣眠的鱼一打挺跃出了水面，她扑到床边的小钟上，小钟告诉她，不用看，晚了。也许还不晚，半个小时够了，如果吴小莉马上穿好衣服出门打车的话。单就这一天而言，打车上班肯定是得不偿失，可就长远的生计来看，这样做太值太值了。这一点吴小莉很清楚。

吴小莉正准备这么做，大脑却冷不丁吃了一记爆栗子：假如我一天不去上班，会怎么样？

这个大胆的假设对于吴小莉来说，简直有一种冒天下之大不韪的狂野意味，蓝色的火花在她脑子里噼啪迸溅，鸟儿殷勤地向她扇动着翅膀，小蛇蛊惑地向她挤眉弄眼，既不怀好意又魅力难敌。吴小莉慢慢倒下去了，感觉是向着一大簇艳丽的罂粟倒下去的。她把被子包包好，做成一个蜗牛的壳，舒服地蜷了进去。

吴小莉就想看看，她一天不去上班会有什么后果？她太想知道了。一天，既可以这样说：那可是整整一天啊；也可以这样说：不过就那么一天。吴小莉从前一直是说前面那句的，现在，她想试着说说后面那句了。

吴小莉睡着了，像鸦片吸食者飞升到另一个世界，像蛇滑行到静止的水底。

这一天对吴小莉来说，既像死过去了，又像活过来了，她在睡眠之海里载沉载浮，上岸后有山中一日人间千年的感觉。

吴小莉此后的人生中无数次想起那个早晨。她的人生就是在那个节点上打滑了。一打滑，这劲儿就松了，再也提不起来。

为什么是在那个节点上打滑？数年后她才能想明白（或不得不承认），是因为大岛先生来了。如果来的是别人，可能也是一样。

只要有人能把她从那种生活里捞出来,她都愿意的;如果重来一次,她可能还是愿意的。在她对自己过往人生无数次的回放中,那个作为分水岭的早晨越来越醒目……

吴小莉是被母亲的声音唤到岸上来的。母亲正在客厅里跟父亲说话,听起来心情很不错。她说,早上买菜的时候,我碰见刘玉珍了,她说那个日本老板还惦记着我们家小莉呐,叫我们再做做她的工作,刘玉珍女婿家就在菜场边儿上,她女儿还没结婚就住过去了,刘玉珍拉我去玩,噢哟,她女儿可安逸了……

吴小莉睡不着了,慵懒地从屋里走出来。母亲有点意外,看看睡眼惺忪的女儿说,你在家啊?今天下班这么早?

吴小莉散漫地点了下头,径直走到家里堆满杂物的小阳台上。她往西边看看,太阳正在从那里落下去,跟往日一模一样。

吴小莉又进屋问母亲,今天没什么吧?

母亲有点诧异地看着她说,还能有什么!她进了卫生间,母亲继续絮叨:还能有什么,就是这么一天一天过日子罢了,过一辈子和过一天是一个样儿的。

等吴小莉从卫生间出来,母亲又眼巴巴地望着她,试探说,要说不一样,也有点不一样喽,今天我又碰见刘玉珍了。

父亲出去打了大半天麻将,正在补水,看吴小莉拿暖瓶,就给她也倒了一杯茶。茶虽然是从茶壶里倒出来的,但父亲是直接对着壶嘴儿喝茶的,一向如此,屡遭家人嫌弃也不改,不过,这次吴小莉没说什么,端起来就喝了。母亲看她没有什么反感,又继续说,刘阿姨说,那个大岛先生……

吴小莉把一杯茶一气喝干,打断母亲说,我都听见了,您就去跟刘玉珍说吧,我愿意嫁给那个日本人。

在中国开公司这么多年了,那还能有假?吴小莉说。这话其实是吴小莉说给自己听的。她本能地害怕去了解,害怕发现无路处突然出现的一条路原来是死路。就算错，她也不想管了，先错了再说，至少让自己当下能有一步棋可走。

结婚是一辈子的大事，可赌不得气哟。母亲有点沉重地说。

我干吗要赌气？我赌什么气？吴小莉故意笑了，笑给父母看。

父亲说，老人们说，袁世凯就是腿短身子长的，这是福气，说明这天生是坐着的人。

父亲这话很出乎吴小莉意料。看来，家人什么都看在眼里了，或许背后还议论过，并非不了解她的委屈。

晚饭后，已经转悲为喜的母亲拿起才装上不久且轻易不用的电话，看着吴小莉说，那我就跟刘阿姨说了啊？

说吧，吴小莉轻快地回答。

之后，吴小莉就一直在睡，吴小莉这时的睡就不是潜入水底了，而是在水面上漂。

漂到第二天，乐慧打电话来，吴小莉什么也没说就把电话放下了。

漂到第三天，沈蔚打电话来，说她和吕云忙得连打电话的时间都没有，今天柜台加了人来接替吴小莉，她才能按时下班，回来给她打个电话。

沈蔚说，你终于跳槽了，也不跟我和吕云说一声，还是你心里有主意，我和吕云都说跳得好，早该跳了，就得狠狠炒他们鱿鱼，让那些折磨我们的龟儿子们有点儿数。

吴小莉不知道说什么好，好在沈蔚嘴一张就哗哗哗，是不需要她说什么的。沈蔚终于停下来时，为了交谈不断流，吴小莉就说了一句话，我不过是一个逃兵罢了。

大家都说你很有勇气！好多小女孩想进这儿都进不来呢。沈蔚突然话锋一转，你还要来办辞职吧？

吴小莉说，还值得去辞一回吗？有我不多，无我不少。

沈蔚说，我得提醒你一句，咱们可是有合同的，当心他们来真的。

沈蔚终于没话了，电话也就结束了。吴小莉放下电话，在一旁听的母亲担心地说，最好还是去办个辞职，看商厦有什么说法，别留下个尾巴，万一让人揪住。

吴小莉体贴地说，妈，您一辈子都担不完的心，结果又怎么样呢？以后省省吧。

母亲摇摇头，什么也没说。吴小莉又睡觉去了。

7

第四天，刘玉珍打电话来，说大岛先生晚上想跟吴小莉见个面，地点由她定。吴小莉毫不犹豫地说了玉林西路的小酒馆。

当晚，吴小莉在小酒馆见到了大岛先生。喝完两杯酒，大岛先生的手摸过来，碰到了桌面上吴小莉的指尖，像电热棒一样烫人。吴小莉手一抖，本能地往回抽，抽了一半，又慢慢地停住了。大岛先生捉住她的手，一根一根地寻找她的指头，找到中指，捏住了，另一只手也伸过来。吴小莉觉得一丝凉意从中指尖蜿蜒游到指根。大岛先生举着她的手送回来时，吴小莉看见了自己中指上的熠熠闪光。吴小莉手一动，那光点也跟着动，像草丛里的一只萤火虫。在两人之间的幽暗地带，这是唯一的光亮。

居然正好！大岛先生这么有经验？他给多少人戴过戒指呢？吴小莉禁不住胡思乱想。她都没意识到自己开始进入角色了。

吴小莉不知道几点了，这时候人对时间的感知是不可靠的。她看见有人离开了，便耐心地等待大岛先生把杯中酒喝完，轻轻地站起来。大岛先生也会意地站起来。吴小莉觉得大岛先生这点最好：

不多话。想来这也是她接受他的原因之一吧？吴小莉无法想象，一个滔滔不绝的大岛先生还能让她在这儿坐这么久。

夜晚的玉林西路，浓稠的黄与蓝在幽暗之中释放出与白天截然不同的情调，吴小莉觉得黑夜真好，掩盖了很多东西，包括大岛先生的脸。

在距家较近的主干道上，吴小莉说，停车吧，我在这里下。大岛先生有点奇怪地看着她，说，为什么不……还是送到家吧？吴小莉说，就到这里吧，不要送了，我想自己走回去。声音不大，但有点分量，大岛先生就让司机找地方停下车。

吴小莉走了，却听不到背后有车门关闭的声音。她知道大岛先生在鉴赏她的后影，她走得很别扭，最艰难的是臀部。

吴小莉此时走的，也正是人生终于分岔的那条路。

那天晚上吴小莉回到家时，却见姐姐带着毛毛来了，居然这么晚了还没走。吴小玲对毛毛说，小姨回来了，快给小姨问好。小姨！毛毛仰着小脸嫩嫩地叫道。吴小莉和吴小玲一向不大亲密，可是毛毛一叫小姨，她的心就软得不行，遗憾自己没有带什么好吃的好玩的回来塞到他手里。

吴小玲二十一岁结婚，二十二岁生儿子，毛毛都快三岁了。她婚后就不大回娘家，最近突然带着儿子回来得勤了。

吴小莉欢喜地抚摸着毛毛的小脸蛋，毛毛却陡然叫了起来：这个，小姨手上有这个，好亮啊。

全家人立刻围了上来，抚摩着吴小莉手指上的戒指，赞叹不绝。这不仅是一枚戒指，更是一个类似于合约的东西，意味着吴小莉今晚成功签约了。

是大岛先生跟你求婚了？母亲问。从一开始，她的家人就不约而同地称呼"大岛先生"，没有人疑惑过：为什么我们管别人就不称先生呢？当然，他们也接触不到其他什么需要称"先生"的人。

吴小莉并未点头，吴小玲就说，还是你比姐强！吴小莉看了看吴小玲的眼睛，居然发现她的高兴是由衷的。

吴小玲结婚时老公也为她买了钻石戒指，曾经荣耀一时，但现在和她的一比，就不算什么了。吴小玲的出嫁曾经是家里的荣耀，能够找到一个中产阶级的女婿，父母那时就觉得是高攀了。

有几克？母亲小心翼翼地问。

妈，钻石是论克拉，不是论克。吴小玲说。接着又问吴小莉：几克拉？

吴小莉说，不知道，他直接戴我手上的。

吴小玲说，反正比我的大多了。她看着自己一向引以为豪的钻戒，毫不掩饰一脸嫌弃。

今晚咱俩一起睡吧，让妈带毛毛，咱们姐妹俩，可是一起睡一次少一次了，唉，以后你还能跟我一起睡吗？我看是不能了。吴小玲说着亲热地靠近吴小莉，突兀得让她规避不及。吴小玲婚后几乎没有在娘家过夜，偶尔住下也是在客厅里睡沙发，从来没有跟吴小莉一起睡过。

吴小莉则是宁愿自己睡客厅沙发，也不愿跟吴小玲一床睡的，她总觉得结过婚的女人身上有股男人味儿，令她排斥。但今晚，尽管很勉强，吴小莉还是答应了。她说，行啊，那房间本来就是你的。

吴小玲听到这话，看着吴小莉脸色说，你是不是还记恨我？

吴小玲这一说很出乎吴小莉意外，为了掩饰自己的不自在，她转身揪住毛毛，把他胳肢得咯咯笑，好像没有听到吴小玲说什么似的。吴小莉不想跟吴小玲回忆往事，那太尴尬了。

吴小莉父母结束流动工作后，他们就搬进了这套房子，一家人终于住到一起了。房子除了小厅外有两个房间，大点的房间当然是父母的卧室，那个小房间估计是当储物间设计的，非常小，但也拿来做了卧室，不过，无论如何放不下两张单人床。难题来了，吴小莉和吴小玲死活不愿睡一起，这样，小房间就只能睡一个女儿了，不管放一张单人床还是双人床，都只能睡一个。吴小莉和吴小玲展开了一个月之久的卧室争夺战，每天晚上谁先睡进去就是谁的。在母亲的略微偏向下，吴小玲最终取胜了，吴小莉又住回外公家，直到吴小玲结婚才搬回来。在这个老实巴交的家里，吴小玲是一个异数，吴小莉印象中她从未吃过亏。一般人总以为大让小，她家却没这个道理。

晚上吴小玲果然挤到了吴小莉被窝里，吴小莉本能地往里靠了靠，身子一直抵到墙上，使中间留出一点空隙，但吴小玲趁机往里挪了挪，躺得更舒服了。

在黑暗中沉默地躺着，彼此都知道并没有睡着。小莉，吴小玲叫道。

吴小莉屏住呼吸，没有答应，她是答应不出来。

我知道你醒着，趁着黑暗，索性把什么都说出来吧。吴小玲说。

睡吧，姐，不早了。一想到吴小玲可能说出来的那些掏心窝子的话，吴小莉就浑身不自在，她不习惯这样一个吴小玲，失去了距离，她不知道怎么跟吴小玲相处。不是吴小莉心硬，是她不相信，那些隔阂说出来就解脱了吗？秉性在那里，解脱不了的，只是让大家更不自然罢了。患难——如果那可以称为患难的话——并没有使她们在离开父母的那些年姐妹情深，反而因为弱肉强食勉强自保的生存竞争而变得毫无润滑硬碰硬，更因为吴小莉敏感察觉到的母亲的偏心而难以软化。

吴小玲不听她的，继续说，我知道我们之间有隔膜，我是姐姐你是妹妹，可从小都是我占你的便宜，想起来我也挺内疚的，只是不习惯道歉。吴小玲似乎有意把吴小莉往感动上面引，吴小莉难堪地抵抗着。

说到底，还是因为我们穷，有了你的就没了我的，有了我的就没了你的。吴小玲说。

这句话终于让吴小莉有了某种认同，她抵抗不住了，想说话，喉咙间却被什么顶住开不了口。吴小莉清了清嗓子，艰难地说，别说这些了，姐，我一点都不恨你，的确因为我们不宽裕才谁也照顾不了谁，如果不是这样，我们也许会是不错的姐妹。

现在终于宽裕了，你又要走了。吴小玲语调变了。

吴小莉眼睛也潮了，她不忍探究这里面到底有多少真诚的成分，越探究越觉得吴小玲和自己都很可怜，她只要知道一定有就行了。

姐妹俩又说了一会儿话，吴小玲翻了个身说，我得睡了，明早还要上班呢，不像你，以后再也不怕闹铃响了，我一直梦想着一结婚男人就对我说，以后不用上班了，你也这样想的吧？

吴小莉说，没有。她知道自己不诚实了。

吴小玲说，你看，世界上的事就是这样，越想的越捞不着，不想的反倒有了，老天就这么不公平。吴小莉觉得说这话的吴小玲才像吴小玲。

吴小玲带着吴小莉的谅解放心地睡着了，吴小莉却睡不着了。自从决定嫁给大岛先生，吴小莉就把脑子关了，什么也不让自己想，今晚却不行了。

我决定嫁给大岛先生就是为了不上班吗？吴小莉问自己。她不能回答是，也不能回答不是。她的确是在一天没有上班之后做出这一决定的，但她决定不去上班的时候并没想到大岛先生，她只是想看看一天不去上班会有什么后果，除此之外什么也没想。有一点可以肯定，从她返回梦里的那刻起，她的命运就从原先的岸上滑落，在水面漂浮起来了，但只漂了一天，母亲就把大岛先生这个现成的岸带回来了，于是她就顺其自然地上了岸。什么因结的什么果很难说清楚，她只是顺其自然地上了岸而已。至于上岸之后怎么样，那是她想不出来的了。

8

婚戒虽然戴上了，但婚礼要这么快举行，确实出乎吴小莉意料，以至于她现在置身婚礼现场还有点回不过神来。

大岛先生带她去认了认家门。车子往郊外驶去，越走吴小莉越感到陌生，她的方向感本来就差，车子到了郊外又七拐八拐，最后在半坡上的一座别墅前停下时，她都不知道是哪里了。

四周静得出奇，只有鸟叫，没有人声，别墅在吴小莉眼里便有了几分神秘。她习惯了嘈杂的市井声，一旦来到安静的大自然，反倒感觉不自然。吴小莉一面跟着大岛先生往别墅里面走，一面联想起林立果选美之类的传说，一个一个的女孩子似乎就是被带到这种神秘地方去的。吴小莉不动声色，她虽然没见过什么世面，连小家碧玉都算不上，但在商厦待久了，好歹能压得住。如果是她的母亲，不知会震慑成什么样子，所以她不愿她来。

进入别墅客厅，吴小莉有点惶然，那完全不像一个人家的客厅，倒像一个星级酒店的大堂。吴小莉强作镇定。别墅共三层，大岛先生带吴小莉上下走了一遍。太多新异的刺激一齐涌现，就形不成具体的刺激了，吴小莉只记得卫生间有五个，其余都是泛泛的印象。

一个人要这么大的房子干什么呢？不空吗？吴小莉想。接着又自嘲，你怎么知道他一个人住呢？

吴小莉只当自己是抹抹桌子另开席，至于这桌上之前的席面怎样，她就不去管了。

大岛先生带她参观的房子，或许也将成为她的家。每到一个房间，她都会情不自禁地想，这里面都住过些什么样的人呢？她的目光不敢在床上停留，结果越想忽略却越加注意了，人心里总有一些忽略不掉的东西。

参观完毕，大岛先生问吴小莉，怎么样，还满意吗？俨然问女主人。

吴小莉没有点头也没有摇头，只对大岛先生笑了笑，她认为自己目前还不便以女主人的身份表态。

好像看透了她的心思，大岛先生说，这是全市最让我满意的房子，就缺一个满意的女主人了。说的时候是看到吴小莉眼睛里去的，没有问号，问的意思却都包含在里面了。

这算求婚吗？吴小莉低下头，不置可否。虽然他已经为她戴上订婚戒指，但"你愿意嫁给我吗"这句话，他确实尚未说过。求婚只是个肤泛的形式，她需要的是更内在更坚实的东西，有了这种东西，其他的都不言而喻了。

您愿意做这个女主人吗？大岛先生终于问。吴小莉抵死不开口，她知道这时候必须拿得住。吴小莉想起刘玉珍说的"明媒正娶"的话。蒙在鼓里或假装蒙在鼓里做了二奶的女孩子太多了，她知道。无论自己的生活多么不济，嫁人必须名正言顺，这一点吴小莉是不会妥协的，终究，她是个传统的人。

回答我。大岛先生温和地说。

愿意怎么样？不愿意又怎么样呢？吴小莉说着抬起头来，眼睛毫不闪避地看着大岛先生。她的勇敢令自己震惊。她好像没有那么害怕他的丑了。

你好像在说别人的事情，大岛先生说，愿意当然就去领结婚证，不愿意嘛……我想你不会不愿意的……

那就领吧，吴小莉果断地打断大岛先生说。

腊月十六，吴小莉和大岛先生领取了结婚证。因为大岛先生的身份，领证的过程还有点吴小莉不太了解的复杂，反正她只需要做最后一步就行了，甚至结婚证都不需要自己收，大岛先生全收走了。

领完结婚证回来，吴小莉对母亲说，大岛先生希望腊月二十六举行婚礼。

母亲大惊失色，太急了吧？马上就要过年了。

就是因为要过年了，大岛先生才想结婚。吴小莉说。

可是，嫁妆也来不及准备呀，我和你爸还没想好陪送你什么呢。这段时间一直面露喜色的母亲变得有点忧戚地说。

特地赶来庆祝妹妹领证的吴小玲说，妈，置办什么嫁妆！你以为这是小户人家嫁闺女娶媳妇吗？人家大岛先生要你陪送什么！你给他个如花似玉的大姑娘，就足够了！

吴小玲的话听上去总是不那么顺耳，尽管她并无恶意。幸亏她没说是黄花大姑娘。

母亲把墙上的日历簿取下来，正在翻看。吴小莉看见她手停下来，呆了一下，说，不行啊，这一天……

吴小莉靠近去看，发现黄历上写着——忌：诸事不宜。

母亲说，这天阳历还是二十四号……

吴小玲也凑过来，仔细看完大声说，妈，你没看见"宜"的事项里面，第一就是"解除"吗？那不就是解除坏运气吗？很好呢。

母亲将信将疑，对吴小莉说，为什么要选这一天呢？能不能跟大岛先生说说，换一天？

吴小莉说，不知道，要说您去说吧。母亲的念头便被吓回去了。吴小玲说，大岛先生自有他的道理，信他准没错，怎么办怎么好呗。

当然，要有一个准备的过程，把她从吴小莉变为大岛太太。也还要发生一些别的，使她体会到蜕变过程中的痛，如同女人生产时的阵痛。

大岛先生和吴小莉去定做了婚纱，采买了床上用品等。床上用品全部换过，是吴小莉唯一的要求。买完总价为五位数的床上用品，大岛先生似赞赏似调侃地看着吴小莉说，你真是典型的东方女性，话不多，但什么都有自己的主意，据说，这样的女孩有帮夫运。

吴小莉脸红了，她还不习惯把大岛先生当作"夫"，虽然法律已经承认他们的夫妻关系。

在一起购物的过程中，吴小莉好像渐渐习惯和接受了大岛先生的丑，真的如她母亲所言——看长了，丑的也不觉得丑了。当然，这……或许……也与"买"这个行为不无关系？毕竟，大岛先生拿钱包的手和不好看的脸是统一于一身的。这是吴小莉不曾想过的。吴小莉倒是警觉到了母亲的下半句：美的也不觉得美了。大岛先生对她，是不是也这样呢？他们两个人，会不会是相向而行，最后汇聚到一个点上去，对于彼此的美丑都不感冒了？

那天，吴小莉一个人去逛内衣店，一天之内把她所知道的名牌内衣各买了一套，又在古今胸罩店订制了一套。女人好好地买内衣，才是最好的体己。

买睡衣的时候，吴小莉颇费了一番思量，挑选半天，才买下一件足以把她的身体遮盖得严严实实的加厚纯棉睡衣。吴小莉犹豫着，要不要为大岛先生买一件？一起买床上用品时，她忘了提睡衣，很怕到时候大岛先生依旧穿着从前的。"到时候"，吴小莉不愿意明确为新婚之夜，只是含糊地用"到时候"代替。一涉及睡衣问题，吴小莉又想起了大岛先生的内衣。吴小莉不让自己想下去了，眼不见为净……店员热情地向吴小莉推荐情侣睡衣，她拒绝了。

买完睡衣手里还有钱，吴小莉又买了一些袜子之类的，一直把大岛先生给的钱全部花完才罢休。

吴小莉买东西的时候心里是冷的硬的，是沉着一口气，横下一条心的。回家的路上，她默默地对自己说，知道吗？你一天买了三千块钱的内衣。

吴小莉回到家，母亲告诉她，商厦有个姓乐的打电话来，让她务必回电话，要不然明天就要到家里来拜访。吴小莉有了一种不好的预感，她绝对不希望乐慧出现在自己家里，于是回了电话。

打完电话，吴小莉就坐在沙发上沉默。沉默了一会儿，她对着正在厨房忙活的母亲说，妈，我不在家吃了，别做着我的饭。

母亲从厨房里探出头来问，大岛先生又约你了吗？

吴小莉随便答应着，到屋里拿了一样东西出了门。

吴小莉其实并没有走远，她来到了光华村的另一条小巷，那条"女孩子很多"的小巷，那里有一个她认识的叫小鹿的女孩。像吴小莉这样的小巷女孩，所能求助的似乎也只有小巷女孩。她第一个想到的就是小鹿，虽然她觉得她们是不同的。

小鹿的住处是一个独立的一室一厅户型，远比吴小莉想象的好，至少比她家有档次多了，吴小莉有点意外。小鹿刚刚从外面回来，正在化妆。她见到吴小莉很高兴，笑出一对小虎牙嚷道，稀客稀客！吴小莉每次见到小鹿，都觉得她的情绪是扑面而来不容拒绝的，不管是什么情绪——当然，开心的居多。她向小鹿借了三千块钱。

第二天，吴小莉的父亲到商厦为她交了违约金。这钱是大岛先生给的，吴小莉说。

婚礼如期举行，订在望江宾馆。本来大岛先生打算在红杏酒家，被吴小莉温柔地否决了——她是不愿意再去回顾刘玉珍家的那次闹剧，于是，便改到了这里。来参加婚礼的大多是大岛公司的员工以及生意上的朋友，还有两个日本人，是大岛先生从日本带来的左膀右臂——看来大岛先生不太相信中国人。吴小莉这方只有外公、父母和吴小玲一家。母亲还想通知亲戚们，被吴小莉阻止了。另外还有刘玉珍夫妇，吴小莉不知道该算哪一方的。好在今天他们只是夫妻俩来的，没玩上次的"拖拉斯"，可能觉得这个场合太庄重了吧？大岛先生问过吴小莉打算请多少人，吴小莉说就自己家人。大岛先生说可以多请几个，结婚是一辈子一回的事，吴小莉说不必了。吴小莉故友知交一个都没有通知，她甚至希望家人都不要来才好。其实，迈出这一步之后，吴小莉就没有什么故友知交了。

只要举行完这个婚礼，自己的命运就定型了。吴小莉以为。她本来有点如释重负了，可是，偏偏外公又临时给她加了这么一个意外的戏码。

9

婚礼上所有来宾的目光，都被外公吸引了过来。大家停下筷子，等待老先生发言。

外公很有分量地站了起来，虽然个子比年轻时缩水不少，仍比大岛先生高出一头，丝毫不失老军人的威武。他清了清嗓子，威严地看着大岛先生，开口说道，大岛先生，在你和吴小莉行将成婚之际，我有几句话要对你说。

大岛先生赶紧点头表示受教。外公说，你应该知道的，日本欺负了中国那么多年，现在还在欺负。外公提高了声音，顿了顿，愈发严肃，让吴小莉想起闻一多先生的最后一次演讲。你呢，要做我的外孙女婿，首先就不能欺负中国人，怎么样不欺负中国人呢？外公威严地直视大岛先生：在家，就是不欺负小莉！在公司，就是不剥削员工。

全场愕然。

外公的演讲显然令大岛先生不安，吴小莉看见他鼻尖发亮了，几次去看两个日本同胞。

反应最大的却是吴小莉的母亲，她简直吓破了胆，神情错愕，脸色煞白，吴小莉真担心她会仰头向后倒去。

外公演讲完，心满意足地看着震惊的人们，十分威严地坐下了。

是司仪及时救了场，他说，老先生的冷面幽默堪称一绝，为今天的婚礼增色不少，来，让我们热烈鼓掌，感谢老人家！

一鼓掌，就掩盖了很多东西，婚礼重新活了起来。

婚礼结束后，客人们说着祝福的话相继离去，大岛先生吩咐司机送吴小莉家人回去，并一一握了手。握到吴小莉母亲时，她的手抖索着，低声对大岛先生说，老父亲年纪大了，大岛先生千万要原谅他，我代他向您道歉，您要怪就怪我吧，这不关小莉的事。

大岛先生窘迫地看着吴小莉。吴小莉声音微颤，有点不耐烦地说，妈，您说什么呢？大岛先生不是那种气量狭小的人，再说，也没什么嘛，您不要当回事了，回去也不要多想。母亲羞赧地答应着。但吴小莉知道她仍然没有放下。

吴小莉一直把家人送到电梯口，大岛先生随同。母亲担心地看着只穿婚纱的女儿，一个劲儿地嘱咐，快进去吧，别感冒了，记着披件衣服。母亲的关怀好像只为使吴小莉难过似的，她着急地说，放心吧，放心啦。电梯合上的刹那，吴小莉最后看见母亲那惝惶的神色，泪水禁不住夺眶而出，赶紧背向大岛先生。

吴小莉和大岛先生回到宴会厅，发现除了婚庆公司的工作人员外，还有大岛先生的两个日本同僚和两个女人在。大岛先生说，辛苦了，大家回去休息吧。确保没有落下任何东西，大家便往外走，两个女人亲热地把红色羊绒大衣披到吴小莉身上，一左一右拥着她。听口音，她们跟自己一样，也是中国人。大岛先生在后面说，看她们三个多好，没想到我们都娶了中国太太。吴小莉这才意识到她们是两位日本同僚的太太。

走出望江宾馆，吴小莉心里长舒一口气，婚礼总算结束了，就像一场戏演完了。从今以后，她只要过自己的日子就行了。

1

三辆车子蜿蜒而行，把三对中日结合的夫妇送到了大岛别墅。早有两个女人在别墅门口迎候了，大岛先生对吴小莉说，这是我前几天请的两个工人。两个女人点点头。

这个是英嫂。个子小巧的赶紧上前点头。

这个是云嫂。身材丰满的也上前点头。

这是太太，你们以后要听太太的。

两个人应道，是。

大岛先生对吴小莉说，英嫂负责打扫卫生，云嫂负责烧饭，都是从最好的家政公司请的。

吴小莉答应着。英嫂和云嫂这样的称呼，给她一种影视剧里的旧社会的感觉。

三个日本男人在楼下喝茶，三位中国太太则来到楼上卧房。吴小莉听见她们相互称田中太太和小泉太太，那么，吴小莉理所当然是大岛太太了。田中太太和小泉太太帮吴小莉脱下婚纱换上套装，然后一起下了楼。

客人们含着微妙的笑意告辞了。大岛先生回头说，该休息了。吴小莉点点头。

大岛先生转脸问英嫂，洗澡水放好了吗？英嫂回答，放好了，按您要求的水温。

上了楼，大岛先生把卧室门一关，吴小莉知道，最严峻的时刻到来了。她身子一僵，凝神注视着大岛先生，呼吸都停止了。大岛先生摘着领带说，你先洗澡吧。

还是您先洗吧，吴小莉说。然后，她抑制着风起云涌的鸡皮疙瘩，去帮大岛先生脱衣服。虽然她已经不介意大岛先生的丑，可是接触起来，还是——不好意思，必须实事求是地说——不小心碰到蛤蟆皮的感觉。

大岛先生洗完澡出来，又示意吴小莉进去洗。吴小莉便到衣柜里去取那件厚棉睡衣，她前几天已经托司机带过来了。不用，大岛先生说，里面有浴衣。吴小莉的手只好缩了回来，脚步轻轻地向浴室走去。吴小莉本能地想反锁，手摸着门把手停顿了片刻，又慢慢地放开了。

浴缸里的水还冒着热气，但她自然是不会用泡浴的。她终于除去衣服，站到了莲蓬头底下。不知水温调得太低还是暖气开得不足，吴小莉在莲蓬头下抑制不住地浑身发抖，抖得牙齿都嘚嘚响，一面抖，一面如惊弓之鸟，透过淋浴间的玻璃不时瞥向浴室门。

洗完澡，吴小莉穿上浴室里的浴衣。她千算万算，还是没有算到浴衣这一层。那是一件粉红色的绸缎浴衣，穿在身上像没穿一样，足够软，足够薄，百分之百随形。

吴小莉终于穿着那件若有若无的绸缎浴衣出了卫生间，步步莲花，向大岛先生走来。她的身体好像什么都被遮住了，然而，每一丝颤动又纤毫毕现，毕竟那是鲜活的肉体啊。大岛先生一副不着急吃的神情，欣赏地打量着她。

到这一刻，吴小莉才明白这些天来大岛先生为什么不试图碰她，也没有把她往家里招。早晚都是自己碗里的菜，何不从容一点呢？何必毛手毛脚吃相难看，不仅被动，还有沦为下作之徒的风险。大岛先生到底是一个成熟的男人。

大岛先生移向床边，吴小莉也只好跟过去。大岛先生突兀地一转身，一把抱住了吴小莉。吴小莉浑身一紧，像死过去了一样。但接着，她便一点点放松下来了。刀子悬在头顶的滋味其实最可怕，真正落下来时，反倒没什么了，因为意味着即将解脱。

除去衣服，吴小莉才知道大岛先生有多老，他胸膛上的皮肤都有点松弛了。奇怪的是大岛先生的下肢却那么粗壮，大腿如蟒，好像练过相扑，脚掌也特别厚重，好似大象蹄。其实，论分量，大岛先生的下肢并不短斤缺两，只不过没有拉长，而是聚粗了而已。

大岛先生的脸向吴小莉逼近时，她一眼看到了他鼻孔里的黑块。吴小莉平生最恶心鼻毛打绺的男人，总担心那岌岌可危的黑块儿会经不起呼吸的反复吹动而掉落下来。

大岛先生的脸不见了，吴小莉眼前只剩下黑黢黢的鼻毛，吴小莉用力去推大岛先生的膀子，却如蚍蜉撼树一般徒劳。吴小莉腾出一只手去想关灯，却摸索不到开关。

大岛先生终于无可抵挡地进入了。吴小莉不配合，他只有自己忙活。在大岛先生腾挪的间隙里，吴小莉看见了自己雪白大腿上的血，像两条蚯蚓，红得刺眼。她没觉得痛，或许，羞耻感恐惧感已经完全压过了痛感。她的第一次，就这样交给了一个几乎陌生的人。

大岛先生从床头柜上的纸巾盒里抓出一把纸，递到吴小莉手中。吴小莉擦拭着自己，很想下床去洗洗。但是大岛先生正呼哧呼哧喘着气，爱不释手地揉捏着她初次经历男人之手的乳房。吴小莉感觉得出来，他很满意。

大岛先生算是平息下来了。吴小莉则感觉自己死过去了。她平躺着，一动不动，连抬抬手把大岛先生的手从自己胸上拿下去的力气都没有了。

平息了一会儿，大岛先生呼哧带喘地又来了一次。对于吴小莉来说，一次和无数次是一样的了。她依旧像死了一样，任他做。吴小莉觉得，那不是一个人跟另一个人在做，而是一个人跟一个动物，那种惊悚之感，实在不是国别和年龄差异所能解释的。

做完两遍之后，大岛先生疲倦地睡去了。吴小莉到浴室清洗了自己，又悄悄地回来躺下。她现在感觉十分平静，平静得如同死而复生。

吴小莉睡不着，大岛先生却在睡梦中翻着身，腿脚在床上起落时引起重重的颠簸，使得吴小莉很不舒服。

这新买的床单弄脏了，怎么办呢？吴小莉想。又想起两个人一起去买床上用品时的情景，其实，她不也是他的床上用品吗？后来她不知怎么睡着了。

吴小莉梦见一只毛森森的黑狗在舔她的鼻子，然后是嘴巴，舔得她痒痒的，她嫌恶地抬起手去驱逐那只黑狗。一抬手，吴小莉就醒了，她一下子反应不过来在哪里，本能地就要起身。大岛先生轻轻按住了她。灯开着，大岛先生正在研究她。吴小莉又看见了大岛先生的黑鼻毛，她听天由命地闭上眼睛。

大岛先生这次没有急于压上来，而是手眼并用，在她全身上下逡巡，一面逡巡一面说，你真是个奇怪的女孩，在男人面前有条不紊。

吴小莉在心里摇了摇头，叹息道，只有爱，才能使女人在男人面前慌乱吧？

几点了？吴小莉问。

大岛先生说，三点半了，你饿吗？

吴小莉摇摇头。

我有点饿了。大岛先生说着下了床，转眼间从哪里拿过两块蛋糕，蛋糕切得整整齐齐放在托盘上，吴小莉认出是昨晚婚礼上的。

吴小莉惊讶：这蛋糕是什么时候从宾馆里带来的？又是什么时候放在卧室里的呢？

昨晚一定没吃好，你吃块吧。大岛先生说。

我不饿，吴小莉推辞。

大岛先生自己又了一块吃起来，吃了两口，又用托盘送到吴小

吴小莉迟疑着，没坐下。她还惦记着床单，担心英嫂会先她一步去收拾。

大岛先生说，坐下吃吧。吴小莉只好转头对站在饭桌边伺候的云嫂说，告诉英嫂，卧室我一会儿自己收拾，她不用管的。

可是，云嫂上楼又下楼来说，她已经收拾了，太太，您放心吧，她会做好的。

吴小莉简直就像脊背上爬了蚂蚁一般地难受。大岛先生说，吃饭吧，以后，你要适应有人给你做一切。他强调了"一切"这个词。吴小莉第一次觉得，有人给你做一切，有时其实是一件难受的事儿。

显然英嫂和云嫂都被大岛先生调教过了，懂得这里的规矩，了解主人的口味。早餐是皮蛋瘦肉粥、川味泡菜、煎饺、水煮蛋，都很平常，一点也不奢靡，但是新鲜，精致，都是现包现泡现做的。唯一特殊的，还是蛋糕，婚礼上陈列的、夜里大岛先生在"劳作"间隙吃过的蛋糕。

大岛先生一定留意到了吴小莉不可思议的眼神，解释说，这个蛋糕，质量上乘的，最佳赏味期有两天，不能浪费了。大岛先生说的是"最佳赏味期"，而非保质期，这是吴小莉第一次听到这个词，以后她就习惯了日本人这种温婉的标注方式。

这也是大岛先生第一次跟她说到"浪费"这个词，她立马敏感到，自己以后过日子不可不节省。原来富人的生活并不是自己想象的那样。

大岛先生又说，有蛋糕，我没让英嫂热牛奶，这两样的蛋白质是差不多的，你要是不想吃蛋糕……

吴小莉赶快说，我吃。为了表明自己吃蛋糕，她马上端了一碟到自己面前。可她实在吃不下，只能默默地挖空心思地想出一个看似合理的变通办法，她说，我一会儿喝茶时当点心吃。

大岛先生的饮食是这样地科学理性，也让她很忐忑，她对于营养学可是一窍不通的，从来都是有什么吃什么，根本不在意营养。

吴小莉吃得很少很少，尽管早餐很可口。她的注意力老是会转到大岛先生的鼻毛上，即使她不去看，那缕鼻毛好像也总能看得见。为了转移注意力，她就去看客厅与餐厅之间的屏风，那是可以折叠的四幅木框山水画，画的是中国式的山水，但跟中国的山水画似乎有一点不同。很久以后，小鹿告诉她，那是日本狩野派的屏风画，受中国水墨画的影响，但又充分"大和化"了。那时候她还不知道，自己对日本的了解，将有很多是来自小鹿，而不是大岛先生。

吴小莉无心吃饭还有一个原因，那就是惦记床单。大岛先生走后，她赶快上楼直奔卧室。卧室已经整理一新，床上换上了她和大岛先生共同采买的另一条床单，枕套也换了，可能因为要配套好看。吴小莉掀开床单看了看，下面的绗缝夹棉垫单也换了，她原本担心洇到床单下面去了，而英嫂只换表面上的。英嫂真的很周到，值得放心。

英嫂已经把所有换下来的拿到洗衣房去了。吴小莉也不好意思再说什么，更不好意思去洗衣房看看，只能装作一切很正常。

吴小莉到卫生间漱口，发现卫生间也清理好了。英嫂可真麻利，她自忖若是换作自己，绝对没有英嫂做得好。跟下层人对比，似乎还是她的一种思维习惯，说明她尚未进入大岛太太的角色。

她不知道自己能干什么，这个家没有需要她干的事。也许，需要她干的事只在夜里。——想到这里她脸红了。

她决定洗个澡，至少目前这是个事儿。她发现卫生间里没有沐浴露，便走出卧室，喊了一声英嫂，英嫂马上应声到了。吴小莉说，请问，有沐浴露吗？她觉得自己既不能故作亲切，又不能直截了当地问话，踌躇之间，加上了"请问"两个字。英嫂说，太太您不用那么客气，有事直接吩咐就好啦，大岛先生习惯用香皂，家里没备沐浴露，太太需要的话，我这就去买。吴小莉说，不急，下次去超市时一起买吧。

英嫂又问，太太要泡浴吗？我给您放水。吴小莉说，不用了，我淋浴，谢谢。英嫂再次说，太太不用那么客气的。经过英嫂两次提醒，吴小莉意识到，自己确实不宜太客气，否则不像个太太，反而让英嫂和云嫂无所适从。

吴小莉站在莲蓬头下，让细细的水流抚摸自己的身体——自己劳苦功高的身体。她轻揉着自己的胸，仿佛看得见上面无数的手印。可真是酥胸啊，但她真希望不是，或许，粗糙一点，难看一点，她就没这么委屈了？

难道大岛先生不介意别人看见夜里弄脏的床单吗？吴小莉刚才纳闷的问题，突然在水流下想通了，看来水是很容易疏通一些问题的。——他是乐意让英嫂看见床上的落红的。他这个年纪的男人，居然还在乎这个？当然，或许更在乎。

当吴小莉想到"他这个年纪的男人"时，自然当他是有很多阅历的了。可是，究竟他有什么样的阅历？吴小莉一无所知。一无所知就托付终身，不是太莽撞了吗？这一点吴小莉不是没想过。她早已想通了，自己肯定是没办法了解到他的过去的，连刘玉珍也没办法，那么，她只要抓住一点就行了，他能不能跟她合法结婚？她相信法律面前造不得假。至于其他，相比之下都是小事了，慢慢去了解吧，只要大方向没错就好。

吴小莉洗完澡出来，云嫂走到卧室门口小心地问，太太，您要喝茶吗？

吴小莉马上想到了早饭时自己说的话。看来，云嫂站在餐桌边是用心的，不知是家政公司调教得好，还是大岛先生调教得好。她说，喝吧。

云嫂又问，太太您是喝什么茶呢？吴小莉给问住了，她的父亲常年喝的就是一种茶，散装毛峰，她对茶的了解就这么点儿，根本不知道如何去选茶。她问，有什么茶呢？云嫂说，什么茶都有，绿茶、红茶、白茶、铁观音、普洱……

吴小莉不想听她继续报下去，随口说，红茶吧。

一会儿，云嫂把一杯红茶连同早上那碟蛋糕，一起用托盘端了上来。吴小莉端起茶杯吹了吹，轻轻去抿。抿了一小口，她发现这个杯子很奇怪，杯沿怎么是双层的呢？喝起来反而不方便。然后，她又注意到云嫂在旁边欲言又止的样子。她看着云嫂，云嫂终于不安地开口说，太太，这是飘逸杯，喝的时候要把茶漏取出来，对不起，我不知道您的口味，刚才没有给您取，如果您愿意喝浓的，可以泡几分钟再取，如果您愿意喝不浓的，现在就可以取了。吴小莉顺势说，那就取了吧。云嫂把茶漏取出来，吴小莉才明白这个茶杯的原理，就是茶叶在茶漏里，泡好把茶漏取出来，杯子里就只剩下单纯的茶水了。这倒很科学，她经常见到父亲喝茶时把茶叶喝到了嘴里，又吐回到杯子里，看着好埋汰。

她觉得让云嫂发觉自己连飘逸杯都不懂，太没面子了，为了挽回，她说了一句，其实喝茶没必要这么麻烦的。云嫂再次不安地说，太太，我不了解您的喝茶习惯，请原谅。又看着她的脸色继续说，大岛先生是要滤茶的，他说茶叶一直泡着不好，喝起来也不方便，以后您如果……

那就依照大岛先生的习惯吧。吴小莉说。

吴小莉喝完大半杯茶，就觉得胃里刮得慌，而且不能自禁地要发抖似的。她不知道那叫醉茶，原因是她没有喝惯茶，耐受力弱。还有，她早饭吃得太少了，胃里太空。其实她只要吃了那块蛋糕就会好的，但她极其排斥那块蛋糕。幸好云嫂送了葡萄上来，她赶紧吃，吃完之后，不适感有所缓解。云嫂说，提子还有，太太您还要吗？

提子？吴小莉心里暗暗地又窘了一下，幸好她没说葡萄，她最好什么都别说吧。

那一刻她很想逃开云嫂，而且，这块蛋糕，总要有个交代。她说，这块蛋糕，给我包起来吧。

吴小莉打电话告诉大岛先生，她要回家一趟。大岛先生很快派了车子来。

明明是坐着车子，吴小莉却感觉是跌跌撞撞奔回家的。一回家，她顾不得跟父母说话，就扑倒在自己床上，好像刚刚遭过劫匪似的。那是由于在别墅里刚刚经历的内心的跟跄。

也许，她还在本能地逃避父母下意识打量的目光吧？在这新婚之夜后的特殊的时候。

躺了一会儿，她才感觉缓了过来。母亲进屋见吴小莉缓过来了，就慌不迭地追问，昨晚你外公说的那些话，大岛先生生气了没有？

外公已经回家过年去了，一早走的。吴小莉不知道昨晚回来母亲对外公说过什么没有。吴小莉故作不解地说，没有生气呀，生什么气？

母亲不信，还是说，他就是生气，也不会跟你讲的。

吴小莉说，妈，您烦不烦？

母亲不说话了，可怜巴巴的神气使吴小莉心里更堵得慌。她说，妈，我一定找机会问问他到底生气了没有，免得您老是放心不下。

母亲看着吴小莉的脸色说，你的气色好像不太好。

吴小莉说，有点饿。

母亲说，你早上没吃饭吗？

吃了，但是又喝了一杯茶。吴小莉说。

一说吃饭，吴小莉便想起自己包里的蛋糕，赶紧拿出来递给母亲。母亲不认得这是昨晚的蛋糕，但她觉得吴小莉拿来的，必定是好蛋糕，就拿给吴小莉父亲吃。父亲正准备咬，大岛先生的鼻毛突然浮现在蛋糕之上，一阵恶心涌来，吴小莉赶紧拿手去捂嘴。

吴小莉婚前与大岛先生约会的情形，家人并不了解。母亲狐疑地看着吴小莉，眼神似乎在说，不至于这么快吧？

吴小莉受不了母亲探究的目光，就说，喝了茶，胃不舒服。父亲说，你那是醉茶，吃口东西就好了。又要把蛋糕递给她。吴小莉逃也似的回了自己屋子，就躺在床上睡着了。

中饭时，母亲把她叫起来，她胡乱吃了几口，又继续睡。一直睡到下午大岛先生打电话来。大岛先生说晚上有个应酬要她参加一下，一会儿司机来接她。吴小莉这才起了床。

跟着大岛先生应酬，她倒觉得没什么难的，她只要不言不动适时微笑一下，或者听从大岛先生举杯敬酒就行了，大岛先生会照顾她吃的喝的，对于她的不主动应酬，他不仅不怪罪，反而还有点欣赏似的。

吴小莉的大岛太太生涯，就这样开始了。

3

吴小莉从英嫂那里知道，大岛先生差不多只有一顿早餐在家里吃。那么，她的早餐可以吃得有所保留，中饭补上就是了。跟大岛先生同桌共餐时，如果感到不自在了，她就会去盯着那四扇屏风，眼睛有了着落，心就有了着落，它们对她好像有安抚作用。此后，这成了她的一个习惯。吃饭问题吴小莉算是过关了。

这几天，吴小莉和大岛先生的生活内容其实主要在晚上，白天只是一个形式。

晚上进了卧室，吴小莉就格外拘谨。其实她从上楼就开始紧张了，但她不能让大岛先生看出来。看到大岛先生打哈欠，她就浑身发紧，那是一个信号。大岛先生的嘴巴张大到——吴小莉想，检查喉咙的话，不需要压舌板了。一个人要有多放松，才能把哈欠打得这么大？吴小莉怀疑他是故意的，向她释放一个信号，兼有感染她的意思。或许，他已经看到了她的拘谨？

但在做"那件事"之前，大岛先生依然是严肃正经的，让吴小莉想到贾政。仅仅以现实版的"大男人"这个标准来衡量，贾政是《红楼梦》里最让吴小莉认可的一个，他有他的虚伪和假正经，但也有他的可敬，最起码不荒唐。可是，她从未想过选择这样的人来做丈夫。她觉得发生在她和大岛先生的肉体之间的事情，不能叫作爱，只能叫行房事，如同办公事一样的性质。只有"房事"这个词，才跟贾政这样的人匹配。大岛先生那么乐意保持一种不苟言笑的男人形象，是怕一旦轻薄了会被她看轻吗？是要让她清醒认识到，性并不是他有求于她、而是她应尽的本分吗？

在大岛先生睡前的沐浴更衣时分，吴小莉因为干待在那儿无所适从，就为他拿好了睡衣，在床边等着，他没有说谢谢，反而略带命令式地说，我自己来。他神态中的从容不迫甚至略带一点冷漠。吴小莉由此判断，她并不需要怎样讨好他，只要尽自己的本分就行了。确实，即便在床上，吴小莉在不在状态他好像也无所谓。吴小莉喜欢大岛先生对待女人的这种客观态度，而且，她也得益于这种态度。事实上，让她在他面前撒娇或卖弄风情，可能会像撒泼一样令她难堪。

如果说婚前他对她还有一点殷勤，她还拿着点劲儿的话，现在，她的劲儿拿到头了，以后，她更没有余裕了。好在吴小莉也不需要怎样调整姿态，她反正就是从来如此，以不变应万变，顺其自然甚至放任自流。她只要在大岛先生不需要她的时候让自己的存在约等于无就行了，这还不好办吗？

大岛先生威严自持，不愿意被她多了解，是怕"亲人眼里无伟人"，是不愿意被她看透，这吴小莉能理解。可是，他好像也不愿意多了解她的样子，又是为什么呢？掌控一切的人不是首先要了解一切吗？吴小莉以后才明白，他是觉得根本没有了解的必要。只有对一个人有完全地把握，才会持这种态度，如同不需要了解自己家的电视机洗衣机和冰箱的内部构造，只要会用就行了。

虽然陌生，但是她知道自己很安全，不用担心什么，不用紧张什么，也好。这份来自彼此隔膜的安全感，仿佛蛋壳没有被啄破，小鸡就永远孵不出来了。但吴小莉并没有悲哀的感觉，反而感到外紧内松的宽缓和放心。是她自己宁愿嫁给陌生人的，情同陌路，相安无事，这种状态正是她所求，她可以在这种不破壳的安全感下隐忍地过一辈子。其实能不能过一辈子她也不知道，只不过她目前是照着一辈子打算的，隔膜并不妨碍她有共命终生的感觉。

晚上睡前大岛先生突然问她，你习惯用沐浴露？吴小莉怔了一下，他怎么知道的？不用说，是英嫂告诉的。那么，英嫂和云嫂还会告诉他些什么呢？

吴小莉说，其实无所谓，香皂也可以的。大岛先生说，还是香皂好用，容易冲干净，沐浴露太滑，冲不彻底。吴小莉总不能告诉他，可是，香皂要与您共用的啊。使吴小莉选择沐浴露的，其实只是这个原因。或者，可以归纳为某种洁身自好的独立性？

大岛先生说，你要是用沐浴露的话，我找人从日本带。之后吴小莉才留意到，家里的洗化用品全是日本制造，纯日文，连中文说明都没有。吴小莉倒是不用担心用错，凭日文里面夹杂的中文字，她是可以蒙个八九不离十的。庆幸的是，大岛先生没有建议她学日语——任何学习对她来说都是折磨。

大岛先生很突兀地不知从哪里摸出一个手机，递过来说，以后，你有事可以用它联系我。

吴小莉小心地接过来。她认得，是松下的，因为商厦的手机柜台有广告。

大岛先生教她开关机和打字，两个人靠得很近，吴小莉能感觉到他的鼻息。可是，吴小莉竟忘了讨厌他的鼻毛。人的敏感其实也是有选择性的，只是自己意识不到而已。

大岛先生若是在家，吴小莉会不由自主地紧绷。大岛先生不在，她心里又发慌发空，仿佛缺失了大岛先生，她便失去了在别墅存身的根据。英嫂和云嫂各忙各的，吴小莉在房子里四处张望，好像偷偷摸摸进了别人的家。吴小莉出去转了转，外面太静了，静得好像危机四伏。几乎一个人都不见，偶尔有车子嗖地驶过，更让吴小莉悚然心惊。她说不出哪里不正常，但总觉得不正常。

无所适从又无所事事的时候，吴小莉就会去洗一个澡，这渐渐成了她的习惯。

除夕这天，大岛先生就待在家里了。不断有人来拜访，吴小莉便一直穿着套装和高跟鞋，宽大的沙发只坐半边。这样一天下来，她的脖子和腰就僵硬和酸痛。在商厦，脖子和腰必须规范地挺着，她以为自己已经练出来了，没想到还是抵挡不住。因为这种累跟那种累不一样。

好在她现在不用化妆。她看得出来，大岛先生喜欢她素颜。或许，他以为她素颜是为了他吧？那就让他这么以为好了。其实她是曾经沧海难为水，她觉得自己这辈子的妆都在商厦化完了，甚至看见浓妆都会觉得可怜。有一次她在公交车上看见一个浓妆的姑娘，提着果篮，抱着一束花，看起来是第一次去男朋友家的样子，非常隆重，可是，她还是坐公交车的呀！这么一想，她就觉得姑娘那庄严的浓妆越看越可怜，尤其那小鸡尾巴一样翘得夸张的假睫毛，那一定是为了这次登门拜访特地去接种的吧？她是有多么仰视男友家，才会把自己放得这么低！只有吴小莉这种曾经化妆成灾的人，才会懂得：不巴结、仰仗、讨好谁的人，是不必化妆的；不有求于谁、受制于谁的人，是不必化妆的。

太累了，能带你出去度度假就好了。晚上大岛先生突然抱歉地说。吴小莉搞不清大岛先生的"太累了"是什么意思，指他还是她？

吴小莉觉得夜晚自己比大岛先生从容，白天大岛先生比自己从容。白天的大岛先生令人敬畏，脸尊重得像什么似的，吴小莉心里发紧，盼望他对自己笑一笑，但不笑还罢，一笑更让她心惊肉跳。晚上的大岛先生则不那么放尊重了，大岛先生一不放尊重，吴小莉就有点余裕了。

吴小莉知道自己的余裕在哪里，但并不试图加以利用，这是她的老实本分。大岛先生想必心中有数。除夕那天，他拿出一个红包交给吴小莉说，我就不登门了，脱不开身，你回家时把这个带到，算是年礼。吴小莉没接，也没有推辞。大岛先生放在了床头柜上。大岛先生出去后，吴小莉到卫生间反锁了门，打开那个红包数了数，是四千。吴小莉抽出十张来，想了想，又把三十张抽出来，把十张放了回去。反正，她以后会慢慢贴给父母的，只多不少。

4

除夕夜是和田中、小泉两家在一个离城很远的湖滨度假村度过的。度假村从外面看张灯结彩却不见人影，显得很冷清。吴小莉想，干吗跑到这么偏僻的地方来呢？不像过年的样子。到了里面，她才知道一点都不冷清，穿红着绿笑靥如花的人一丛丛到处绽放，来的人看起来都很相熟。小泉太太说，来这里的都是会员，外人进不来。

大岛先生在这里订了一个包间和三个客房。不过，待在包间和客房的时间并不多，一晚上，他都在带着吴小莉及田中、小泉两家敬酒，别人也来给他们敬，送走一拨又迎来一拨，循环往复。大岛先生说，正好借这个地方把年拜了，在中国过年还是不错的。

这里似乎变成了某一个圈子的春节团拜会。在团拜的人中，吴小莉看到了自己从前工作的商厦的老总——感觉真是从前了。在商厦五年，吴小莉总共见过老总三次，而老总几乎从未见过她，所以她一点都不用担心被认出来。

去年春节时，吴小莉想到过今年春节会是这样过吗？不要说去年春节，就是两个月前，吴小莉还没有其他任何想法，甚至见到大岛先生之后，她还在想着怎样兢兢业业地做商厦的员工。吴小莉不觉得这是同一辈子的事。她的人生被拦腰斩断了，断成了无法对接的两辈子，那辈子已成过去，这辈子才刚刚开始。

商厦的老总来向大岛先生及太太敬酒，吴小莉举杯做了做样子。等他走后，吴小莉转过头，把杯中红酒一饮而尽。花团锦簇金碧辉煌的一切都在眼前摇曳了，扑朔迷离，好像不是她醉了，是周围的世界醉了。她的大脑里由远及近推出一个词：醉生梦死。吴小莉想不到像她这样的人，有一天也会体会到醉生梦死的滋味儿。

敞开式的二楼宴会大厅有川剧演出，吴小莉看了看迎宾小姐递过来的节目单，台上正演的是《花田写扇》，演员一招一式、唱腔气韵、表情眼神都很到位，那声如黄莺、俏皮任性的小丫鬟娇憨地一噘嘴儿，川妹子的魅力就出来了，粉艳又不腻，路过的男人们大声叫好，但没有多少人坐下来观看，演出只是为了烘托气氛的。

新年的钟声快要敲响了，人们聚集到大堂里。花炮制造了一个五彩缤纷响声震天的夜空，仿佛在邀请老天爷下凡同乐。有人奔到了外面欢呼跳跃，也有人打开窗子共同庆祝。

在这普天同庆的气氛里，吴小莉想起了自己的父母，想不出他们的心中会有怎样的欢乐。也许，女儿的欢乐就是他们的欢乐吧？他们永远只能和欢乐隔着一层，间接地欢乐着。但别人的欢乐能代替自己的吗？母亲永远担心着的哀戚的脸容就在这繁华之上浮现。怎么样也叫活着，吴小莉在心里叹息。她想给家里打个电话，把这里的欢乐传递一点点过去，只一点点，对他们来说就足够了。她拿出手机，翻开盖，但看大岛先生已经准备回房间，她便作罢了。她是怎么回房间的，自己都不记得了，只记得小泉太太和田中太太向她走来……

新年迎来之后，人们放心地睡去了。吴小莉他们三家是在初一下午离开度假村的。

回到家，英嫂和云嫂已经来了。她们只在家待了一个年夜。吴小莉曾经建议春节给她们放几天假，被大岛先生否了。他说，我回来时必须看到家里有人，否则，家还像什么家。大岛先生给了她们四倍的假期工资，比国家规定的还多，她们也很乐意。

回到家，电话就像热线一样响个不停，都是拜年的。也有人驱车前来。安静下来时，就快夜里十一点了，又该上床睡觉了。

大年初二按传统是女儿回娘家的日子，吴小莉准备第二天回家一趟，当然是她自己。她没向大岛先生提起这事，大岛先生不会有时间，就算有，她也不希望他同去。

一打算回家，吴小莉就想起母亲的心病来。服侍大岛先生上了床，看看他心情还不错，吴小莉说，有件事，一直想问你。

什么事？大岛先生问。

就是我们婚礼上……我外公说的那些话，让你不愉快了吧？吴小莉看着大岛先生的脸色，试探地说。

哪里，大岛先生说，你也把我看得太小气了，人老了，什么话都说得，他是个很有个性的老人家，让我们的婚礼也很有个性，不是吗？

你不是说着玩的吧？吴小莉将信将疑。我看见，你当时有点发窘呢，不停地看田中和小泉先生。

我是担心他们不高兴，后来问过他们，他们也和我想法一样，反而害你担心这么长时间。大岛先生怜惜地抚摩着吴小莉的头发，又说，生意人，在乎的是生意，其他的杂七杂八的什么话，不过是左耳朵进，右耳朵出。

吴小莉释然的同时，又有一点怅惘：这就是说，生意之外，没什么是大岛先生在乎的。

吴小莉拿出一样东西，递到大岛先生面前说，在度假酒店——吴小莉还是习惯叫度假酒店而不是度假村，她不明白那么豪华的地方怎么能叫村——买的。吴小莉实际上是非常舍不得的，但为了解决自己的心理障碍，她又必须狠狠心去花这个钱。

大岛先生打开礼品式的包装，发现是一个鼻毛修剪器。吴小莉观察着他的脸色说，是新年礼物。

大岛先生看起来没有丝毫多余的敏感，吴小莉放下心来。当晚大岛先生就试用了，用完说不错。从此，他就增加了一个常规性的个人清洁项目：修剪鼻毛。

这个晚上，吴小莉格外尽力。完了大岛先生眼睛半开半闭地斜着吴小莉说，你外公那一说，我倒是担心你。

担心我什么？吴小莉问。

担心你联想到日本鬼子蹂躏中国妇女。大岛先生诡秘地笑。吴小莉涨红了脸。

大岛先生是很少开玩笑的，一旦开了，好像就有继续开下去的欲望。他说，你知道我为什么一下子就看中了你吗？

吴小莉摇头。

他说，不多话，会脸红。所以，我料定你还是……

别说了。吴小莉赶快制止。她不愿意听他说出"处女"两个字，仿佛受到某种侮辱。

吴小莉少有地带点挑衅意味问，假如我不是呢？

你会是的，你的很多姿态和做派，都让我相信这一点。大岛先生稳操胜券地回答，仿佛这是一笔稳赚的生意。完了又补充一句：女孩子就是要安分守己。

他怎么不问我看中他什么呢？吴小莉心里琢磨。他不问是明智的，他知道我不是看中他这个人。

看中什么，自然彼此心知肚明。这一想，吴小莉自己心里也哑了。何必装天真呢？她不是连他的家庭状况都不敢问吗？更不要说财产。她不问，还不是不敢问、没有余裕问吗？如果有一天她能问了，他们就是真正的夫妻了。

初二早上比较清静，英嫂请示大岛先生，初二祭财神，要不要……还没等她说完，大岛先生说，人呀，只能做自己的财神。他没说"不"字，看来他也懂中国的规矩，过年不说"不"字，反正吴小莉母亲从她小时候就是这么教导的。

吴小莉提出回娘家，大岛先生表示同意，没说一起去，只说也替我带个好，尽量赶回来吃午饭。她不愿意他去她家，大岛先生是明了的。大岛先生这点让吴小莉很满意，看破的不说破，但是会去顺应。

到了母亲家，吴小玲也刚好从公婆家赶来。她看见吴小莉是一个人，便一秒不耽误地说道，你一个人？大岛先生不知道初二走丈母娘家吗？

母亲打圆场说，他是日本人，他怎么会知道呢？

吴小玲撇了撇嘴，又来了几连发：日本人就不是人了吗？他的中国话说得跟我们一样好，他能不了解中国吗？再说，他不了解，小莉不可以告诉他吗？

看吴小玲这个样子，吴小莉愈发不想多停留了。她伸手到包里去找出红包，先分清厚薄，再把厚的一个拿到母亲面前，说，大岛先生客人多，没有空来，托我把这点心意交给爸妈。

吴小玲又嘴快道，算给爸妈的压岁钱吗？光听说长辈给小辈压岁钱的，还没听说半子儿给丈母娘压岁钱的。

母亲数落吴小玲，你这个嘴呀——

吴小莉理解吴小玲的不忿，怨只怨自己让她的苦心白费了——迄今为止，她连一份见面礼都没拿到。吴小莉仍然记得好几年前，吴小玲的一个同学家突然通过侨办找到了断绝几十年的海外关系，吴小玲非常失落地回到家，看着黯淡拥挤的屋子，质问正在那里养病的外公，外公呀，你当初为什么不到美国去呢？去个台湾香港日本也好啊。说到最后，简直都有点怨恨了。外公生气地反问，我怎么去？吴小玲说，当战俘去也行啊。气得外公要拿拐杖打她。吴小玲总是这么不折不扣的。现在，吴小玲终于有了盼望已久的海外关系！可是，却什么光都沾不上，这怎能不让她气恼呢？

母亲接过红包，吴小玲打量了一下，不再说什么了。让她住嘴的不是母亲的制止，而是那个红包，那还算是比较可观的一个红包，尽管已经被抽去了大头儿。

母亲推辞了一下，吴小玲再次快言快语地说，妈，您就收下吧，也算是享了女儿的福了，这点钱对大岛先生来说算什么呢。说完了继续看着吴小莉的包，好像吴小莉还有什么没拿完似的。

吴小莉回头又把正在看动画片的毛毛捉过来，把另一个较薄的红包塞到他手里，亲了一口他的脑门儿说，小姨给你的压岁钱。毛毛敷衍地说声谢谢小姨，又继续去看他的动画片。

吴小莉看见吴小玲不屑地与丈夫交换了一下眼神。吴小莉去了一趟卫生间，出来正听见吴小玲在跟母亲抱怨：真是越有钱的人越会过，一年不就这么一回嘛，两百块，也是日本老板太太拿得出手的吗？

吴小莉想返回卫生间，装作没听见，可是，吴小玲一转身看见了她，她回避也来不及了。吴小玲倒不怕她听见的样子，也许还希望她听见吧？

吴小莉红着脸窘住了。不是她会过，包里确实拿不出第三张来了。母亲从吴小莉刚刚给她的红包里拿出三张来，塞到毛毛口袋里，说，这是外公和外婆给乖乖的压岁钱。吴小玲的神气这才缓和了。

坐了一会儿，吴小莉准备走了，沈蔚突然来了。自然又是一番寒暄。沈蔚说，初二走娘家，我料定能碰见你，你的日本先生呢？

看来她什么都知道了，也省了吴小莉向她解释了，一直觉得自己是吕云和沈蔚的叛徒似的。

吴小莉担心地看着吴小玲，生怕她又抢着说出什么来。还好，吴小玲还能分出个里外，给她留了点面子。

吴小莉正不知怎么回答，母亲接过沈蔚的话头说，他待了一会儿，有事儿，刚走了。

吴小莉什么也没问沈蔚，沈蔚却问了吴小莉许多，吴小莉尽量含糊其辞地应付着。这样说话，她简直觉得对不起沈蔚，沈蔚这个人仗义，吴小莉对她还是比较有感情的。可是，不这样说又能怎么说呢？她的事，难道很自然吗？难道方便昭告天下吗？

坐了一会儿，沈蔚要告辞，吴小莉说，我也该走了，司机还在路上等我。一说完"司机"，她就后悔了。果然，沈蔚说，我们现在是两个世界的人了，一个坐轿车，一个骑自行车。

吴小莉很不好意思，她那句话确实容易给人理解偏了。这个用车的问题，吴小莉是没办法，她住的地方离城里太远了，又没有公交车，如果大岛先生不给她派车，她怕是连出租车都打不到，再说，她也没钱打车。

正好司机打电话过来，告诉她，中午有饭局，大岛先生已经出门了，让他直接把吴小莉送过去。

吴小莉站起来准备和沈蔚一起出门，沈蔚冷不丁地说，咱们商厦那个辞职的保安，前几天来找过你。

5

今年因为携新太太，大岛先生不拒绝邀请，于是，各种邀请像滚雪球一样越来越多，有的还要回请，有时也主动宴请，这样，每天的吃饭就成了流水席。元宵节前，吴小莉天天包围在觥筹交错笑语喧哗之中，应酬礼仪虽然得体，却觉得疲乏无趣。毕竟这种生活不是自己的，是租来的借来的。

吴小莉有时在宴会中间会走神。初二在母亲家沈蔚临走时说的那句话，时时会把她的思绪扯到别的轨道上去。因为是临走了，吴小莉只问了一句：找我干吗？沈蔚答，不知道，找不到你就走了，没说什么。吴小莉心里简直有点着恼：你怎么不问问？沈蔚看出了她的心思，没想到她还这么在意，就解释了一句：你知道的，过年期间太忙了，没来得及问他。吴小莉没再说什么。这时候说什么也没用了。她匆匆地上了车，从后视镜里看着沈蔚骑自行车的身影越来越小。

他为什么找她？他现在怎么样？能托沈蔚打听到他的联系方式吗？这些问号整天在她脑子里徘徊。直到有一天在宴会上，她突兀地在半空里听到大岛先生依然温和但有点分量的声音：小莉，敬酒。她打了个哆嗦猛然醒来，看见大岛先生正举杯等着她。她知道，胡思乱想必须打住了，那个盖子，不是她能揭开的，会烫了自己。

元宵节后，应酬少了，吴小莉约摸小鹿也该从老家回来了，终于找机会去了那条"女孩子很多"的小巷。她曾经打定主意不再去这里，可是，终究发现只能去，因为没有办法联系上小鹿。小鹿有手机吗？她觉得应该是有的，她那么新潮的人。可是，在自己有手机之前，吴小莉完全不关心手机这个东西，没有想过向她要手机号码。即便有了手机，吴小莉也没有拨打过母亲家和大岛先生以外的号码，小鹿的电话，更不合适出现在她的通话记录里。吴小莉知道，任何打过的号码都可以在通话记录里查到，当然是要到营业厅查，但手机号码是大岛先生帮她办的，他还不是随便查吗？

吴小莉远远地就让司机停了车，她自己走去那条小巷。敲了半天门没人应，吴小莉不了解小鹿的邻居，也不敢随便敲别的门问，尤其在这样一个可想而知的地方。

敲门声终于惊动了一个老太太，吴小莉不知道是不是房东。老太太告诉她：住在这里的人已经死了。

您搞错了吧?！我找的是一个女孩，叫小鹿。

老太太说，给人捅死了，你没从报上看到吗？一个出租车司机捅死了两个妓女，有一个就是她。

妓女这个词，尖锐地刺痛了吴小莉。她想说，小鹿不是！可是，她有什么证据来证明她不是呢？正如，她也没有证据来证明她是。

吴小莉痛悔自己来晚了，更痛悔这笔钱攒得太慢了！可是，她又能怎么样快呢？她除夕那天才从大岛先生那里得到，而且还是狠心克扣父母的。她手里拿着那个装钱的红包，眼望着小鹿再也打不开的门，哭得蹲到地上去。她没有别的地方可以哭，就在这里哭完了吧。

吴小莉想起小鹿曾经说过的，钱是人的胆！她不能让她在那边也胆战心惊，当老太太再次出来，劝她"别哭了，走吧"的时候，吴小莉从那个红包里抽出钱，数出一千，交给老太太，拜托她，给小鹿做一个简单的法事，一定要烧三千块纸钱给她。家里的这种事都是母亲打理，吴小莉不知道，市面上通行的天国银行的币值都是一万十万百万的。

恹恹不振的吴小莉只有在大岛先生面前能够强颜欢笑，她觉得这是自己的义务。其他时候，她都会不自觉地陷入发呆状态。她为自己对小鹿的另眼相看而深深羞愧。其实，她又有什么资格对小鹿她们那样的女孩子另眼相看呢？她又比她们高洁多少？无非"客户"的多寡而已。她简直要为自己的自命清高而冷笑。的确，她跟大岛先生是领了证的，属于"合法经营"，可是，她不是也对大岛先生一无所知吗？尽管夜夜同床共枕。

她不是没想过向英嫂和云嫂探听，可她马上就否决了自己，她们不会多说一个字的，大岛先生有调教。而且，她们可能也不会知道。刘玉珍是包打听，都打听不来的，她们怎么可能知道呢？当然，她们会看得到，但她又有什么诱饵能让她们说出来呢？她有钱吗？她比大岛先生更能主宰她们的经济收入吗？

大岛先生的私人生活，不是她应该操心的，既然那是他不想让她知道的。她应该安于自己的本分。吴小莉心里自苦到山穷水尽，最后就得出这样的结论。

如何把大岛先生不在的时间填满，就成了吴小莉接下来的问题。

在自己简陋的小房小户的家里，她还是有一个房间的，可是，在这座阔大的别墅里，她没有一个属于自己的房间。若是有一个自己的房间，她可以理所当然地关上门来，就不必听到什么响动都会不自觉地回头张望了。或许，她从住进这座别墅起就没有踏实地坐下去过。可是，她能以什么样的名义得到这个房间呢？书房？连她自己都觉得可笑。

终于，她发现二楼的空房间里有一台电脑。她打起了电脑的主意。如果她以用电脑的名义经常待在这里，下一步就可以在这里看书，久而久之，它无形中就成了家里默认的"她的房间"。她向大岛先生表示，她想熟悉一下电脑，只是出于好奇。可是大岛先生说，你行吗？仅仅轻描淡写的三个字，就使吴小莉正欲伸出的手缩了回来。大岛先生好像是随意一说，但她知道，他口里不会有随意的话，他是并不愿意她"行"。

　　那么，大把的时间，她该做什么呢？大岛先生是希望她跟别墅区所有的太太一样，去美容购物打麻将吗？那也不对，那都是要花钱的，可是，他并没有留多少钱给她。也许大岛先生只是希望她不要用脑子？电脑不也是"脑"吗？当然也是忌讳的。至于要怎么打发时间，那是她自己的事，需要她自己开发可能性。

　　吴小莉在大岛先生的书架上发现了一部中文版的《源氏物语》，她是被"日本的《红楼梦》"这样的字眼所吸引的。虽然吴小莉觉得不如中国的《红楼梦》，但还是看着看着就看进去了。吴小莉看书很慢，而且喜欢反复地看，这本书够她消遣几年的了。吴小莉唯一从娘家带到大岛别墅的，除了她自己，就是一套《红楼梦》，是八十年代出的，已经卷边了，大岛先生曾想买一套新的给她替换，她婉拒了。

　　因为看书的缘故，吴小莉渐渐迷恋上了散步，她看累了就出去走走，专找没人的地方走，像一只放养在山坡上的小鹿。

　　她看见这个别墅区也有欧洲女人居住，大冬天穿着裙子和丝袜，虽然外罩大衣，但到底是光着腿呀，不冷吗？她为欧洲女人们寻找着理由：也许是习惯了吧，我们的手和脸露在外面，不也不会像其他部位露在外面那么冷吗？可能就是个习惯问题。但她接着又想到宋氏三姐妹，也经常是旗袍大衣的穿法，她们可是中国人，应该习惯穿棉毛裤才对的呀。很快，她又想到宋氏三姐妹也是很小就去美国留学的，应该跟西方人同样的习惯吧？她又想到了日本的女学生裙，大岛先生说过，她们是穿着厚袜子的。是的，看上去不比中国的棉毛裤薄……她的思维就是这么信马由缰，脑子里绕来绕去绕不出个头绪，她也乐得这样绕，要不干什么呢？

大岛先生说，养只狗陪你散步吧。吴小莉于是有了一只价值不菲的日本秋田犬，名唤桑桑，是大岛先生取的。有了狗，吴小莉就更有事可做了，除了看书看电视和散步外，她还坚持每天给桑桑洗澡。吴小莉日常生活中最占用时间的就是洗澡了，不是给自己洗澡，就是给狗洗澡。

狗屎问题，是最让吴小莉头大的。她不明白，狗为什么到了外面草地上特别爱拉屎？吴小莉家所在的那条小巷，简直狗屎遍地，吴小玲戏称狗屎巷。曾经，她以为别墅区绿草茵茵的，应该是没有狗屎的。想想看，如果那么美的草地上也有狗屎的话，电影电视上看到的那种西方贵妇淑女的曳地长裙，该成什么样子了？哦，她们的裙子里面是有裙撑的，不会拖地。可是，她们总要踩地吧？她们打着洋伞走在草地上，看起来那么优雅，怎么可能是踩狗屎的呢？不光贵妇淑女，就连西方的女仆和农妇，都穿拖地的长裙呢，拖拖拉拉，多不利索，怎么劳动呢？农田里那么多尘土，裙子不成拖把了吗？她们还戴着花边小帽，怎么擦汗呢？干活难道能不出汗吗？她的大脑肆无忌惮地跑着题……

她突然看见桑桑开始转圈，哦，它又要拉屎了！她赶快从随身的小袋子里找卫生纸……

她以为，光华村的狗不文明就罢了，别墅区的狗总会文明一些的呢，何况，这还是来自日本的狗。可是，都一样。大岛先生向她强调过养狗的文明问题，他说，狗的表现代表着养狗人的文明程度，人文明，狗就文明。可是，她再怎么文明，桑桑还是不文明。她向大岛先生反映过这个问题，他说，狗的文明公德是可以训练的，日本有狗学校。她听得心里一惊一乍，狗也会有毕业证吗？她自己才初中毕业呢。她带着嗔怨说，那怎么不给桑桑上完学再带到中国来呢？大岛先生说，你来训练它不好吗？就当养一个小孩子。吴小莉心里说，要养孩子，自己生不就可以了吗？

除了洗澡是随机的之外，吴小莉每天的生活内容差不多是以中午为轴心对称折叠的，早上起床洗漱吃饭送大岛先生，上午看书看电视遛狗侍弄花草或随便找点事做，然后中午饭，下午是重复上午的内容，然后是晚上，迎接大岛先生吃饭（如果大岛先生回来吃饭的话），洗漱上床。吴小莉中午是不睡的，她坚持这样，因为害怕那些在床上睁着眼睛的夜晚。中午不睡的话，她晚上差不多上床服侍完太君（如果太君有需要的话）就睡着了——吴小莉这个毫无幽默感的人，也学会了用戏谑调侃的眼光看待她和大岛先生的关系，有点拿自己开涮的意思，这样她就好受多了。当然表面上她还是恭谨有加的。

吴小莉不急不躁地做着一切，觉得自己正在适应大岛太太的生活，快要找到主人的感觉了——不仅是别墅的主人、大岛家的主人，更是这种生活的主人。

当然，还是有不适应的地方。有人说，生活由贫转富容易，由富转贫难，吴小莉觉得不尽然。她觉得云嫂在厨房忙活半天，好像是为她忙活的，可她不过吃那么一点，多半还是云嫂和英嫂吃了，等于雇个厨子自己做饭给自己吃。其实做饭和打扫卫生只要一个人就够了，英嫂不是打扫完卫生便无所事事地等吃饭吗？卫生并不需要天天打扫的，这个别墅区太干净了，根本没什么灰尘，吴小莉觉得英嫂每天就是在做无用功，大概连她自己都不知道在抹什么。吴小莉并不是疼人吃喝，她是觉得浪费人力。母亲说，能使唤人的，才是贵人。看来真是没错，自己离贵人还很远呢。

吴小莉看不得浪费，尤其看到好东西给倒掉时。如果到了该做晚饭的时间大岛先生没有打电话说不回来吃，云嫂就会做着大岛先生的饭，可是一会儿，他打电话说不回来吃了，那剩饭菜就只有倒掉。大岛先生不许吃剩饭菜，不知是否跟"最佳赏味期"有关。每当这时候，吴小莉就忍不住心疼。她还是一个穷人在体验富人的生活，骨子里还是个穷人。吴小莉也不完全是心疼东西，她心疼的是别的，她总是情不自禁地想到，这里倒掉的，都比父母吃进去的强。从前她跟父母吃的是一样的，没觉得有什么，现在想想父母的饮食，有一股说不出的滋味儿，但她又没有多少钱去补贴他们。

这些想法，吴小莉不会说出来，怕给英嫂云嫂留下一个"苛待下人"的资本家的恶婆娘的印象。相反，她有时还合理地为她们说话，比如，双休日英嫂云嫂是不能休息的，周三和周四轮休，吴小莉向大岛先生提议，让她们周末轮休吧，好跟老公和孩子相聚。大岛先生说，你不要管。吴小莉就不再说什么了。她懂得少管少错的道理，尽量什么都不管了。

在大岛别墅，英嫂和云嫂看起来比她还自在些，表面上，她们对吴小莉很谦恭，但吴小莉能感觉得到，她们主要是跟着大岛先生的指挥棒走的。毕竟，为她们发工资的是大岛先生。

吴小莉日常相处的就是英嫂和云嫂，但除了必须交代的事，她不会和她们多说话，以免言多必失，没了女主人的尊重。本是同根生，在这里却有了阶层分野，她必须拿捏着点，否则，一不小心就会混同于她们。

吴小莉本是一个执拗的人，既然这份执拗不能表现出来，便只有折回内心里去了，这叫内敛。内敛就是刀锋向内，就是刺猬的刺向里长，她的心里因此有时会略微扎得慌，但她能忍。

人，没有受不了的苦，没有享不了的福，这是母亲常说的一句话。吴小莉有时会想起以前"受苦"的日子，每天忙到没空烦恼，最开心的是发了钱与小姐妹儿约着去逛夜市。现在看那份开心，自己都不确定是不是该心酸？那时候每天都在盼望着一点清闲，当下这"享福"的日子多清闲呀，又感觉被抽空了。或许，这就是过了几天好日子烧的？

如果一个人穿衣服习惯了先伸右胳膊，有一天先伸了左胳膊，就会感觉整件衣服都别扭。这就是惯性。

再让你去过过那种日子试试！她替自己教训着另一个自己，或者说，替吴小莉教训着大岛太太。但她仍然不觉得这是纯粹的矫情。从前的日子，总该有点可以怀念的地方吧？

吴小莉也到别墅的俱乐部去玩，是大岛先生给她办的会员卡。但终究觉得融不进去。

吴小莉有时在院子里晒太阳，巡逻的保安经过时，相互看见了都会隔着围栏打个招呼。等他们过去之后，吴小莉就会望着这些似曾相识的背影出神——他们的保安服几乎跟商厦的一模一样。

田中太太和小泉太太经常来，她们教吴小莉茶道。嫁给日本人，首先就要学会两件事，茶道和插花，我们已经学得差不多了，慢慢教你吧。田中太太说。吴小莉求之不得，她再也不用担心在云嫂面前露怯了。

她们在一起大多谈日本，很少谈中国，对各自的出身来历都闭口不谈讳莫如深，吴小莉由此判断，两个人的情况和她差不多。吴小莉自觉是个新人，在老资格的她们面前更不敢多说多问。

田中太太沉稳一点，小泉太太嘴快。有次喝着茶小泉太太说，日本女人丑死了，歪瓜裂枣，还罗圈腿……田中太太说，日本男人也不好看呀。小泉太太就笑，瞥了她俩一眼说，我们没找到好看的罢了。三个人都笑了。小泉太太叽里呱啦继续说，你看那相亲的，男的都好看得不要不要的，个儿高高的，瘦长脸儿，有棱有角的，那些女的，化了那么厚的妆，还丑得没法看，没一个出挑的，我觉得日本男的太可怜了，女的太赚了，哪想，男的走到女的面前鞠躬伸出手来，女的还不牵……吴小莉忍不住插嘴问，你去日本还能看到相亲？什么时候去的？小泉太太撇嘴说，电视上看的呗，我什么时候也没去过日本。吴小莉自悔失言，低下头去喝茶。田中太太看见吴小莉不自在，便接话说，我也没去过日本，我们都没去过日本，去干吗？没意思。小泉太太附和说，就是，没意思，还是中国好耍。田中太太呷了口茶，转脸向吴小莉说，我对日本文化一点都不感兴趣，我看你还看日本的小说……小泉太太接过去说，我也看见了，什么紫部式的……田中太太拉长腔调嗔道，是紫式部，小姐。小泉太太笑着急急地说，嗯对，是紫式部的什么《源泉物语》……田中太太又截断她说，是《源氏物语》啦！小泉太太不恼也不窘，笑得茶几乎洒出来，又急急地说，对对对，什么破名字！吴小莉在旁倒比小泉太太还发窘。

吴小莉一开始就对田中太太的感觉比小泉太太好，也没有什么深层次的原因，就是气味不对。有句话说，人与人之间要对气味，具体到卖化妆品的吴小莉和小泉太太身上，那真是实实在在的，小泉太太的香水味她不喜欢，是一种很甜腻的果香。田中太太的木香她就比较喜欢，虽然木香经常是男人用的，但用在田中太太身上却很合适。说是闻香识女人，大多数人其实是做不到的，但吴小莉有一种职业性的敏感，太细腻的部分不敢说，类型上至少是分得清的。

吴小莉主动承担了家里喂狗粮的任务，定时定量她都做得极好，因为到了时间桑桑就会来找她。狗粮也是大岛先生托人从日本带来的，她不知道价格，也没在意牌子。这天两位太太正在喝茶，桑桑来了，吴小莉就去拿狗粮。小泉太太眼尖，一眼看到那狗粮就说，这个牌子，很贵的哦。田中太太问，多贵？小泉太太说，具体多少我忘了，不是还要换算汇率嘛，反正我记得比人吃的进口麦片贵。吴小莉呆了一下，想起母亲去超市时，在进口食品区看到什么东西的价签都要喷喷。事实上，超市这种新兴的卖场也是母亲眼里的高档消费场所，家附近只有一家，她很少去，她还是习惯去可以讲价的菜市场。父母的生活质量远远没有桑桑高，意识到这点，吴小莉心里涩涩的。

　　田中太太说起如何训练狗狗大小便，吴小莉趁机请教她，为什么桑桑一到外面草地上就容易大便？小泉太太抢先答，当然是因为环境好呀，狗也挑厕所的好不好！叫我说，那些贫民窟一样的地方养狗，都委屈了狗，你看路上都是狗屎，狗没有草地可去呀！吴小莉马上想到了光华村自己家的那条小巷。田中太太嗔怪说，听听你这张嘴！人能住，狗还不能住了？小泉太太说，人是没办法，狗是可以选择的，有条件就养，没条件就不要养嘛，城市里养狗本来就是贵族的事，乡下养狗看家护院是另外一回事。田中太太说，这倒也是，从狗狗的档次就能看出小区的档次。小泉太太说，那当然，你没看见那些安置拆迁户的楼盘价格都格外低吗？狗多，都是不值钱的，狗屎也格外多。田中太太指着小泉太太笑起来，说，你这又说岔了，那是养狗人的素质问题，好吧？拆迁的嘛，有钱没素质，又闲……小泉太太抢过去说，那就专门制造狗屎了？吴小莉也禁不住跟着笑起来。档次和素质的关系，在人在狗原来都是要讲的，可怎么个讲法，又考验档次和素质了。

　　周末，大岛先生往往是一天休息，一天带吴小莉出去玩。休息的时候，他便惬意地看着桑桑和吴小莉追逐，一副欣赏田园牧歌的样子，口中唤着：小莉——桑桑，桑桑——小莉。似是叫她（它）们回来，似是喊着玩。吴小莉第一次听见大岛先生叫小莉，一瞬间感觉僵硬，似乎耳朵都不自在了。大岛先生叫小莉远没有叫桑桑那么自然，连在一起叫会好一点。她和大岛先生和狗之间，哪两者更有感情或好感呢？她给不出答案。

　　他们出去玩的时候，则多半是购物。大岛先生很慷慨，几乎吴小莉看什么，他就会不由分说地给她买什么，搞得吴小莉都不敢多看了。吴小莉从前是买少看多，现在是反过来了。买来以后，吴小莉并没有穿它们的欲望，也许是得来太容易了，不过看了两眼，就成她的了，吴小莉还有点不习惯。从前，她买衣服都是三思而行的，因为有许久悄然欢欣的期盼，每买一件都爱如珍宝。这样千金一掷的豪奢和漫不经心的买法，快乐却不见得更多。钱多钱少，带来的快乐也许是差不多的。——得出这样的结论，吴小莉大大吃了一惊。难道，她也到了鄙视铜臭的地步了吗？真是好笑。若真如此，那可真是天生贱命了。她暗暗斥责自己。

有时候吴小莉阻止大岛先生买，他就说，为什么不呢？值得买。什么叫值得？什么叫不值得？吴小莉不明白。婚礼上剩下的蛋糕，他可以带回家吃到第二天，四位数的一件衣服，他付起钱来却眼都不眨。

太浪费了。吴小莉说。

这不叫浪费，这是消费。大岛先生说。

回来的车上，大岛先生向吴小莉耐心讲解浪费和消费的区别。他说，消费是讲究品质的，有品质就值得，浪费就毫无意义了，要不得。

吴小莉说，消费不也是花钱吗？

大岛先生说，不一样，消费没有浪费资源，钱不过是个数字符号，无非从这个人的手上到了那个人的手上，你所消费的商品，作为资源还是在地球上完好存在。浪费就不一样了，资源被糟蹋了，从整个地球来看，这是一种损失。

原来有钱人的思维是这样的，她听着就像电视上的经济学讲座一样深奥。吴小莉没有为这个地球着想的宏大思维，他们的"浪费观"是不同的。但她总算明白了大岛先生关于消费和浪费的理念。她也知道了，自己消费归消费，浪费是一点都要不得的。后者她觉得是应该的，至于前者，她还是觉得不踏实，尽管有大岛先生的鼓励。

只是出于礼貌的附和，吴小莉随口说，总之，贵的就是好呗。

没想到大岛先生又正颜正色地纠正她：不一定贵的才好，重要的是品质，有些小的定制品牌也不错，只认奢侈品也是愚蠢的……

吴小莉干脆什么也不说了，不敢说了。在这个方面，吴小莉觉得自己完全没有跟大岛先生对话的资格，虽然她是女孩子。她说什么都是露怯，只能暗自汗颜。她还担心：大岛先生有没有觉得启蒙一个小户人家的女儿太累了？

吴小莉终于可以从容地光顾她工作过的商厦以外的任何高档商店了。这样的商店是专为挤压穷人的自尊而存在的，它们运用《皇帝的新装》里两个骗子的逻辑，嘴尖皮厚地奚落每一个过而不入的穷人：只有穷光蛋才不光顾我，谁不光顾我谁就是穷光蛋。吴小莉从前都是经不起诱惑而进去，过完眼瘾再落荒而逃。而现在，她不用逃了。她并不贪恋，她要征服的，只是在它们面前镇定自若的感觉，她已经受够了它们的轻慢。

夜里突醒，吴小莉有时会搞不清自己在哪里，等回过神来，她就有掉在黑夜的半空里的恐惧感。如果这时候恰好大岛先生醒来，她就希望他要她，这能使她感觉踏实，并确认自己当前一切拥有的合理性。

即便是白天，吴小莉潜意识里也总在提防着大岛先生突然回来，她基本上处于一种待机状态。大岛先生把她养在家里，不就是为了这个吗？

有一天大岛先生果然回来了。养兵千日用兵一时这句话若是遭遇突袭，便失去了效验，那天恰巧吴小莉在小睡，乍醒自然不太整齐，慌忙用手指去梳理头发。大岛先生却暧昧地笑着，重新把她带回到床上。事后，吴小莉又忙着去梳理头发，大岛先生拉住她说，这样更好。

自那以后，吴小莉在白天就不那么紧张大岛先生了，有时也轻松地提一点个人要求。吴小莉的个人要求多半是回娘家。

6

吴小莉平均每周回一次娘家。她除了娘家也没处可去。吴小莉回娘家一般都是司机送，有时车子没空，大岛先生就让她打的。写字台中间抽屉里有钱，给你零花，大岛先生每次都说。抽屉里的确有一摞钱，她点了点是一千。吴小莉给自己规定每次抽一张，每次一张是吴小莉假定大岛先生默许的数目。钱薄到一定程度，吴小莉就不再拿了，然后，它又会在某一天突然间厚起来，吴小莉继续拿。她留意到，这摞钱总是一千封顶的，而再少也不会低于五百，可见，大岛先生是有数的，会及时补上。吴小莉就这样一张一张地拿着，那些变薄又变厚的钱，就是吴小莉和大岛先生之间一天一天的日子了。

吴小莉乘出租车到了有公交车的路上就让司机停下，确定附近没熟人，便匆匆地去上公交车。上车时一般不会出问题，但有一次下车时，吴小莉遇见了买菜回来的云嫂——有时大岛先生想吃什么菜会派车子带云嫂去市里买。吴小莉一下公交车，云嫂坐的车子正好从后面赶上来，看见吴小莉赶紧停下。司机和云嫂都喊，太太。吴小莉故作自然地说，好久没坐公交车了，想体验一次。脸却不自觉地红了。

晚上，大岛先生说，以后出门不要坐公共汽车，你现在是大岛太太了，云嫂买菜都坐小汽车呢。吴小莉难堪而委屈地低下头。

好像为了安慰她，大岛先生温和地说，要用钱就告诉我。

吴小莉在心里说，想给就给好了，为什么一定要告诉呢？再说，谁不想有钱呢？干吗要用的时候才给。

7

吴小莉有一次回娘家时，吴小玲也在，吴小莉立马觉得自己来的不是时候。吴小莉的结婚非但没有改善姐妹俩的关系，反而加剧了吴小玲的不忿，使她更加牙尖嘴利。

吴小玲不看吴小莉，只看着母亲说，妈，小莉家的豪华别墅那么大，白天又是一个人待着，肯定空得慌，您干吗不去跟她做个伴儿呢？

吴小莉知道吴小玲在提醒什么，她还一直没向吴小玲一家发出过邀请呢。

母亲说，我这个样子，才不去给小莉丢人呢。说得吴小莉心里难受。

吴小玲说，你什么样子见不得人？你再不济也是吴小莉的妈、大岛先生的丈母娘，吴小莉再怎么富贵也是你养的，还能变成她养的你不成？

吴小莉马上想起了《红楼梦》里赵姨娘说女儿探春的那些不堪的话，什么"你从我肠子里爬出来"之类的，如果只是冲着吴小玲，她恨不得立马掉头而去。可是，还有母亲在，她走了母亲怎么办？

吴小玲的话虽然难听，却真打到了她心里去。她知道父母为她承担了多少谦卑，大约和自豪是一样多的。父母感觉高攀了大岛先生，所以一直勉为其难地踮着脚尖，尤其是母亲。她一生就这么手足无措捉襟见肘的，在大岛先生面前更是拿不出丈母娘的架势，一见他就不由自主地缩水，越发像韩剧里低声下气不敢言动的老妇人。吴小莉想起来了，那是《爱情是什么》里面的顺子。可顺子是因为嫁给了一个专制暴君，而母亲呢？因为做了一个日本老板的丈母娘？母亲这样的人，找一个贵重女婿实在是受洋罪，虽然她一心希望女儿嫁得好。

吴小莉一直认为自己不愿接母亲去是怕她受洋罪，被吴小玲这么一说，自己心里也不得不承认，并不全是。她不愿看见母亲诚惶诚恐是一个方面，还有一个更重要的方面，是担心大岛先生对母亲的态度里有她不能承受的东西。吴小莉的心理是这样的：我可以为我的家庭自卑，但大岛先生不可以瞧不起它。吴小莉从前一直不承认自己为家庭而自卑，现在看看，她至少是没自豪过。

吴小莉既不愿擅自把母亲接去，又不愿请示大岛先生，所以一直没有邀请母亲。但现在，她决定无论如何要找机会让母亲去住一住了。

机会不久就来了。大岛先生到上海去办事，本来计划当天返回的，事情出了点意外，就要延留一两天。吴小莉想，何不这时让母亲来呢？等大岛先生回来跟他讲一声好了。

吴小莉先打电话回家，告诉母亲要去接她来住一住。母亲却死活不答应，她说，你外公那么得罪大岛先生，我怎么好意思去呢？

吴小莉耐心劝说，不是已经跟您说了嘛，大岛先生没有生气，什么事儿也没有。但是，任她怎么说，母亲都不听。吴小莉只好搬出吴小玲来当说客，吴小玲的嘴巴当然好使多了。

母亲终于来到了她一辈子都未曾近距离接触过的别墅。父亲和吴小玲同来的，但"到此一游"就回去了。吴小玲一踏上客厅的地毯就直叫唤：这地毯厚得，简直没了脚脖子呀！吴小玲是请了半天假来的，在发出无数声啧啧，说了好几遍"真是人比人死啊"之后，又上自己的班去了。母亲比吴小莉当初还要不自在得多，虽然大岛先生不在家，但看她那种惊弓之鸟的神色，仿佛房子里有大岛先生"阴魂不散"似的，他的照片都会把她吓一大跳。她神态太过紧张，脖子似乎都转不灵活了。吴小莉想，幸亏她没在大岛先生在家的时候来，不然非吓出病来不可。

给母亲一比，吴小莉在这里就很像个女主人了，对家庭和男人都蛮有把握的那种女主人。

母亲不敢自己睡。但也不敢跟吴小莉睡，仿佛挨近女儿就是间接挨近了大岛先生，很是胆怯。吴小莉只好让她跟英嫂和云嫂睡一起。

这天晚上，英嫂和云嫂已经睡去了，母亲和吴小莉还在楼下看电视。外面草坪上的灯亮着，保安巡逻的脚步声不时传来。母亲说，我一直担心这里人少不安全，看来，比我们那里还安全呢，这下我就放心了。

吴小莉说，原来您一直在担心我呐，妈，让我怎么说您呢？吴小莉想告诉母亲，房子里有闭路监视系统，有报警器，但怕再吓着她，就没有说。

吴小莉端详着母亲的脸，她已经很久没有注视自己的母亲了。不得不承认，她的容貌是遗传了母亲，可是，自她开始发育，就不时有人夸她是美女，却没人夸母亲，其实那时母亲还很年轻。作为一个辛苦的母亲，她的美丽与否有什么重要？又有谁去注意呢？从小到大，她眼中的母亲都被抬着头的抱怨和低着头的叹息占据了，她根本不会越过这些去注意母亲的容貌。

吴小莉说，妈，等以后有了机会，我带您去日本。其实，连自己有没有机会去日本，她都没把握，只是一种酸楚驱动她这么说。

母亲受宠若惊地说，我这个样子，去什么日本哟。但看得出来，单是吴小莉这句话，就够她受用的了，她的鱼尾纹堆积的眼睛里泛起亮光，两颊都红了。母亲越是这样，吴小莉越是暗下决心，非带母亲去一次不可，这是她的使命。

说了一会儿话，母亲说困了，先上去睡了。

吴小莉倒了一杯水端着，正要关灯上楼，门上却传来钥匙的响动，她屏住呼吸紧盯着门。门开了，是大岛先生。吴小莉张口结舌地看着突然归来的丈夫。大岛先生却奔过来搂住了她。

被大岛先生箍得死死的吴小莉正待挣脱出来，跟他讲讲母亲的事，就听楼梯高处传来一声惊叫。吴小莉刚刚反应到"母亲"，就见母亲已经惊恐万状地倒下了。吴小莉在大岛先生怀里，目瞪口呆地看着母亲从楼梯上一级一级滚落下来。

把母亲送到华西医院急诊处置室之后，吴小莉和大岛先生站在外面走廊里等待。吴小莉迎着大岛先生疑惑的目光，流着泪解释说，我母亲担心外公得罪了你，不敢见你，我也怕……所以想趁你不在家让她来住一住，也陪陪我，没想到……

我也是下层出身，你这又何必呢？大岛先生说。只这一说，就让吴小莉倒在他怀里泪水涟涟，以至于没有在意这句话背后的含义。

关于自己为什么突然回来，第二天大岛先生才说，他的业务又意外地顺利办完了，想着回来给她一个惊喜。听到"惊喜"这个词，吴小莉心里咯噔了一下：他真这么想的吗？即便没有变成惊吓，吴小莉似乎也不会当成惊喜。吴小莉还敏感到：他应该不是不放心她吧？家里还有英嫂和云嫂呢。吴小莉所谓的"不放心"，是有双重含义的。

8

母亲在医院里躺了半个月，又在家里躺了一个月，大岛先生专门请了人来护理她。

母亲这样解释自己的摔倒：我就是贱命，享不了住别墅的福气。

这一摔，终于使母亲看到了大岛先生的好。但是，要她像普通中国丈母娘一样把他当女婿看，吴小莉知道还是不可能的，除非先让她做了外婆。想当初在银行工作的姐夫也是让母亲不知所措的，但吴小玲生了毛毛之后，母亲在姐夫面前就坦然多了。

你还没有怀上吗？吴小莉去医院探望时，母亲躺在病床上担忧地看着女儿的脸问。

不急，吴小莉说。

要早点给大岛先生养个孩子，最好是男孩，男人看重这个，要不万一有一天他……

妈，吴小莉悲哀地叫道。

您为什么不担心反过来呢？吴小莉想说。但她自己也觉得心虚，她难道还有抛掉大岛先生的可能吗？想到这里，吴小莉忽然明白了大岛先生为什么在购物上慷慨，却从来只给她有限的钱，因为，钱意味着自由。她蓦地感到了彻骨的心寒。但旋即又觉得，这不是一开始就明摆着的吗？说心寒都嫌矫情了。

吴小莉嫁给大岛先生不是为了生孩子，但孩子是自然而然的事情，来了她也不会拒绝。有了孩子之后，他和她可能仍然不是贴皮贴骨的亲，但至少有了一个联结，不至于如此不相干了。她虽然从未跟大岛先生探讨过孩子的问题，但也没有采取过避孕措施，怎么就没怀上呢？她也感到困惑。

吴小莉戴着大墨镜，悄悄去妇幼保健院看医生。女医生看见她坐下就诊还不摘墨镜，以为她是堕胎的，不客气地说，中国堕胎是合法的，现在堕胎的多着了，不是什么问题哈。吴小莉意识到是墨镜的缘故，便摘了，忸怩着说，我是想怀孕。女医生说，你是已婚还是未婚？吴小莉赶快说，已婚。医生盯着她的脸，一副看怪物或撒谎精的表情。她说已婚，反正也没有结婚证来证明的，医生也无权要求她证明，但医生有盯着她的脸研究的权利。其实不怪医生，她本来可以光明正大地来这里，什么修饰都不需要，但她却此地无银地戴了墨镜，又说自己是已婚，这就不能不让医生疑惑了。吴小莉也不知道自己为什么要戴墨镜，只是出于本能戴了。也许为了在医生面前放松点儿？她做新妇没多久，看妇科还是害羞的。也许是怕碰见熟人尤其是家人？想到别人知道她急着怀孕，她就羞得要死；再想到别人会以为她急着有财产继承人，那就更羞耻了，因此，她不愿让人知道。

对于医生来说，问题很简单：孩子，你是想有还是想无？这简单背后的五花八门的复杂吊诡，都不属于医学关心的范畴。吴小莉的忸怩遮掩，其实是帮倒忙的。她横下心，沉下脸，大大方方地表示：自己想要怀孕。然后，一副余不赘言的表情看着医生。医生也恢复了余不赘言的职业精神，命令她：脱裤子，上床。

女医生的手是继大岛先生之后第二样进入吴小莉身体的东西。当她面红耳赤地从检查床上挪下来时，医生摘着手套说，你的状况很好，没问题的，不放心就让男的到男科检查一下。为免节外生枝，吴小莉答应着，又问医生，怎么样更容易怀孕？医生说，找准排卵期同房。然后告诉她每天怎样测基础体温，以确定排卵期。

第二天起，吴小莉便每天早上认真地把水银体温计夹到腋下，看着表。一个月下来，她大致确定了自己的排卵期。当然，这一切都是瞒着大岛先生进行的。下个月到了排卵期，吴小莉就数度委婉地提醒大岛先生不要喝酒，夜里在床上也格外敬业。

那段时间，吴小莉的全部注意力几乎都在这件事上，可是，她已经做得无懈可击了，却没有如愿怀上孩子。她也看不出来，大岛先生是不是想要孩子。

9

春天到了，院子里的花开了，田中太太和小泉太太来得勤了，她们来教吴小莉插花。吴小莉其实并不喜欢插花，因为，插好的花保留的时间太短了，过于奢侈的精致她受不了。

吴小莉不擅长园艺，院子里的花主要是英嫂打理的。小泉太太说自己的花总是养不好。田中太太说，那些花儿知道你的心思不在它们身上，它们当然就消极怠工啦。小泉太太自我打趣说，我本来只不过是花瓶，花瓶怎么会养花呢？只会插花。

有一次插着花小泉太太说，如果不是为了大岛先生，这个春节也许我们就到日本去过了。

为了大岛先生？吴小莉问。

是啊，大岛先生他不愿意回去，大家就决定留下来了。

他为什么不愿意回去呢？吴小莉问。同时看见田中太太对小泉太太使眼色。

这就不知道了，你是他太太都不知道，何况我们这些外人。小泉太太说。

吴小莉从她们的表情中看出，她们显然是知道的。这一插曲让吴小莉思量了一天，第二天就强制自己把它忘了。

又有一次，吴小莉剪花回来，听见小泉太太正在对田中太太说，大岛先生的儿子……田中太太大约是闻到吴小莉怀里的丁香了，抬起头看见她走近，赶紧碰碰小泉太太的胳膊，小泉太太噤了声。吴小莉装作没听见的样子，招呼说，花来了。

田中太太和小泉太太走后，吴小莉就在想小泉太太那半句话。他有儿子，那么，他是离了婚还是原来的妻子死了？他不会在日本还有婚姻吧？那结婚证难道还会是假的？吴小莉明白，以大岛先生这个年纪，如果还是白纸一张反倒不正常了，而自己显然也不便对他的从前有多高的要求。对这个问题，吴小莉一直自觉地规避着，可是现在，它来触碰她了。

她一会儿想，大岛先生的过往，好大一个黑洞，怪兽一样张着口，你探究不了的，只能被吞没。一会儿又想，我知道了也不能怎么样，只是想知道一下，还不行吗？

吴小莉能向谁去问呢？

大岛先生都是把家用和工钱交给吴小莉，再由吴小莉交给英嫂和云嫂，以体现她家庭主妇的地位。吴小莉在这样的交接中无意间听到，大岛先生原来有过两个佣工，吴小莉嫁过来之前打发走的，那两个走了，这两个才来了。

有一天吃完午饭，吴小莉叫住正在撤除碗筷的云嫂问，你认识以前在这里做的那两个工人吗？

云嫂说，不认识，太太有事吗？

吴小莉说，没事，随便问问。

吴小莉以为这事就作罢了。没想到过了几天，云嫂买菜回来，对吴小莉说，太太，我今天碰见以前在这里做的一个工人了，她又被另一家请来了，看我往这边走，就跟我打招呼，说原来在这里做过，叫敏嫂。

是吗？吴小莉淡淡地说。

隔了两天，云嫂要出去买菜的时候，吴小莉看似随意地对她说，要是再遇见敏嫂，请她过来玩。

过了几天，敏嫂果然跟着云嫂来了。吴小莉说，我想喝绿豆汤，云嫂你先去熬上。

云嫂离开后，吴小莉说，敏嫂到楼上来坐坐吧。

幸好敏嫂是小户人家出身，凭吴小莉手头那点钱就可以搞定。

这也再一次提醒她：还是要有自己的钱啊！就算你不贪。她还想好了，在云嫂回家时悄悄送她一条丝巾。

敏嫂走后，吴小莉就在考虑要不要把她知道的向大岛先生挑明。大岛先生是离婚的，前夫人没死，大岛先生的儿子原来在大岛公司做过，就在这别墅里住，吴小莉嫁过来之前刚刚返回日本。这一切，大岛先生如果告诉吴小莉，她并不会计较，可他为什么要隐瞒呢？这是最让吴小莉不解和不悦的地方。

吴小莉决定不挑明。如果挑明，难免会带出某种程度的不悦。可是，她有什么资格不悦呢？她不过是为物质而嫁的一个女人，也不见得多有人格。再说，大岛先生也没说自己一直独身呀，难道她还期望他一直在等她吗？可笑。她似乎能从自贬中得到安慰。

晚上吃饭的时候，她望着坐在对面的大岛先生，慢慢地咀嚼着。太太，您还要汤吗？云嫂问。吴小莉惊醒过来，看着面前空空的汤碗，不知道自己什么时候把汤喝完的。

一连几天，吴小莉都不爱跟大岛先生说话，在床上也懒懒的。大岛先生注意到她的异常了吗？她害怕他注意到，又盼望他注意到。但大岛先生的胸中风雷是轻易不会让人看出来的。

吴小莉在焖，焖了几天，终于焖烂了。焖烂了就好咽下去了。

有一件事帮了她。那一天大岛先生带她去参加一个应酬，说是维护客户关系的。到达预定的包房时，已经有几个人坐在那里了，见大岛夫妇进来，都站了起来。吴小莉觉得眼前恍了一下，但要先一一握手介绍寒暄，她还来不及去弄明白。直到跟最后一个人握手时，吴小莉明白了：那是一位曾经对她有意思，但终究没有进展的白领。

在这里遇见吴小莉，他显然也很诧异，诧异中又有一丝意外欣喜的流露。有人介绍说，这是大岛太太。她看见他的表情凝固了一下。当他的目光再次投向她的一刹那，她身心发虚，怀疑自己根本撑不起大岛太太这个角色。是的，她对此毫无信心。但她只能挺住，用大岛太太在这种情形下应有的一种程式化的冷漠，稳稳地战胜自己的信心不足。她不慌不忙地点了一下头，嘴角牵了牵，做出一丝高贵的笑容。她透过那个人的眼睛看着自己，不知道看到的是吴小莉还是大岛太太。如果是大岛太太，那实在是一张令人生厌的脸。她很想从那张脸下面摆脱出来，但她知道那是不可能的。同时，吴小莉看到他脸上现出一种分明的谦恭，也可以叫敬而远之。他抢先上前一步，毕恭毕敬地问候，您好，吴小姐。他在"吴"和"小姐"之间停顿了一下，听起来好像"无小姐"。在他的上司提醒他"应该称大岛太太"的同时，他赶快改口说，啊，您好，大岛太太。显然，他是老板的得力亲信。

她矜持甚至带点冷傲地回应，您好。她的冷傲是额外筑起的篱笆，是虚弱的矫枉过正。她不想承认那副表情来自她的脸，那只不过是一副面具罢了，可是，如果没有这副面具，她用什么来面对他呢？用她过去的脸红吗？隔着一副僵硬的面具，一切才能讲得通呀。她不知道这个过程中自己有没有脸红过。

他的老板说，你们认识？真巧。吴小莉抢先说，工作上接触过一两次。他也附和着。大岛先生面无表情，好像根本没有注意到这一小小的状况。

所有的错综复杂都在那一刻有了一个清明的秩序，角色定位决定了他们经过冷却塔加工过的表情。吴小莉内心的凌乱冷静下来，如同尘埃落定，她径直走过去，坐在大岛先生旁边的沙发上。经过大岛先生身边时，她还轻轻地抚了一下他的肩。这是从未有过的亲昵之举，她是故意的。她的自卑心仍然没有放过她。

她替那个人憎恶着自己，同时觉得那个人也有点可恶了，他看她的眼神，不是十足是看大客户老板太太的眼神吗？她觉察到他已经快速完成了角色转换，开始变得训练有素。

现在，跟他坐在一起的是大岛太太，不是吴小莉。吴小莉是跟他坐不到一起去的，究其实，还是配不上。当然，若配得上，她就不会是大岛太太了。

也许，生活本身是长眼睛的，看到她开始没数的时候，就会搞一件事情来警告她一下。这次偶遇，让她知道自己是谁了。幸好，她是不折不扣有名有分的大岛太太，而不是不明不白的"大岛先生的女人"。

吴小莉算是自己病了又自己好了，继续按照大岛太太的生活规范过着一天一天的日子，这一插曲没人能看得出来。

吴小莉到底没忍住，有一次看大岛先生心情尚好的时候，远兜近转地把话题引到了那位白领身上，她问，这个人怎么样？大岛先生正色答道：生意往来，我只关心他会带来多大利益，至于人怎么样，一向不在我的关心范畴。这实在是一个含蓄的教训！吴小莉红了脸，没想到自己还是冒昧了。他是当时从两人的表情看出了什么吗？还是在给她立规矩？不需要创造时机，不需要更多的语言，大岛先生就恰切而透彻地向吴小莉表明了自己的基本态度，即暗示她：在大岛太太的位置上应该把持一个分寸，不该管的不管，不该问的不问。吴小莉想到了贾政的家法。其实吴小莉本身就够注意分寸的了，她知道把握好分寸就是给自己留面子，那叫自重。所以，大岛先生的变脸让她觉得委屈。

按照大岛先生的原则，她和他也是一笔公平的交易。田中太太曾经说日本人都是经济动物，当时吴小莉理解为吃苦敬业的意思，现在看来，还应该包含一切人际关系。

吴小莉感觉大岛先生是在有意把握一个节奏，一个度，她是很难逾越的。他身上那种日本男人特有的阴沉会适时出现，像一个深不可测的黑洞，让她在他面前不敢放开，更不敢造次。那是一种不情愿的敬畏，包含着她无从反抗的压抑，然而正是他所需要的。

10

有一天吴小莉正在院子里抚弄花，小泉太太突然一个人来了。

吴小莉问，田中太太呢？

小泉太太说，这个世界上没有田中太太了。

啊？吴小莉惊叫。

别害怕，她还活着，但她不是……田中太太了。小泉太太边说边歪歪扭扭地上台阶，吴小莉闻到了她嘴里的酒味。

吴小莉扶住小泉太太问，你喝酒了吗？田中太太她……怎么回事？

小泉太太手在半空划拉着，高声叫喊，我们原来都是婊子，现在她不想当婊子了，就这么回事。吴小莉慌忙环顾四周，好在英嫂和云嫂都不在近旁。

吴小莉把小泉太太扶到楼上客房，说，你先躺一会儿，别说话了。

不，我要说话！小泉太太叫道，告诉你吧，我们俩都是……他们在中国临时的坑，一个萝卜一个坑，他们的萝卜……不能闲着，就找了我们这……两个坑。

吴小莉心里咕咚一下，整个人好像掉到井里去了。

不是你，小泉太太痴痴地笑着说，不是你，是我和她。吴小莉又从井里上来了一点儿。

你看，小泉太太说，我连她姓什么叫什么……都不知道，到现在还得称她……田中太太，她昨天知道田中……这个混蛋有老婆，今天就一声不响地……走了，多么有骨气，哪像我，还狗恋窝似的……恋着不走。吴小莉看着小泉太太，只觉得浑身发冷，也许，这就叫唇亡齿寒吧？吴小莉心里更冷。

小泉太太睡着了。吴小莉守在旁边，心里冷却过后却又有点回温。有多少女人是没名没分有今天没明天地做了二奶的，大岛先生至少现在日本是没有婚姻的，而给了她吴小莉一个婚姻，难道她还不该满足吗？不是每个穷女人都能幸而遇上一个大岛先生的，虽然他的状况与她以为的有点出入，但能达到这样也算不错了。

小泉太太一会儿醒了，又开始滔滔不绝：他们还骗我们说，在中国过年是为了陪大岛先生，其实，大岛先生是最……不怕回日本的了，这三个日本鬼子里……就数大岛先生好，他是离了婚的，虽然离婚不离家，可到底是离了婚的。

吴小莉这下听明白了，大岛先生在日本没有婚姻，但是，有家。吴小莉现在的感觉是掉进了一口旱井里，不深，也没水，却地地道道是一口井。

知道他们为什么……不让我们学日语了吧？怕我们了解……他们的底细……你知道有一种……玻璃吗？外面能看见里面，里面……看不见……外面，我们就是给……锁在里面的人……

小泉太太说着又睡着了，一直睡到下午四点多才醒来，醒来后就挣扎着要走，吴小莉也怕大岛先生回来看见她这个样子不好，就叫了一辆车把她送走了。

大岛先生那天回来吃的晚饭，一直挨到上床时分，吴小莉才沉着脸说，小泉太太今天来过，说田中太太走了。大岛先生听了什么也没说。吴小莉多么希望他说点什么，一直在暗暗地等着。可他到底什么也没说，睡着了。吴小莉现在服了，这样的夫妻，永远是有墙的，还能期望什么！

男女之间的道理是一通百通的，何况还有田中太太和小泉太太垫底，吴小莉那夜反而不那么难受了。难道自己是稀罕大岛先生这个人吗？难道自己是为爱情而嫁的吗？既然不稀罕，既然不是为爱情，还要什么诚心要什么交代呢？

通了的东西可能再次淤塞，从最初的震惊中走出来后，吴小莉又开始在乎了，并且越来越在乎，道理原该是这样讲的：即便不是爱情，也想独享婚姻。吴小莉不知道自己和那个日本女人到底谁算外室，吴小莉只觉得仅有一块——而非全部——大岛先生是她的丈夫，至于这一块是大的还是小的，她还不能确定。但吴小莉能怎么样呢？就算大岛先生明目张胆全说白了，她又能怎么样呢？难道她当初不应该有这样的思想准备吗？说到底还是怨自己，谁让你图人家的。拿人的手软，吃人的嘴短，就这样吧，得过且过。

这些事吴小莉是不会跟任何人讲的，包括娘家人。但吴小莉很快便瘦下来了。

11

瘦下来的吴小莉仍然摆脱不掉那些问题，她甚至在大岛先生身下的时候心里还在纠缠着。大岛先生到底还有多少东西是瞒着她的呢？她只想一下子全知道算了，虽然知道了也不能怎么样。她怕了，不想让它一点一点慢慢来了，全知道了，就探到旱井的底了，心里也有底了。

吴小莉有一天忽然想到了杳如黄鹤的田中太太，她是从哪里知道的呢？小泉太太自从那次酒醉后就没有来过，吴小莉只好给她打电话，支支吾吾地说起上次的情况，然后引出自己的问题。

咳，这还不简单，小泉太太说，去问抗日太太。听起来小泉太太已经没事了。

谁是抗日太太？吴小莉问。

就是在宽窄巷有家茶馆的陈太太，几年前也是被一个日本鬼子骗了，但是她学会了日语，敲了一大笔钱，离开那个鬼子后，就专门为日本男人在中国的女人做侦探，大家都叫她抗日太太，你想了解什么可以去找她。小泉太太说。

电话放下许久，吴小莉还在捏着小泉太太给她的电话号码发怔，她拿不准自己该不该打这个电话。迈出这一步，岂不是更生分了？可她太想打了。

既然我知道了也不能对他怎么样，我还知道干吗呢？吴小莉想。

既然我知道了也不会对他怎么样，我干吗不知道呢？吴小莉又想。

吴小莉最终还是打了。陈太太平和的声音让吴小莉笃定了许多，她平静地回答了关于大岛先生的几个问题，然后留下了自己的手机号码。

等着吧。陈太太说。电话挂断了。

大约二十天后，上午十点钟光景，吴小莉接到了陈太太的电话，她提供了如下信息：大岛先生结婚较早，大岛太太年纪比他大，感情一般，有一个儿子。大岛先生近年事业在中国，大岛太太身体不好，不愿到中国来，两人协议离婚，大岛太太的条件是大岛先生必须在离婚前结扎，再婚时对方不得有孩子，不得抱养孩子，以保证自己儿子的全部继承权；大岛太太离婚不离家，大岛太太只要在世，大岛先生就不得把续娶的太太带回家；大岛先生死后，续娶的遗孀不能继承财产，只能由继承人供养。他们的协议已经公证过，永远不得变更。

吴小莉放下电话，像刚刚从浓烟中逃出来一样，捧着自己的胸口，一连呼吸了几大口。她似乎捧着的不是自己的胸，而是自己的肺，好像她的肺被谁掏出来了。

她在卧室的床尾凳上坐了差不多一天，一直坐到大岛先生下班回来。只有桑桑一直陪着她，可怜巴巴的小眼神儿使她不敢多看，看多了她怕自己会哭。午饭时云嫂来叫她，她说不饿，要睡觉，不用管她了。下午，云嫂不放心地给她送了一杯水进来。

她确实什么也吃不下，有什么东西在她的胸腔里压缩又压缩，把她的胸口变成了铁板一块，每一个缝隙都堵得死死的。

之前，吴小莉觉得彼此的隔膜筑起了一道安全的屏障，是两人共同的需要，正好合拍，应了中国那句老话，床上是夫妻，床下是君子，她甚至从貌合神离这种一向贬义的词中读出了一些中性来。现在，她明白大岛先生为什么情愿隔膜了，自身潜藏秘密不愿为人所知的人，在与人的交流上总是比较消极的，因为，言多必失，沉默更安全。一个人情愿让别人不了解自己，不是因为骄傲，就是因为不可告人，她以前以为大岛先生是前一种，原来却是后一种。两人看起来是同样的隔膜，细想是不一样的，一个是有把握的隔膜，一个是无把握的隔膜；有把握的人，便有余裕一任隔膜存在，所以，大岛先生在她面前永远是不慌不忙神闲气定；而她则是为了掩饰自己的忐忑不安，把自己隔膜起来其实是她唯一的自我保护。

有一点吴小莉不明白，既然他那么威严，怎么就会对原配夫人那么迁就呢？连结扎这样苛刻荒谬的条件都可以接受，这未免古怪了点。可是，她再想想，一切别人看来的古怪，也许都是正常的，自己在大岛先生看来不也同样是古怪的吗？

坐到下午，吴小莉觉得大岛太太做得很对，比如，大岛先生娶了自己这样一个女人，对财产够不贪的了吧？但孩子还是会要的；既然有了孩子，怎么能保证不为孩子着想呢？这样，对财产就有威胁了。吴小莉很理解大岛太太，总得抓住一样吧？

看看大岛先生下班回家的时间快到了，吴小莉心情转换的速度加快了。已经掉到井底就不怕再往下掉了，吴小莉现在难受归难受，却无所畏惧了。她彻底领悟了，自己在嫁大岛先生之前，其实已经被剥夺光了，这就是大岛先生娶她的前提。吴小莉不嫁大岛先生则罢，一旦决定嫁，不管原来谁挑谁，都变成大岛先生挑吴小莉了，没有吴小莉挑大岛先生的份儿，这是由实力决定的。既然是大岛先生挑她，主动权掌握在他手里，他当然没必要征求她对将来是否要孩子的意见了。

吴小莉的心既空白一片又铁板一块，奇怪的是，在这样的一落再落之后，她仍然没有离开大岛先生的念头，一次都没有过。她还图什么呢？图人？简直从感情到肉体的可笑；图财？吴小莉注定什么也得不到。那么，她到底为什么还需要这个婚姻呢？

吴小莉最后找到了答案：只为眼前这份从容的生活，就像蝉在树上只为喝到一口风，虽然有限，却到底是从容。

那天大岛先生难得地准时下班回家了。吴小莉敏感到，这不是偶然，她想起了云嫂进来送水时那探寻的目光。

通常，吴小莉听见他回来会去迎接，这次她没有下楼，也没有出屋子，是他走了进来。他说，下楼吃饭吧。就到书房放公文包去了。她看见他那么若无其事，突然有点想破坏什么的冲动，她巴不得他来问，怎么了？然后，她就敞开了发作一通。可是，他放下公文包就下楼去了，根本没有给她发作的机会。

云嫂来叫她下楼吃饭时，她已经恢复了理性，她知道必须下去，跟他一样若无其事，否则没法收场，坐蜡的只能是她。事实上，像她这样不会撒泼的女人，只是想象了一下自己的发作，就像真实撒泼过一样难堪了，所以，她下楼到餐厅时，保持了得体的平静状态。那是风暴过后的平静，虽然她的风暴没有任何人看见。

关于她这一天的异常，吴小莉不知道大岛先生了解了什么，他们是不可能打开天窗说亮话的，更不用说交心。其实，想到交心吴小莉也觉得难堪。但是，她揣摩到了大岛先生的底线：你知道我的底细又能怎么样呢？既然不能怎么样，那么，你知道不知道以及知道了什么，我也就不必关心了，结果反正是一样的。有了底线思维，人自然就淡定，何况大岛先生是生意人。大岛先生是任她波涛汹涌，然后自己归于宁静。而他则岿然不动。

吴小莉的儿女心本来就没来得及加重，这下更减淡了，她已经预先把自己当作没儿没女的寡妇看待了。这种心态能够维持多久她不知道，总之，目前还不想改变，这就意味着，她的生活状态也不会改变。

她认了。既然她已经卖了自己，还能怨别人卖她吗？

吴小莉觉得自己的命运是突然上升，然后一点点下降，最后骤然地跌落。跌到底，或许又会感觉到一点上升吧？凡在水里挣扎过的人都懂，能够踩到底就不会害怕了。命运的升降就像在云端里，上下皆不着，于是，夜里她就做一些混混沌沌的梦：四周都是飘渺的雾，无论她怎么转头或回眸，都看不见任何东西。她有时在梦中手抓着虚无醒来，看见大岛先生正在开灯看她。她觉得这个人是最远的又是最近的，最折磨她的又是最体贴她的，她不知道该推开他还是贴紧他，她只是翻了个身，努力让自己继续睡过去。

奇怪的是，经过了这几度来回折腾上下颠簸的不快，有了这些彼此有数心照不宣的相互亏欠，幽怨归幽怨，吴小莉却感觉两人像夫妻了似的。原来那看不见摸不着的敬而远之，其实更是没底的。是龃龉使他们有了交点，他们不再是两条互不相干的平行线。人性可能都是有点"贱"的，太客气了不踏实，太有礼了不受用，太游离了不自由，总要有一点龃龉才正常。

12

好像为了成全吴小莉似的，大岛先生的日本夫人在半个月后及时地死掉了。大岛先生半上午从公司回来，只说了四个字，夫人没了。好像早就料到吴小莉已经知晓夫人的事似的。他倒省心。吴小莉情不自禁地想起了一句正在流行的手机广告语：一切尽在掌握。

吴小莉尽管吃惊，还是一听就明白了。尽管一听就明白，还是理所当然地等待他说下去。可是大岛先生却不说了。他在原地站了一站，说了句，我要回去料理丧事，就上楼去了。吴小莉觉得不能就这样不闻不问，因为，如果她不问，就向大岛先生表明自己什么都知道了，那是不正常的，正常情况下她应该问。出于这样的考虑，吴小莉停顿了一下就跟上楼来。大岛先生却并不理她，只顾自己收拾东西。吴小莉窘迫地跟在他身后，舌头底下压着那句话，夫人是谁？跟来跟去，却就是问不出来。吴小莉惯于为别人多想一步，比如现在，如果她问出来，大岛先生势必会尴尬，这样一想，还没等问，她就已经替大岛先生尴尬着了，似乎比大岛先生本人还要尴尬，所以，她那一问就省了，仿佛是为了不为难自己似的。吴小莉的省略大致就是这样来的——在让别人难堪之前，预先用想象把自己逼到了难堪的境地。

她的隐忍，其实都是羞于或怯于面对，但她会本能地拿出一点悲悯来遮盖真相，那会使她好受一点。大岛先生看起来还是有点悲伤的，在这种时候，就不要逼他了吧，等他缓过劲来，自然会对她说的。她于是很平静地帮他收拾东西，两个人配合得非常默契。

大岛先生当天下午就赶回了日本。大岛先生走后，吴小莉越想越觉得自己才是掉进了一种被动之中。她默认夫人的存在，不就向大岛先生表明她什么都知道了吗？之前他是怎么样判断她已经知道了呢？关于她如何知道的，他又是怎么想的呢？他会不会认为她一切都知道了？那么，她还这么深藏不露，不是一个太可怕的女人了吗？她觉得自己的一时心软简直是陷自己于不义，以至于到头来，应该被动的大岛先生反而占了主动，这叫什么事呀！人有时候是需要演的，心知肚明却装柿子要比直面本质自然得多。

一周后，大岛先生回来了。他给她带回一个银色三角块拼起来的包。那些亮块以前总是使她联想到麻将凉席，并不晓得是日本名品。大岛先生告诉她，这个牌子叫三宅一生。她听了这个名字有点不舒服的奇怪感觉。数年后，"宅"这个字眼时兴起来，她才觉悟，三宅一生这名字真妙，自己不就是"三宅一生"吗？难怪第一次听到就莫名地感觉不对。

他回去是料理丧事的，还记得给她买一个包，可见对她还是有心的。这么说，他心里没存芥蒂吗？

吴小莉不知道，没有男人不喜欢她这种默默吞咽的态度的，这在他们看来简直就是一种大气的光明磊落或纯粹纯洁。女人知道什么以及怎么知道的，他们都不关心，他们只要女人的处理结果：不啰嗦。女人只要不找麻烦，就是美德。大岛先生的礼物，就是对她的美德的回馈或者礼赞。吴小莉更不知道，她的青春与美貌，甚至都敌不过这点更让大岛先生持久地待见她。吴小莉固然天生是省油的灯，成就了她在大岛先生面前的乖觉不多事。但更重要的，是她在大岛太太生涯中的退缩姿态，使她无意间具备了大岛先生喜欢的美德。这对于两个人来说，都是莫大的幸事。

其实，自大岛先生从日本回来后，吴小莉就在暗暗期待：现在可以说了吧？但大岛先生还是不说。他的沉默在向吴小莉表明自己一贯的态度：你不需要知道。这样的态度带着隐隐的不容置疑的强硬，让吴小莉想起历史书上那些所谓的铁血宰相。吴小莉彻底地臣服了。

吴小莉一直努力做一个简略的人，她的省事，她的删繁就简，她的多一事不如少一事，她以为都是出于无所谓。可终究发现，她还是有所谓的。但再怎么有所谓也是徒然，大岛先生是大腿，她是胳膊，拧不过的。本来嘛，如果不是缺少跟生活斗争的那份力量，她就不会走这一步了。

也好，再也没什么好隐瞒的了。生活就这样上了一个新台阶，大家都不用做戏了。

13

大岛先生回日本的那一周，吴小莉在家里极度不安，好像是她把那个日本女人赶到了死地去似的。所以，当大岛先生回来，提出为夫人供一个香案时，吴小莉不假思索就答应了。

吴小莉之所以答应，还有一重微末心理：这说明他尽管外表淡漠，内心对女人还是有恻隐的。吴小莉已经不自觉地发生角色代入，把自己当成了前任大岛夫人的同命人。

大岛先生总是称已故前妻为夫人。他似乎自己在心里做了一个分野：前妻是夫人，吴小莉是太太。吴小莉揣摩出这个区别，也配合他称前任为夫人。

香案供奉在一楼的一个侧室里，那原是准备做客用衣帽间的，因为使用率极低，就一直空在那里，这下派上了用场。侧室这个词，使吴小莉多想了，又自觉不该，于是，自行仿照书房这个词，取了个"香室"来代替。

香室摆的不是大岛夫人的照片，而是略微泛黄的黑白画像。画像似乎跟真人隔着一层，吴小莉看不真切这位前任的长相，她的样子始终无法坐实似的。就是一个普通的日本妇女，梳着日本妇女的发髻，穿着和服，不美也不丑。尽管这画像就在她的家里，但她仍然感觉那是一个远在日本的上一代的异邦女人，相当于故事里的人。

家里供奉着一个陌生女人的香案，那是一种什么感觉呢？吴小莉说不上来，她只是不愿意在一楼客厅里待了，尤其大岛先生不在的时候。大岛先生在，那香案上的女人便感觉亲近一点，毕竟她是大岛先生的亲属，吴小莉似乎通过大岛先生与她发生了某种可亲的联系。一旦失去大岛先生的连接，那联系就脱落了，像脱了扣的绳子，无力地垂在那里，人虚虚的，房子也虚虚的。

吴小莉简直不知道待在哪个房间里好，待在这间里怀疑那间有异，待在那间里怀疑这间有异。在吴小莉感觉中，大岛先生在时夫人是人，大岛先生不在时，夫人就变成了某种异象。连天籁都觉有异，窗帘的摩擦声似乎是某种不可知的喘息。吴小莉出房门时不敢回头，怕一回头赫然发现桌上放着一个什么类似骷髅的东西。更恐怖的是，每次经过供着香案的房间时，感觉魂儿都不在自己身上了，像一件宽大的绸衣，在身后飘飘的。

但什么能耐得住时间呢？时间久了，吴小莉就习惯了家里有这么一个香案的存在，恐惧减轻了。也许不止是时间的原因。有一天趁大岛先生在家，吴小莉大着胆子细细地端详了夫人的脸，发现夫人很像她的二姨。二姨也去世了，母亲参加完葬礼回来只有一句话：她不是病死的，是穷死的。这一发现让吴小莉能够坦然地面对夫人了，从此她一害怕就把夫人当成二姨，在心里默默地念，二姨，二姨。

香是大岛先生从日本带来的，据说是百年老字号的手工香，比中国的香细和短，有筷子的一半长，有牙签的两倍粗，暗沉的豆绿色，清香无烟。这其实本来是上好的室内燃香，大岛先生说，有净化室内空气的作用。与手工香相配的是有孔的算盘珠状小香插，琉璃的，里面有金鱼在游的图案。吴小莉心里想，烧香不是讲究高香吗？怎么用这么短的？但她不好说什么，或许大岛先生是想一举两得吧？烧香也要注重科学健康。

鉴于自己敏感的身份，吴小莉每天早上燃香特别严谨准时，生怕大岛先生认为她不尽心。她总是起床洗漱完毕就下楼点上香，双手合十拜三拜。大岛先生下楼吃早饭时，也会先到香案前合掌拜三拜。

有时小泉夫妇来，也会到香室去点几炷香，拜三拜。在发生了这一情况后，他们第一次来时看吴小莉的那种眼神，实在是一言难尽。尤其是小泉太太，小心翼翼地同情悲悯体恤而外，还有一点歉疚和心虚。但一切又必须是心照不宣的，不言自明，直接跃升到事实层面，迫使每一个人去面对。当她们俩在廊檐下面对面坐着时，自然都想起了田中太太，仿佛她就坐在第三张椅子上，并未缺席，她们之前就是这样坐着插花的。小泉太太主动说，田中太太——我还是习惯这么叫——一直没有消息，也不知怎么样了。然后两个人相互看着，眼睛里就有点悲凉的伤感，肯定不止为田中太太。

吴小莉进客厅去给两位先生倒茶时，发现大岛先生不在，小泉先生说，刚刚上楼去了。吴小莉也上了楼，先看了看卧室卫生间，没有人，然后发现大岛先生在书房里。他在书房的时候是不喜欢别人打扰的，吴小莉又下楼，准备陪陪小泉先生。小泉太太也进屋来了，吴小莉听见他们两夫妇在说话。小泉太太放低声音说，……那个皮肤，听说……每天床上都能扫一簸箕皮屑，肯定是画像效果更好啦。

那天吴小莉穿的是软拖鞋，脚步太轻了。她在楼梯上停了下来。她不是要偷听，而是为了避免尴尬。这时候大岛先生也下楼梯了，皮拖鞋的声音重重的，吴小莉赶快回头，做出在楼梯上等他一起走下去的样子，客厅里的声音也就转换了话题。

大岛先生拿着一叠文件，交给了小泉先生。又坐了一坐，小泉夫妇就起身告辞了。

画像？家里除了香室里，哪里有别的画像？他们是指她吗？一连串的问号，又把吴小莉绕进了一个漩涡。当不能自拔等同于庸人自扰时，她也只有让自己习惯于带着问号生活了，既然她没本事解开它们。

时间是最好的医生，不错。渐渐地，吴小莉不仅从受伤中走了出来，而且更加踏实心安了。因为一向匮乏惯了的缘故，拥有的太多，她心里会盛不下；拥有的少一些，她反倒有把握了。被剥夺走这么多之后，她恰恰有一种刚刚好或适得其所的感觉，而像原来那样，如同发了不义之财，心里反而忐忑不安。守着有限的东西，心里有数，妥帖。她一点没有怨恨命运的意思，反倒觉得命运的这番劫富济贫是为了体谅她的，她像得到了该有的报应那么心安。她——吴小莉，早就为那位"大岛太太"平步青云的运道而愤愤不平了，这下，仿佛命运为那个叫吴小莉的人在"大岛太太"身上狠狠地出了一口气，正好平衡了，一切都是该来的。

14

比前任大岛太太的去世更让吴小莉惊骇的，是小鹿的复活。怕吓着她，小鹿先给她母亲家里打了电话。小鹿倒是有心，还保存着她家的电话号码。当母亲打电话告诉她小鹿回来了时，吴小莉几乎要斥责母亲瞎讲。可是母亲根本不知道小鹿"去世"的事，也不知道她向小鹿借钱的事，母亲何必要瞎讲呢？

小鹿按照母亲提供的号码打了过去，正是声音和语气跟以前一模一样的小鹿。吴小莉一时不知从何说起，便先拣了最重要的说：那笔钱，我马上还你。小鹿爽快地说，急什么！我第一个跟你联系，可不是为了让你还钱。

吴小莉说，但是，你知道我……

小鹿抢过来说，我知道，你还钱不过夜，你现在有钱了！但我最想见到的不是钱，是你！

她们就约地方见面。吴小莉对于成都消费文化是很迟钝的，都不知道锐钯街近旁那家新开的酒吧。酒吧里正在播放《相约九八》，这是今年的大热歌曲，据说这首歌本来就是"相约酒吧"，凑年头的热闹变成了"相约九八"。也只有这个级别的流行，能让吴小莉耳熟能详，去年是《我的1997年》。吴小莉的1997年也确实是划时代的了，虽然香港回归时她也在大街上接过别人派发的小旗子，但那究其实跟她这样的小民有什么关系呢？真正有关系的是她猝不及防地嫁了人——按她母亲的旧历年意识，她就是1997年二十二岁嫁人的。

小鹿给她一种非常特别的新异感，她简直不知该用什么眼光去看她了，更不知该怎么跟她说话。小鹿倒是爽快：传说我死了，是吗？我没死，这不，活得好好的。这就是小鹿，简直可以跨越生死隔阂的小鹿，吴小莉觉得那个活蹦乱跳的小鹿真的回来了，她一下子就跟她对接上了。

我去过你租的房子……吴小莉说。

我知道。

是那个老太太告诉你的吗？

不是，我哪敢见老太太！万一她一见我心脏病发作了，我不得负责吗？是一个小姐妹儿转告我的，肯定也是老太太说的啦。她抓住吴小莉的手说，说真的，我听了之后特别感动……

吴小莉被这凶猛的热情弄得不大自在。她赶忙抽出手来，从包里取出钱，还是那个红包，她又加了一千块进去。她放到小鹿面前说，谢谢你在关键时刻帮了我。

小鹿却大笑起来，说，你不是还花了一千块给我做法事吗？

吴小莉惊异地看着这个心理过于健康的姑娘，她好像什么都可以说的，心里完全没墙。吴小莉是永远做不到的。吴小莉说，连这你也知道了？

小鹿说，当然知道，你还嘱咐老太太给我烧三千冥币，那你不是已经还我了吗？就不要再还了。

吴小莉不善于开玩笑，简直不知怎么接她的话，只说，这是两码事。

小鹿只管欢欢喜喜说自己的：冥币哪有少于一万的数额啊？我估计老太太至少给我烧了三千万，也不怕搞得我们那边通货膨胀，怪不得我在那里买瓶水都找不开钱。

吴小莉被她说得哭笑不得，终究还是笑了出来。

小鹿说，所以，你看，你都还超了钱，我还得找给你呢。吴小莉说，玩笑归玩笑，你快收着吧。小鹿强行把红包塞到吴小莉包里说，说什么我都不会要的，你做的，已经够让我感动了。

再推让下去就尴尬了，毕竟这里白天还有不少人在看书。吴小莉想，那就以后找另外的方式还给她吧。

还钱的事告一段落，吴小莉才有机会问小鹿，那老太太为什么那么认为？

小鹿说，过了年我没有回来，也没有退租，恰好又发生了女孩子遇害的事，又说是住在那条小巷里的，当时其他女孩子都在，只有我一个人不在，外界就传言是我。后来我听一个姐妹儿说了这事，想找老太太续租都不敢了，怕吓死她。

那你是另外租房子了吗？

没有，我爸妈给我买房子了，就在科甲巷附近。我这次之所以好长时间没回来，就是因为爸妈想让我留在家里，但我就喜欢成都。最后他们看别扭不过我，索性给我在成都买了房子。

吴小莉暗自吃惊，科甲巷那个地段的房价，成都人没有不知道的。尤其在姑娘们的眼里，科甲巷就是时髦高档洋气的代名词。想不到小鹿竟有这么好的家境，那她干吗要……她想起了老太太用的那个颇为刺激的、她简直都不好意思重复的词。

吴小莉带点调侃地说，原来是跟爸妈待了这么长时间，怪不得头发居然是黑色的了，我还奇怪呢。

小鹿又笑得露出两颗小虎牙像开了花，边笑边说，我妈不让我染彩发了，说彩色染发剂致癌，再说，彩发都快烂大街了，我也不稀罕了。

吴小莉打趣说，我们真是有代沟，彩发在我看来还前卫得很，你就觉得不够勇立潮头了？

小鹿笑着承认，是的，我要是上街一次看见有三个，就算烂大街了。

吴小莉打量她的衣服，黑色夹克倒很朴实，但满是铜钉子。她说，你怎么穿得像工人阶级似的？

小鹿又笑，她的笑总是像太阳的金光，哗一下就倾泻而来，把你罩住。她说，这是铆钉机车服好不好！属于重金属朋克风！你在时尚方面理解力太弱了，需要启蒙！

吴小莉也大笑。小鹿看着她说，你笑起来很好看。吴小莉白了她一眼说，好像我才会笑似的，见鬼。

小鹿说，我妈也差不多是那样说我的穿着，你们都是保守的人。她继续刚才的话题：我爸妈也是听说我跟一些女孩子混在一起，不放心。我确实是她们的大姐大，但我不干那档子事。她停下，看着吴小莉的眼睛说，你是不是也以为我是那样的女孩子？

小鹿居然可以这么直接，又这么自然！吴小莉感到太不可思议了，她窘住了。

小鹿说，我确实是有一些男朋友，可能让别人误会。但男朋友再多也是男朋友呀，性质是不一样的，我不花他们的钱。

可是，那些女孩子都跟你那么好。吴小莉终于说。

我这个人，你还不知道嘛，义气，爱帮人出头，她们有时候碰上无赖男人，我就帮她们嘛，她们就把我当成罩着她们的主儿了。

吴小莉说，怪不得你对她们那么有号召力。她想起了小鹿带着一帮女孩子去化妆品柜台帮衬她的业绩。

小鹿又说，我这次是跟男朋友一起回来的。吴小莉有点意外。心里暗暗思忖，是什么程度的男朋友呢？小鹿主动说，是我初中同学，这个应该会比较长久吧？至少暂时不会分，他都跟我到成都来了嘛。

什么叫口无遮拦？吴小莉觉得小鹿是最好的例证，她再没见过比她更无遮无拦的人了。她是新人类，自然要不一样——吴小莉现在确认她是新人类了。

其实他就在这里，那不，在那边看书。小鹿又说。

吴小莉再次吃惊，跟小鹿在一起，简直就是险象环生，没有她做不出来的事。她顺着小鹿所指的方向望去，一个漂亮的男孩子正在低头看书。男孩子一抬头，正好跟她们两个对上了眼。小鹿招手让他过来。

男孩子飘飘地走过来，殷勤地跟吴小莉打招呼，眼睛都会说话的样子。看起来，他是被小鹿调教得很乖，很招人喜爱。

但是，吴小莉总觉得小鹿的男朋友哪里不对劲，是太漂亮了吗？是的，他几乎比小鹿还漂亮呢——不是英俊，就是漂亮，是跟小鹿有一拼的漂亮，漂亮得让吴小莉有点不自在。还有，他的脚步，是不是太软了？

15

吴小莉的母亲差不多痊愈了，能起床走动了，恰好父亲生日到了，全家人准备庆祝一下。全家，当然是不包含大岛先生的。没想到大岛先生听吴小莉说了之后，爽快地表示，要到府上去庆贺一下。

这对于吴小莉一家来说，隆重程度不亚于外国元首访问。吴小莉建议在外面饭店吃，但母亲一定要自己采买备办，拖着尚不灵便的腿。吴小莉知道，母亲是图大岛先生在自己家的时间多一点。

这一天终于来了，的的确确是大岛先生第一次光临寒舍，真正的寒舍，尽管他称"府上"。大岛先生先走进"府上"，司机在后面大包小包往家里搬，邻居们行着注目礼。他说，这是第一次到府上来拜访，失敬失敬。如果是别人说"府上"，吴小莉一定会觉得别扭，但大岛先生说，她就觉得很自然，她想起大岛别墅收到的日本来信，信封上都写着：大岛宅，也是郑重其事的。中国的一些古礼，似乎日本人比中国人保持得还好。大岛先生特地穿了西服打了领带，虽然天已经热了。

自打吴小莉住进这个房子，这似乎是它最"蓬荜生辉"的一天。母亲也"蓬荜生辉"了，眼睛一反常态地熠熠闪亮起来。她一面道乏，一面拿起一个衣服刷子，慌忙地做着给大岛先生掸灰的动作。可是，他身上哪有丝毫灰尘呢？吴小莉觉得哪怕他只是穿了一件衬衣，母亲也会这么做的，因为她不知道还能做什么，而她是不能停下来的，她的忙不迭是快活的表示。

对于岳父岳母，大岛先生什么称呼也没有。"爸妈"实在叫不出来吧？吴小莉父母比大岛先生还小一两岁呢。若称"先生""女士"，当然也不合适，太外交了。"岳父岳母"这样的官称，又不适合私下场合的口语。"老丈人老丈母"这样的称谓，更不适合当面叫。所以，含糊不叫是最得体的。

吴小玲一家早早来了，毛毛不仅不认生，还抢先跑上去叫了一声"小姨爹"，看来是早就教好的。正是这一声"小姨爹"，一下子打开了热闹的局面，一家人都放松下来。大岛先生对毛毛是没有准备的，但现准备也来得及，他抱起毛毛，脸冲着吴小莉说，小姨给你见面红包。吴小莉马上接过毛毛，说，来，到屋里来，小姨给你拿红包。幸好吴小莉包里是带了钱的，虽然不多。手头没有现成的红包，吴小莉就找了一块红纸，给他包了六百。毛毛也知道红包大小了，兴奋地跑出去，把红纸包举到吴小玲面前嚷着：小姨给的红包。吴小玲说，谢谢小姨爹了没有？看看，妈妈说得没错吧？有礼貌的孩子人人喜欢。毛毛说，妈妈不对，你是说，有礼貌的孩子才会有红包。吴小玲不能不脸红了，但她的尴尬被大家的笑声掩盖了。

母亲去张罗烧水，吴小莉突然意识到，忘了嘱咐一下父亲喝茶的事。讲究一点的成都老茶客是喝盖碗茶，不讲究的直接就是大茶缸子，吴小莉见惯的是大茶缸子，她觉得自己居住的这个街区几乎就是泡在大茶缸子里的。父亲倒是也会用茶壶泡茶，但总是就着壶嘴喝，这种做派，大岛先生如何消受得了呢？

还好，母亲端出了两套盖碗。吴小莉都不知道家里还收藏着盖碗，看来是预备来了贵客使用的，可是一直没有贵客来，就一直没有使用，今天总算派上了用场。父亲当着大岛先生的面，用刚刚烧开的水清洗了盖碗，看来他不是不懂得讲究的。

吴小莉又担心起茶叶。父亲喝茶太平民化了，从来不去大市场买什么有名堂的茶叶，就从巷口那家小茶叶店里买散装的毛峰。他说，开小店儿不容易，你也得让他活下去嘛。父亲一向是下手抓茶的，这也让吴小莉担心。还好，吴小玲及时地从自己带来的礼品中拎出一盒竹叶青，欢快地说，茶我带来了。想必是母亲早有嘱咐。

吴小莉拿出两小包竹叶青泡上，发现问题又来了，怎么只有两套茶具？她把一套端到父亲面前，心里正想着，另一套给谁呢？父亲把茶碗往大岛先生面前一推说，喝茶。大岛先生客气地推辞，父亲说，我还是习惯茶缸子。母亲递上了他的大茶缸子，里面早有茶叶了。

呷着茶，父亲说，成都人就是水泡皮，爱喝茶。大岛先生说，喝茶好。姐夫也说，喝茶好。毛毛跑过来说，外公，我也要喝茶。说完就抱起了外公的大茶缸子。大家都笑起来，气氛更加松快下来。

吴小莉这是第一次背大岛先生送给她的三宅一生的包。吴小玲抚摸着，不胜艳羡。吴小莉很奇怪，她怎么能一口说出这是三宅一生的包呢？幸好吴小莉是有准备的，她拿出半套资生堂的增白装，递到吴小玲手里。那是大岛先生婚前托秘书买给她的，她用不了那么多。吴小玲两眼放光，忙不迭地说，日本原装的资生堂呢，谢谢哦。说着眉开眼笑地瞟了大岛先生一眼。

菜是母亲早就准备好的，只要下锅就行了。夫妻肺片只差把油卤倒进去，兔头已是卤好的，连下锅都不用了。一大桌子成都美食很快就上桌了，母亲是使出了十八般武艺。母亲手上的血泡，说明她用了多少心力，吴小莉看着不由得心酸。酒是大岛先生带来的日本清酒。

大岛先生的饮食平时是非常讲究科学的，很多清规戒律吴小莉已经熟习到位了，比如，喝茶和吃药要间隔半小时以上，因为，茶叶可能会影响药物吸收。饭后不要立即喝茶，因为，茶中的物质会引起脂肪肝。吃水果要在饭前一小时或饭后两小时，因为……按照这样的科学理念，川菜是不合标准的，多油多盐多辣。吴小莉想过要不要提醒母亲做清淡点儿，又怕引起母亲的过分紧张，她刚刚从伤筋动骨的紧张后果中恢复过来，不要再紧张出什么事儿来了。还好，她看到大岛先生吃得欢实，也许是破例允许自己放纵或不"科学"一次吧。

看得出来，大岛先生对于母亲的烹饪手艺很满意，母亲很有成就感。三个女的先吃完了，三个男的还在喝酒。吴小莉从饭桌退下，把礼物分了一下，主要是分出哪些是给吴小玲家的，好让她一会儿带走。吴小玲颇为满意。印象中这是这个家最美满的一天了，连吴小莉都有了点成就感。

再次坐下来，吴小玲依然抚摸吴小莉的包。母亲说，这个包，看着确实是时髦呢。吴小玲说，妈，现在不叫时髦了，叫时尚。吴小玲眼中的渴望是一目了然的，可是，这个包吴小莉已经另有打算，她不可能送给她的。

吴小莉终于忍不住，又从包里取出一小瓶兰蔻香水，那是大岛先生婚前送给她的一套中的一瓶。吴小玲又眉开眼笑起来，给母亲、吴小莉和自己分别抹了一点。母亲说，噢哟，真是好闻。还不无夸张地吸了吸鼻子，做出陶醉的样子。吴小莉觉得母亲简直像个小女孩了。

吴小玲说，资生堂和高丝、DHC都很高级呢。吴小莉更为惊讶：她怎么什么都知道！难道是对日本的名牌做了功课吗？

咱们这房子，要拆了。父亲呷了一口酒，突然说。

客厅里静了两三秒。母亲不安地搓了搓手。看来，这事只有老两口知道。

吴小莉注意到，吴小玲第一个去看大岛先生。吴小莉觉得挺不自在，他第一次上门，就像鸿门宴似的，没准他还以为她是同谋呢。

拆了，迁到哪儿去？吴小莉赶快找话。

现在说法很多，还没确定。父亲说。

那是什么政策呢？吴小玲问。

可以要钱，也可以要房子。父亲自顾端起酒杯，说完才抿了一口。大岛先生也端起酒杯与吴小玲丈夫示意。

当然是要房子。吴小玲说。

能分几套？吴小玲问。能分到多大的？吴小莉问。两个人几乎是同时问出口的，问完彼此看了一眼。

我们有院子，可以分中套，也可以分两个小套。父亲说。

那就要中套。大岛先生开了口，这是关键性的开口。父亲又眯着眼笑，被酒精涨红的眼睛更红了。

其实，小套也挺好的。一直很低调的姐夫说，声音有点突兀的高调。吴小莉看见吴小玲正在盯着自己的丈夫，也许，是这一盯起了作用？

母亲说，这房子是公家的，前几年可以买下来，咱没买……现在，拿房子要交钱。

吴小莉心里暗哑了。为什么不买下来？这是一个天真的问题。答案很简单：没钱呗。其实也没多少钱，但当时家里拿不出来，在给她交了八千块集资款之后。父母下岗后都没有工作，母亲身体不好，低血糖，一动就要晕倒；父亲这个年纪，出去找工作很难，钱少得还不如在家待着节省生活成本。关键还在于，他们想不到这几年房价会噌噌噌地涨，后悔时已经来不及了。这是全家人的一个心病。

吴小莉在暗暗琢磨这件事，父母为什么事先不吭声呢？但她记起他们分别问过她，商厦的集资款该返还了吧？想到这里她说，商厦的集资款，这两天我就托吕云问问。

吴小玲也恢复了灵光，紧跟着来了一句：那也不够啊。

大岛先生郑重地举起杯，向岳父母示意过，喝下去，然后开口说，房款我来出，拆迁一旦确定，能要多大的房子就要多大的，该交款的时候，我一次性打过来。

母亲几乎要从沙发上滑下来，激动又局促地说，我们也有点积蓄的，可以出一部分的……

大岛先生手一挥，打断了老丈母的话说，你们的积蓄，可以用于装修，房款我出，就这么定了。

吴小莉无限感激地看着自己的丈夫，这一刻，她无比乐意承认这是自己的丈夫，并真切地为有这样一个丈夫而自豪。这样不折不扣毫无排斥地认可他，还是第一次。他这几句话，是有多大的含金量呀。如若不然，她将看到母亲一筹莫展的神情，又会暗自受伤。就为了母亲的宽慰，她觉得自己的一切都值了。

看着母亲着急的手势，似乎又要推辞，吴小玲按住了她，又扫了吴小莉一眼，不言而喻地微笑着。吴小莉能读出她的眼神：这算个啥呀！他们有的是钱。吴小莉简直痛恨这种眼神。

大岛先生说，本来嘛，不拆迁也准备帮你们买房子的。

吴小莉再次感激并暗中惊讶：他是赶上了才这么说？还是真的有这个打算而没跟她说？如果是后者，她就更敬重自己的丈夫了。

没有比这样让人放心的承诺更能把酒桌的气氛推向高潮了，尤其面临大事时。吴小莉父亲连连举杯向大岛先生示意了几次，带着致敬的成分，因为老丈人不好直接给女婿敬酒。每一次大岛先生都干了，吴小玲的丈夫也干了，这一对挑担儿在喝酒上很默契。三个男人都喝得有点高。

大岛先生说话渐渐豪气，原本对大岛先生有点敬畏的吴小玲也端起了酒杯，殷勤地向他敬酒，多多益善地恭维他，并趁机谈到了许多与日本有关的向往与展望。吴小莉能觉察到，吴小玲是故意撇开她这个障碍跟大岛先生套近乎的。

吴小莉的自尊自重和矜持，吴小玲早就看不惯了，几个月前还说她：连小家碧玉都不是，心就不该像玻璃那么脆！那是在她知道吴小莉反感刘玉珍并拒绝跟大岛先生相亲之后，仿佛吴小莉反感的是她似的。她还不忘讥诮地加上一句：爱看《红楼梦》的人，就是心比天高命比纸薄，福分来了还躲开去！

当吴小莉见过大岛先生之后还在犹豫时，又是吴小玲针砭她：不是每个女孩子都有福气嫁给富商的，美女多的是，你就知足吧。吴小莉明白她的意思，吴小玲不也是一个美女吗？就未能有幸嫁给一位富商。

在吴小莉终于成为大岛太太，而吴小玲一点也没沾上光时，吴小玲也没少让她难受。吴小玲自称"让人不让话"，但其实都是她一个人在说刻薄话。当吴小莉终于意识到，自己是在无形中用实力来说话的，什么也不说都完胜吴小玲时，才放松了下来，情愿"让话"，不再跟她拧那股劲儿。

吴小莉哭笑不得地看着自己的姐姐向自己的丈夫献媚。凭直觉她就知道，大岛先生不会看重吴小玲这样的人，否则他就不会对刘玉珍是那样的姿态了。果然，回到家酒醒之后，除了房款的事，大岛先生似乎什么也不记得了。吴小莉很满意，男人，记住该记住的重要的事，就行了。

吴小莉记得吴小玲那些巧妙的恭维背后的诉求，只有一件她认为是可以支持的，那就是将来送毛毛去日本读书。

这一次女婿上门，加深了吴小莉对大岛先生的感情，甚至也加深了她对大岛夫人的感情。时间久了，吴小莉倒觉得家里的香案是个佑护似的，每天到香室拜一拜更心安。直到有一天，大岛先生说，以后不用点香了。看起来，大岛先生对她在这件事上的表现还是十分满意的。她不知道他对自己家的厚待，是不是与此有关。

这间香室以后怎么办呢？吴小莉想到了这个问题，但没说出来。可是，大岛先生好像听见了似的，第二天下班带回来两瓶香水，一瓶三宅一生的淡香水送给她，另一瓶摆到了夫人画像前。大岛先生拿出两瓶香水时，吴小莉很自然地都接了过去，大岛先生说，这一瓶，是摆在一楼的。他示意了一下香室的位置，吴小莉就明白了。大岛先生解释似的说，这是新创的武藏野四季香水，有禅意。吴小莉点头表示理解，马上去摆上了。自此，只要有人进去，就喷一下那香水。后来，大岛先生有时在那里静坐一会儿，那里就成了他的静修室。吴小莉很少再进去了。她觉得给大岛先生和结发夫人留一个单独相处的空间，也是应该的。

16

吴小莉主动约了小鹿。潜意识里，她是当作跟小鹿的最后一次约见对待的。她早就顾虑到，假如有一天大岛先生知道了小鹿的传闻，会不高兴她们交往吧？虽然她已经知道那是假的。

还是在上次的酒吧见面。吴小莉不想多待，很快就从大口袋里拿出那个三宅一生的包。这是她此行的目的。

小鹿这才发现，吴小莉今天背的是一个布艺大口袋，跟她以往的风格很不一致。吴小莉是在父亲生日那天背着这个包上了车以后，才想到可以送给小鹿的。欠别人的，她心里总是放不下。而且，大岛先生已经看见她背过这个包，对他也有交代了。

吴小莉把包推到小鹿面前说，这个包，送给你。既然小鹿喜欢直接，她也不需要什么社交技巧了。

为什么？小鹿带点惊喜地问。

不喜欢吗？吴小莉说。

喜欢呀。

那不就得了。吴小莉学来了小鹿的风格。

这太贵重了！小鹿说。说着把包拿过去，算是接受了。

吴小莉心里松了一口气。这样委婉的偿还，也让她好受些，算是了却一桩心事。但她还是说，跟你说明一下哈，我背过一次，就一次。

小鹿反而眼睛一亮，抓过她的手开心地问，真的吗？你真的背过吗？

吴小莉被问得莫名其妙，她究竟是介意还是开心？

小鹿快活地说，我以后会经常背这个包的，我知道这个包很贵，但我喜欢它不是因为它贵，而是因为它是你送我的，是你背过的。

吴小莉被她的神经质搞得无可奈何，只好说，你喜欢就好。

这个女孩子，她永远把握不了。她害怕跟她在一起，又有点渴望跟她在一起，很纠结。但凡让自己纠结的事情，吴小莉通常都会选择退缩和放弃，以免搅扰自己的平静。她连死水微澜都不愿承受。

两个人沉默下来，立刻显得不大自然。小鹿也罕见地有点支吾地看着吴小莉的眼睛说，有句话我一直想问，又怕你不高兴。

吴小莉硬着头皮说，能有什么不高兴呢？你问吧。

小鹿流畅起来，认真地说，我真没想到，你会突然那么嫁了，为什么呢？

她总是不枝不蔓单刀直入。这个问题，吴小莉其实一直在问自己，几乎是她这半年来模糊的心理底色，但她从未给自己一个明确的答案，有时好像有了答案，也不过是一时的搪塞。做出选择或者说别无选择的那个当口，她的生活是强硬地发生了转换，她也只能强硬地接受，后来才开始慢慢反刍。她也觉得不可思议，她这么没野心的人，居然会走出这么一步。

小鹿一问，又强行塞给她一个机会，去反刍自己这几个月的生活——其实差不多是整个人生。她停顿了一会儿。她不愿意被小鹿看成一个看重金钱的人，事实她也的确不是，那么，为什么嫁呢？她觉得自己又无语了。小鹿低下头去慢嘬自己的果酒。

我也不知道，待不下去……辞职了吗……怎么办呢？吴小莉终于说。她是真心说的，尽管思路依旧混乱。如果不是事儿都赶一块儿去了，她不知道自己会不会这么做。但也只是如果，事实已经如此，她不可能再倒回去，就不着急给自己一个答案，或者索性不让自己去想了。不过，实实在在去想，那些事儿若是分开发生，没准她就能忍受了；若是没发生或没全发生，她是肯定会一直那么过下去的。

你是被商厦透支得太厉害了，要不然也不至于。小鹿怜惜地说。被小鹿怜惜，这一次她居然没感到别扭，因为她说到她心里去了。

她的心里写满了商厦时期的烙印，很怕触碰。她的人生轨迹就是被那段生活改写了，使她为了走向反面而不顾一切。但细想想，有什么呢？好像也没有什么过不去的伤害，可她就是满怀不堪回首的恐惧，她的每一根头发丝都不愿意回到过去。也许，最大的恐惧就是说不出恐惧什么吧？好比吃了你还不吐骨头。或者，生活本身就是恐惧？但是，芸芸众生不都那么活着吗？唯独她不行？

你不会懂的，因为，你没有体会过……吴小莉说。

我懂，我不稀罕做有钱人，但也怕过捉襟见肘的寒碜的日子。小鹿说。

她一下子把吴小莉心里没有清晰的答案概括出来了，是的，她只是逃避被生活压榨。吴小莉心情复杂地看着小鹿，窘迫与感动交织。

她顺着自己刚才的思路想下去：是的，如果有机会避免被宰割，为什么不呢？

其实我父母也不过是公务员，业余投资了点小生意。小鹿又说。吴小莉说不出来，自己的父母是下岗工人。她顺着自己的思路继续走：是不是宰割，其实只是一个定义问题，你不把它当成宰割，它不就不是了吗？——这是她母亲的思维，可正是母亲，把她导向了这样一桩婚事。

吴小莉说，反正，你不用工作，也可以生活的……

我不是靠父母，我一直在做翻译呢，好歹我是川大日语本科毕业好吧？小鹿不遮不掩地说。

吴小莉非常意外，因为她身上看不出任何工作的迹象。小鹿看出她的疑惑，解释说，我不去任何单位上班，受不了那份束缚，但我接活儿自己干。

吴小莉问，你是翻译文字？

小鹿说，也做口语翻译，刚刚就接了一个日本商务考察团。

日语，自然是很容易让吴小莉想起大岛先生及其公司的，还有大岛先生与田中和小泉之间叽里咕噜的对话——那个时候，无论她，还是小泉太太，或是现已杳如黄鹤的田中太太，都是被屏蔽在外的。

小鹿很适时地问，你想不想学日语？

吴小莉不置可否，她在犹豫。她即便要学，也不想跟小鹿学，因为那又会使她们常常见面。要不要学？实际上也不该由她决定，应该看大岛先生的意思。

往外走时，吴小莉想，心债已了，以后就可以不见面了。

小鹿却说，什么时候我去看你吧？吴小莉勉强应付，再约吧。但小鹿似乎故意无视她的勉强。

17

吴小莉跟吕云约在了锦里见面，地点是吕云定的。退集资款的事，不是一两句话就能说清的，而且后面的步骤她也希望吕云代劳，所以，她觉得该好好请吕云一次客。可是，吕云自己挑了这个很平民的地方。

在商厦时，吴小莉跟沈蔚的关系更好一些，但沈蔚脾气太冲，所以，办这种需要多次跟商厦办公室的人打交道的事情，她宁愿请吕云帮忙。

吴小莉特地回母亲家找了做姑娘时的衣服穿着来的，吕云一见她还是叫：大富婆来啦！叫得旁边卖串串的大嫂直打量她，吴小莉窘得赶紧拉着吕云快走。

锦里人太多了！花花绿绿的东西更多，衬得人好像也花花绿绿了。吴小莉一面在人缝中走，一面留意吕云的眼神，但凡她感兴趣的，她马上买下来送给她或两人共享。她为吕云买了有老虎图案的丝巾、老虎造型的卡通包，吕云是属虎的，今年是她本命年，买这些太对了。开始吕云还推辞，后来干脆说，反正你是富婆啦，我就恭敬不如从命吧，但说好了，等下吃饭算我的。吴小莉答应着，心里当然没打算让她请。

吴小莉记得以前的糖葫芦是山楂或山药的，一两年没来锦里，发现现在有各种水果的了，葡萄的草莓的都有。她让吕云选，吕云选了草莓的，她说，那我就要葡萄的吧。吕云说，你现在不该要山楂的吗？酸儿辣女哟。搞得吴小莉又一个大红脸。居然还有炒冰这种东西！冰怎么炒呢？俩人都想尝个新鲜，可是排队的人太多了，她们就到最前面去看个究竟，原来并不是用火炒，只不过翻冰沙的动作像炒。吴小莉说，挺凉的，又那么大份，咱俩可以要一份。吕云说，算了算了，等下吃完饭过这里看看，如果排队的人不多了再要。

两人就找了一家冒菜店落了座。说实话，吴小莉是真想吃冒菜了。大岛先生的科学理性的饮食早把她寡淡坏了。要了一大份冒菜，选择的是不折不扣的麻辣，又点了棒棒鸡、蹄花汤……吴小莉又想起了大岛先生的"浪费说"，但是，浪费就浪费吧，反正今天她要吃过瘾。

自从离开商厦，吴小莉就在有意无意地割断过去，今天与吕云一起逛街吃麻辣冒菜，她突然觉得，这才是痛快的生活呀！她才意识到，自己已经压抑得太久了。

吴小莉再不管自己吃相是不是难看了，先痛快吃一顿再说。

吕云告诉她，集资款的事，她已经帮她问了劳资科和财务科，可以领了，需要她的身份证和委托书，如果要她代办的话。

吃完了，吕云告诉吴小莉委托书怎么写，她当场跟店里的小妹儿要来纸笔写了一份，按上自己手印，跟身份证一起交给了吕云。

她说，那就拜托了。然后喊：小妹儿，买单。吕云要跟她争，她说，真的不要争了，我已经麻烦你太多了……要不，你就请我吃个炒冰吧。

两个人出了冒菜店又往炒冰店走去，一致认为，吃完麻辣冒菜，再来一份炒冰才够巴适。

吕云说，你是富婆，本想好好宰你一顿大餐。然后她话锋一转，知道我为什么挑了这里吗？

吴小莉摇头。吕云神神秘秘地凑近她耳朵说，那个长得像金城武的保安，就是我们都叫他小金的那个，还记得吧？

吴小莉突然感觉胃里收缩了一下，那些麻辣火热的不再翻腾。

吕云说，他交上狗屎运了，找了个在锦里开花店的丈母娘，接手了生意，沈蔚碰到过，我今天就想看看他的店在哪儿。

吴小莉好像已经吃到了炒冰一样，从里到外，骤然冷却。她说，算了，我们走吧，不想逛了。

吕云说，我们不是要去吃炒冰吗？

吴小莉说，要不，改天再吃吧。

吕云说，都已经到这里了，就吃一个呗，干吗着急走？

吴小莉只好麻木地跟着她往前走。高峰期已过，炒冰档口排队的人不那么多了。两个人站在队尾，吕云继续跟她叽里呱啦讲话，完全不在意吴小莉是不是已经不爱开口。

人是不是吃完麻辣的以后，话会特别多？因为热量太高了吗？吴小莉想。她看见排在最前面的那个男人举着一杯炒冰转过身来。

她看着那张脸，像被施了法术一般，浑身凝固，呼吸也凝固了。周围熙攘的人流和葡萄串一样的卡通氢气球都像慢镜头的旋转木马一样，瞬间变成了背景，市井声变得渺远，只有那个身影的位移十分醒目。那张脸还是那么年轻俊秀，几乎没有什么改变，嘴角的羞涩还在，眼窝的忧郁也在，但感觉又分明不一样了，是什么变了呢？

他的注意力都在那杯冰沙上，没有看见她，即便从她身边经过时。她看见冰沙上插了两只塑料小勺。

好在，吕云一直在东望西望并讲着话，没有看见他，也没有注意到她神情的改变。

终于轮到她们，因为炒冰是吕云请客，她说要两杯，吴小莉坚持要一杯，她另外跟老板娘要了一个塑料杯，挖了一点过来。她吃了几勺，没有吃出任何滋味儿，除了感觉到冰凉。

她们边吃边走，热闹包围着她们，但吴小莉觉得这热闹丝毫不属于她了。突然，吕云碰了一下她的胳膊，低声说，看。

吴小莉顺着她的目光望去，正是一家花店，一个瘦瘦的女人正在里面吃冰沙，因为怀孕的缘故，女人几乎看不出美丑，算是俊秀吧。终于，她看见那杯冰沙是捧在一个男人的手里。一束满天星干花挡住了那个男人一半的脸，但也足以使她认出他了。还有一把塑料小勺插在冰沙上，她看见女人把一勺冰沙递到了那个男人嘴边。她看见有一对小情侣进了店，女人把冰沙勺放到他的手上，站了起来……她看见，女人的腹部是微凸的。吴小莉收回了目光。

她快速地走过了那里，她想回头，又怕回头，最终忍住了。

吕云说，哎，你注意到没有？那女的已经怀孕了哎，这么快！

吴小莉什么话也说不出来。不知道是不是为了让她高兴，吕云说，你看他们，穷兮兮可怜巴巴的，跟你比是天上地下了，真是人比人死啊。

吴小莉说，没觉得人家可怜。

吕云说，那种小里小气窄门窄户的生活，怎么可能不可怜呢？和你是没法比了。

吴小莉说，过小日子有过小日子的好。

吕云笑着撇嘴道，你现在当然可以这么说了，反正你不用过这种日子了。

《红楼梦》里，吴小莉最羡慕的一对是薛蝌和邢岫烟，虽然清贫，虽然不属于贾府，却过得比谁都踏实，比谁都安宁，比谁都恩爱，所以，比谁都好。没有人会相信，这羡慕是真实的。

对于吕云的话，吴小莉觉得没必要当真，自己心里怎么想是不需要和别人讨论的。但她还是说了一句，我说的是真的。

那你当初为什么……谁不怕穷日子！吕云说。

我不是怕穷，我只是觉得……太可怜。

那不就是了嘛，穷人总是可怜的。

吴小莉意识到，自己和吕云，不在同样的生活之中，也就不在同样的逻辑之中了，无论她说什么，吕云都会做出另外的理解，如果她再说"穷不一定穷得可怜"，吕云肯定要认为她站着说话不腰疼了。在别人眼里，她也无权抱怨任何东西，否则便是得了便宜还卖乖。她站在吕云的角度看，也觉得自己有虚伪之嫌。她讲得再真都是假，因为她的生活本身就是假的，她索性不再开口。

吕云看她矜持起来，便自觉地告辞。吴小莉为吕云打了车，并模仿大岛先生的做法，为她超额预付了车费，告诉司机找零给吕云。吕云感激又意外。吴小莉第一次尝到了有钱大方被人感激的滋味，那真的是很爽的。这或许小小地补偿了一下她内心的冲击和失落。

那晚打车回到家，大岛先生还没回来。吴小莉没有开灯，坐在飘窗的暗影里，脑子里飘忽不定，不知道该想些什么或不想些什么。眼前出现最多的，是那张俊美的脸，那才是少女钟情与少男怀春该有的一张脸呀！或许与大岛先生的脸日日相伴的缘故，再见那张脸，吴小莉简直觉得年轻俊美得不可思议，就像神话中才会有的美少年。那张脸让吴小莉在他不知道的远处和暗处想起来，还是会怦然心动。她还情不自禁地想到几个月前的自己，同样年轻得羞涩，同样俊美的脸……她竟模模糊糊地有了一些感动，为这个故事所感动，虽然结局是失败的。毕竟，那么青涩的两个男女，彼此情窦初开过，彼此脸红过，而且想起来还会脸红。可是现在，她还有一张那样的脸吗？她的脸变成什么样子了？在他眼里又是什么样子？她拿不准，他也没看见她。

吴小莉站到自己的对面，以他的眼光打量着自己，觉得已经不认识了。她仿佛在一条高高的孤独的堤岸上走着，她呆呆地看着自己渐去渐远的身影，仿佛是在看自己以外的另一个人。她的心里说不上是寂火还是平静，就像她搞不懂在锦里的万人如海中看到的那张年轻的脸上，所隐含的神情是缘灭还是命定。

除了那张脸，在吴小莉脑子里出现最多的就是女人微凸的腹部。他那么快就有了女人吗？那他还到商厦去找她干吗？撇开他对她的出卖究竟出于什么原因不谈，他对她，难道没有过心动吗？难道一切都是她的错觉？说是要撇开，其实根本撇不开，她太想知道了！死就死了，死个明白还不行吗？但她怎么能够知道呢？她不可能去找他，而他已经找不到她。

根本不像吕云说的那样，她对他没有丝毫胜利的快感，相反，她更沮丧，而且迷乱。

他和那个女人，目前是在开着一家小小的夫妻店。而她也曾经想过，再忍耐一下，把集资款拿到手，就可以离开商厦自己去开个小店了，利用在商厦积攒起来的经验，她觉得自己行的。租一间小房子，开一间小店，过类似于男耕女织的柴米夫妻的日子，曾经是她暗暗地向往。她喜欢小小的湖，有小家碧玉的可人和沉静，美得让人有把握，不怵人，也不惊动人。她不喜欢大江大河，更不喜欢海，太波澜起伏轰轰烈烈了。那种过小日子的相亲相爱，就像这样的一片湖。

她知道贫贱夫妻百事哀，可是，贫为什么就一定会贱呢？不也可以是清贫吗？粗茶淡饭而已，没什么好悲哀的。她现在好像活得很高级，但又能算得上怎样的享受呢？无论她对大岛先生是怎样的观感，他都是她的衣食父母，她逃不开的。

在她把自己的生活差不多推翻的时候，大岛先生回来了。他的脸是涨红的，嘴里喷着酒气，她从来没有见他这样过。他说，今天回家太晚了，有重要事。但他并没说什么重要事，她也不关心。她克制着身心的排斥，替他宽衣，服侍他洗澡。他告诉过她，死在浴室里的人比车祸都多，所以，她不能不加以小心。她唯一能够自我保护的，就是尽量不去看他，尤其是他的身体。

他睡着了，也许是喝了酒的缘故，呼噜声惊人。她想让自己尽快睡着，可是不行，身边的呼噜声以及酒气和体味儿令她恶心。心平气和她是做不到了，她走下床，坐到床尾凳上。她甚至想，要是自己也能来杯酒就好了，喝下去马上醉成一摊泥，什么苦恼都没有了。但是，她连这样做的权利都没有。

吴小莉又把自己带到了小鹿提出的问题面前：为什么嫁？她承认自己是逃避。逃避什么呢？被宰割？可是，现在这样，就不是被宰割了吗？

——我情愿接受这一种。她终于彻底地回答了自己，带着可怕的冷静。

可是，她怎么又有点恶狠狠的呢？是那张年轻俊美的脸使然吗？

不恶狠狠又能怎么样呢？各人都有了各人的生活。她有点恨自己，说不清楚地恨。

她感觉到大岛先生在翻身，他翻身时手会习惯性地搭到她身上。她又躺回到床上……

……吴小玲的手紧紧地揪住她的裙子口袋不放，怎么打都不放，打掉这只手，一定要打掉这只手……还有什么讨厌的声音，一定要杀死它，杀死它……

一声悠长的鼾声把大岛先生憋醒了，吴小莉也同时醒来，她睁着眼反应了几秒，才知道刚才做梦了。

为了逃开大岛先生毛茸茸的手，她起身下床去洗手间。她在浴缸沿上坐了很久，她想他在睡觉时对于时间的感知应该是模糊的，自己可以多坐一会儿。她不知道自己坐下去又能怎样，最终还不是要回到床上，与他躺在一起！但至少现在她就是不想回到床上跟他躺在一起。她一直坐到犯困，身体东摇西晃失去控制。她再次回到床上，很快进入梦乡……

她红着脸接过一碗冰沙，在一双眼睛温存的注视下吃着，羞涩……甜蜜……冰爽……解渴……

吴小莉醒了，大岛先生在俯身看她。她辨认着他，逐步清醒着，金蝉脱壳一般让自己从梦里走出来。他说，你是不是需要喝水？她点头，确实如此，昨晚吃过冒菜之后她忘记多多补水，缺水了。她下床倒水，给他也倒了一杯。她是不能指望他去倒的。他显然也口渴了，昨晚喝了一场大酒呢。他喝着水说，你刚才嘴一直在动。

18

几天后，吕云打电话给吴小莉说，集资款已经退出来了。吴小莉拜托吕云直接送给她的父母。这笔钱对于父母是个太大的安慰了，虽然在大岛先生承诺房款之后，它已经不再是雪中送炭。她跟商厦的关系彻底结束了，一个线头都不留，心里真是清爽。跟商厦的关系一旦结束，以后跟吕云沈蔚的联系也少了，甚至可能没有了。她终于可以把商厦从自己心里抹去了。

吕云显然不这么想，她聊天的热情依然很高。吴小莉说，要不你挂了，我给你打过去吧。她是想替吕云节省电话费，吕云替她办事，电话费理应她来出。当然，她也是提醒吕云：差不多就结束了吧。没想到吕云说，好，我可能真的要跟你长聊。然后真的挂了电话。她当然不能不打过去，用自己的手机。

再打通后，吕云迫不及待地说，哎，你知道那个小金的店是怎么回事吗？吴小莉自然是不知道的，不等她回答，吕云又说，是租的！那个人家租的，不是自己的。听起来好像惊讶莫名。

吴小莉更对吕云的惊讶感到惊讶：租的又怎么了呢？但她只能说，哦，租的。

吕云再次强调，不是那个女的自己家的，是租的。

吴小莉再次感到无话可说，租的和自己的，有那么要命的差别吗？她看看自己置身其中的大岛别墅，是自己的吗？她给不出肯定的回答，她甚至感觉自己的整个生活都像是租的。但她又不能不说点什么，于是她说，有什么不一样呢？反正就是开店。

吕云发现吴小莉根本没有抓住自己讲话的重点，便急急地说，你知道他为什么娶那个女的吗？还不是为了这家店面嘛。

发现自己的话依然没达到预期效果，吕云再次不甘心地抛出一句：你知道那女的肚子里的孩子是谁的吗？

这次她取得效果了。吴小莉大惑不解地问，是……谁？那不就是他的吗？那是他妻子呀。

吕云说，你看，我就说想不到吧？那天我也以为孩子是他的，这两天我又听说，不是的！那个女的不是那家的女儿，是儿媳妇……

吴小莉蒙得彻底说不出话来，只能等吕云继续说。吕云没了卖关子的兴致，松了一口气，有点怠惰地说，那家的儿子出车祸死了，他是去顶缸的。

那他们何必呢？吴小莉终于急切地问。

吕云再次提起精神说，因为女的肚子里有了他们家的孩子。

吴小莉恍惚还听得吕云在说，公公婆婆让儿媳妇坐山招夫，大家都以为，那么大一份家产呢，还挺划得来的，结果现在听说，那店铺是租的，那家其实没多少家底。

这些信息，丝毫没有让吴小莉高兴，相反，她有一点心酸，类似于某种共命的心酸。他们变成了两个故事，可是，他的故事，她的故事，又有一种冥冥中的一致性，虽然故事发生时，他不知道她，她也不知道他，他们都被命运蒙在鼓里。现在，她知道了他，却希望他永远不知道她，她希望永远没有人知道自己的故事。

命运就给他们留了那么一条窄门缝儿，他们都是种花得刺的人。她有一种揪心的认命感觉。她不再有恨。恨自己与恨他，似乎相互抵消了。但他又以另外的面目默默住进她的心里。而过去的他和她，都死去了。

她突然就恨起了王熙凤。她正看到《红楼梦》第十二回：王熙凤毒设相思局，贾天祥正照风月鉴。她恨王熙凤阴狠地捉弄贾瑞这个不成器的家伙，他固有可恨之处，可罪不当死的。

贾瑞是贾府私塾老师的孙子，原本出身贫寒，但因与公子哥儿们同学，便染上了"富贵病"，没落又纨绔，下作不堪地垂涎王熙凤。凤姐被埋汰到之后，设圈套把他捉弄得很惨很狼狈。曹雪芹是把贾瑞的贪淫犯贱当作可恨可笑来写的，可吴小莉一点都不觉得好笑，她笑不出来，只觉得扎心。贾瑞一病不起，跛足道人送来一面风月宝鉴，嘱他不能照正面，只能照背面。背面是骷髅，正面是美人儿王熙凤，这一体两面，本是警示贾瑞莫好色，贾瑞却忍不住去照正面，终至精尽人亡。吴小莉对于风月宝鉴的警示意义是没有意见的，可是，它专挑穷人下手，其意就不仅如此了。贾瑞的结局，在她看来含有另一层警告：穷人更要守本分，否则会死得很难看。如果让一个富家公子哥儿比如宝玉来试法，结果断然不会如此不堪。王熙凤那样做自然是没有错的，有钱人怎么会有错呢？虽然，她也没少跟侄子们调情。吴小莉觉得整件事看似是贾瑞品质有问题，实则是穷富在主宰，是穷人犯贱，富人趁机耍弄了穷人。她感觉自己跟贾瑞一样屈辱，又有点像探春对贾环一样恨铁不成钢。一时间，王熙凤成了《红楼梦》里她最恨的人，仿佛是她恶毒地制裁了所有卑微者的低下欲望，使他们沦于更不堪。她在别人的故事里恨着，气着。

19

有一天晚饭后，大岛先生突然问，身份证呢？她问，你的还是我的？问完她又自觉是昏了头，他哪有身份证呢？他只有护照。

她去把自己的身份证拿给他，什么也没问。该说的他会说的，不该问的问了也没用。

大岛先生也习惯了她的不多问，可能还有点欣赏这种做派。但这一次，他一反常态地说，你怎么不问问我，要你的身份证干什么呢？

干什么？她顺势问。

你记得我那晚上回来比较晚，还有点喝多了吗？

吴小莉等着他说下去。我在给你办移民。他说，并尽力掩饰着自己的恩赐感，但吴小莉还是看出来了。

她震惊。她本能地想问，为什么不征求一下我的意见呢？继而又觉得，自己应该是惊喜的。到成都街头随便拉住几个人问问，哪个能说这不是一桩好事呢？那么，她的结婚，也终于有了真正值得别人羡慕的理由了，她对自己也有了一个不算委屈的交代。既然是惊喜的事情，自然就不必事先征求意见，否则还算什么惊喜？

层叠的内心波澜使她说不出话来。他说，我那天请了一些人吃饭，了解怎么个办法，过几天就可以开始操作了。

她马上暗暗自责，那晚上，他在帮自己办移民，自己却……那天夜里所有的动荡心思，瞬间都沉落水底，那张年轻的脸，也悄悄隐退了。

自己即将成为一个日本人了！那一两天，她的身心都被这一意识震撼和冲击着。

等这个冲击波过去，她心里又七上八下起来，之后呢？办移民就意味着她要去日本吗？可是，大岛先生的事业还在中国……

她没法把这些疑惑说出来，毕竟手续还没办好呢。但她也没法止住自己的疑惑，喜悦之心都被冲淡了，甚至还有一点担忧隐隐袭来。如果她办了移民手续，成了日本人，可是还生活在中国，不就成了侨民吗？反而不方便吧？具体怎么不方便她也说不上来，反正觉得名不正言不顺。

她只不过希望大岛先生把未来生活的打算告诉她，可是，大岛先生一贯的风格就是不到必须的时候绝不亮底牌。不知道他是有意还是无意，也不知道他是一向如此还是只对她如此。他的姿态一直在向她表明：你的命运你不需要知道，我知道就行了。

第三天晚上，她终于难为情地跟大岛先生说，在中国，户口所在地是很重要的，以后我的户口……

大岛先生好像早就思考过这个问题似的，直白地说，有什么重要呢？你不需要劳保，也没有孩子上学的问题。

她被问住了。这两句话看似简单，实际都直击命脉，也是指出了两个事实：他会使她老有所养，她不会有孩子了。

这当然是潜在的事实，可是这样明白地说出来，还是有见底的触目之感，令她无言。

大岛先生又问她，你不喜欢移民日本吗？

她赶紧表示，不是的。至少在语言上，她还是不习惯两个人之间的赤裸。她突然意识到，她对这个消息缺少喜悦的反应，对大岛先生缺少感恩的表示，可能使他不悦了。于是她补救性地说，我当然是喜欢的，能不喜欢吗？只不过，这个好消息来得有点突然……

为了证明自己话语的真诚，她又补充说，我爸妈他们要是知道了，不知道该有多高兴呢。

大岛先生反问，他们还不知道吗？

她知道自己又错了：这样的大好消息，居然不第一时间让家人知道，还当不当它是一个好消息呢？

她说，我想当面跟他们说，这两天还没来得及回去。

第二天，她就回家告诉了父母这个消息，她本想等办好了再说的。她的父母，尤其是母亲，一向谨小慎微惯了，恪守着"口开神气破"的原则，不成事实的好事是不敢说的。她也继承了这一点，而且担心万一没办成——凡事总担心着万一，这也是她的家传。但是大岛先生的意旨，当然比这些做人处事的原则都重要。

父母的欢欣，果然是这个家里开天辟地未曾有过的，仿佛命运给了他们巨大的酬谢，他们巴不得立马找个地方阿弥陀佛拜拜才好。母亲顾不得心疼电话费了，马上把这个消息告诉了吴小玲。吴小玲亢奋的声音简直要"炸麦"了，话筒的余音传到旁边的吴小莉耳朵里，还能使她感受到足够的昂扬，仿佛她命运的战车已经飞起来了。这一切，如果能让大岛先生亲身感受到就好了，自己的传达怎么都无法给他满分的成就感。

吴小莉跟着家人欢欣起来，似乎她的欢欣是需要家人来确认的，而他们的欢欣反过来又强化了她的。无疑她已经被当作家庭栋梁了，她有种振兴家业的满足感。

锦里邂逅的短暂动荡成为过去了，她重归安宁，再次认命——是欣然认命，而不是恶狠狠的了。

吴小莉继续读她的《红楼梦》。她读过一段时间日本的《源氏物语》后，觉得到底不如中国的《红楼梦》好。那个男主人公更荒唐一些，她不太容易接受。更重要的是，《源氏物语》写的是太贵气的男欢女爱，没有她这个阶层的人可以看到的生活，她既不熟悉也不理解。

她重新读回《红楼梦》，差不多是当作《心经》来读的，因为它总是能给她安宁感。它把她带离自己的时空，带到另一个世界，她跟那个世界里的人物待在一起，终究又隔着一层，即便生气也隔着一层，不怎么能伤到她，她有种置身事外的安全感。当然有悲情，但他们的悲情也使她镇定，安抚了她在自己生活中崎岖的情绪波动。沉入别人的故事中，就像住进一个处处可意一应俱全的旅馆房间，实在是一种舒适的移情。她甚至感觉到一点自私的抱歉，因为，这是一种单向窥视的满足，她可以进入他们的房间，他们却不能进入她的；她可以对他们的生活随意发表意见，他们对她却不能。

20

自从知道在办移民，吴小莉回家的频率就不自觉地提高了。

有一天她回去时，父亲正在隔壁邻居家打麻将。茶馆和麻将这种休闲的调调儿，有一个时期是从成都人的生活中排挤出去了，叫割资本主义的尾巴，但十几年前又开始还阳，成了堂而皇之的成都文化精髓。成都人去茶馆不光是为了喝茶，更是为了打麻将，吴小莉父亲则是打不起茶馆麻将的，街坊邻居门口的麻将桌儿就是他的日常活动场所。吴小莉见惯了老茶客们端着大茶缸子挽着裤腿往麻将桌前一坐，从早到晚，人来人去地替换。那麻将桌就是流水席，轮不到上桌的就嗑着瓜子摆龙门阵，瓜子壳儿吐得满地都是。现在是夏天，家里有电风扇，他们就改在家里打麻将了。

邻居家的木门是打开的，只有不锈钢纱门关着，里面的声音都能听得到。邻居家是吴小莉父母的老工友，平时两家常来常往，说话也随便。吴小莉正在掏钥匙开自己家门，听见邻居家的阿姨说，老吴，你家那个半子儿，好多岁了嘛？是不是比你大？吴小莉就停下听，父亲说，他再怎么大，还不得管老子叫老汉儿！

吴小莉轻轻地打开门进了家。母亲正在厨房里洗鸭杂，自然是为她回来洗的。吴小莉喜欢吃鸭杂，但在大岛别墅，显然是不可能吃这个东西的。这半盆鸭杂，母亲得处理多久呀！吴小莉怪不忍心的，跟母亲说，出去买现成的就好了，别费这劲儿了。母亲说，买的哪有自己家弄得干净，味儿也不是自己顶喜欢的那个味儿。这就是所谓妈妈的味道呀！吴小莉心里叹息着。但她同时明白，母亲也是为了省钱。

母亲洗完走出厨房，吴小莉把刚刚在门口听到的话跟她说了。母亲说，都是老邻居，开玩笑惯了，你不要往心里去。吴小莉说，不是这个问题，你跟爸说，不要说那种话，多难听。母亲说，等会儿我跟他说，你别跟你爸计较，他是高兴呢，这不女儿嫁得好嘛。吴小莉没好气地说，好什么！

母亲看着她的脸色，小心地说，出门就有小轿车坐，这是什么日子呀，还不好吗？吴小莉本想说，出门有小轿车坐又怎么样？我能到哪里去！但是看看母亲那怪可怜的样子，她又说不出来了。自从她成了大岛太太，母亲看她的眼神似乎就不一样了，每次她回家都感觉不自然，母亲在她面前的自卑和仰视，不定什么时候就会刺痛她，仿佛她们已经不再是母女，而是两个阶层的人了。

一会儿父亲回来了，吴小莉起身叫了声爸，就坐下继续看电视。厨房里飘出麻辣鸭杂的诱人香气，父亲往厨房里走去，进去先打了两个喷嚏。然后，她听见母亲在小声说话。接着，父亲从厨房往外走，边走边满不在乎地说，没贪到他一声爹，吹吹牛还不行吗？母亲赶紧追出来打岔，故意大声说，小莉，拿筷子，吃饭了！吴小莉只好装作没听见父亲的话，但装是装不自然的，她只想着快点吃完就走。

吴小玲却回来了，一进家门就嚷嚷好香好香！还说，幸好我赶上了，托小莉的福哦。母亲赶紧说，好像缺了你的嘴似的。

吴小莉顾不得在意吴小玲的话里有话，她的注意力全给吴小玲的形象吸引过去了。她的胸怎么变得那么大？还有，她也背着一个三宅一生的包，跟她背过一次又送给小鹿的那个一模一样。

母亲也在意到了吴小玲的胸，吴小莉进去端饭的时候，听见母亲正在瞅着吴小玲的胸说，看看你，像什么样子！

母亲一向是保守的，吴小莉还记得，上了初中身体开始发育后，母亲对姐妹俩裙子的检验是：她坐在客厅沙发上，让她们站到门口去，逆光看裙子透不透。如果透，那就不许穿或加衬裙，衬裙是她自己缝制的人造棉的，加在里面足以毁掉任何一条裙子的轻盈感。但母亲不妥协，尤其母亲还在外面工作时，对于两个开始发育的不在身边的女儿很是不放心。吴小玲结婚之后，母亲才不大管她了。而吴小莉在这方面是一点都不用母亲费心的。

吴小玲说，怎么了？我不过就是换了件日本的无痕半杯胸罩，承托效果好了一点。吴小莉端了饭碗往外走，听见母亲还在后面说，没有你说不出来的话……

看来，吴小玲日本化的步伐是加快了。吴小莉想。

父亲拿了一瓶啤酒，瓶盖的下沿顶到窗台边上，啪一拍，打开了。家里没有开瓶器，以前有个简单的瓶起子，后来不知怎么找不到了，父亲说再买一个，母亲说没准什么时候又找到了。那种瓶起子其实非常便宜。吴小莉想，下次记着，一定带个海马刀开瓶器来。她记得大岛别墅有很多，大概是大岛先生买红酒时配送的。

只有吴小玲愿意陪父亲喝一杯。父亲白酒量还可以，啤酒不行，他说，啤酒太灌肚子了。吴小玲说，爸，以后你就喝罐装的吧，一次一罐正好，现在不一样了，有一个日本老板女婿，还能喝不起罐装啤酒吗？

母亲又去看吴小莉的脸色，看见她没什么反感的表示，才略略踏实点儿。父亲说，罐装啤酒倒没有必要，但是对门说，我泡茶馆的档次该提一提了。提到对门，吴小莉脸色就沉了一下。母亲打圆场说，你爸不过要面子。吴小玲又开腔了：半子儿是个日本老板，老丈人还去泡那种乱七八糟的大众茶馆，不是丢你的脸吗？吴小莉在心里说，你们觉得，我能有什么脸呢？这个家里，好像唯独她没觉得应该有什么自豪。她只默默吃饭，母亲就给吴小玲使眼色。

吴小莉说，你怎么今天没上班？吴小玲又来了：只许你不上班，就不许我不上班吗？

吴小莉不吭声了，吃饭的速度加快。她好像从未找到过跟姐姐对话的顺畅途径。

吴小玲却丝毫不受影响地自顾自说下去：我今天请了半天假，去替人买东西了。

替人买东西？母亲停下筷子看着她。

对呀！吴小玲得意地把自己那个"三宅一生"的包扒到身边，嘴一努说，喏，就是这种的。

吴小莉忍不住开了口，这是假的呀。

吴小玲混不吝地说，有几个人见过真的？没见过真的，怎么知道是假的？

吴小莉说，你怎么想起来去做这个？

吴小玲说，谁让我背不起真的呢！又没人送。我先买了一个仿版的，别人就问我，是你妹妹从日本给你带回来的吗？那我只能说是，不然人家不说嘛，你们姐妹俩感情那么不好啊。

吴小莉给她噎得简直想起身就走，她倒浑然不觉，继续自得其乐地说下去：哎，这一下子，倒给我带来了机会，就有人托我从日本买了，当然，不过名义上是日本罢了，我在成都已经有了自己的供货渠道。

是托你吗？是叫你托自己的妹妹吧？你这不是坑我吗？吴小莉一开口就抑制不住自己的激动了。

反正她们又不认识你。吴小玲完全无所谓地说。

母亲紧张起来，不知道该去劝哪个女儿。父亲冲着吴小莉说话了：反正她们不认识你，找不到你头上的，你不用那么紧张。

吴小玲说，其实，她们肯定也知道是仿版，价格在那儿呢。

母亲终于忍不住插嘴问，那人家干吗要托你买呢？

托我买，她们才好对外说是从日本带回来的呀。吴小玲自鸣得意地说。然后又委屈地嘟囔，其实，我也没加几块钱的价。

都是些什么人呀！吴小莉气急无奈地说。

她说，妈，我吃饱了。说完站起来回屋拿自己的包，准备走，母亲赶紧跟进去百般安抚。

吴小玲在外面说，好了小莉，我走，你不要生气了，阔太太我惹不起。

母亲又出去安抚吴小玲。吴小玲终是走了。吴小莉停了一会儿，觉得还是应该出去陪陪父母。父母在客厅里小声说话，她听见母亲说，粗粗拉拉长大的，脾性还那么娇。

吴小莉在房间门内若有所思地停住了。正因为是粗粗拉拉长大的，才自卑才敏感呀，不是吗？

母亲端着一杯水走进来，道歉似的说，你姐爱咬尖儿，你别跟她计较。

吴小莉说，我计较得过来吗？从小到大！

撑完母亲，她又看着母亲的样子不忍，反比母亲更难受。她从未理直气壮地赢过，除了嫁给大岛先生这件事。

21

确定即将去日本，吴小莉就有了触探过去的勇气。她终于约了小鹿去锦里逛街。她承认自己这样对待小鹿不够厚道，但她实在找不到更合适的人，那个人要不认识"小金"，还要乐意陪她，还不能太精明和明察秋毫。

小鹿欣然答应。她好像永远在那里，随时都找得到，都乐意奉陪，而且兴致勃勃。

她们是上午去的，人比晚上少得多。快接近那家花店了，吴小莉的身体好像不是自己的了，每一步都走得没有知觉。如果没有小鹿在身边兴兴头头没心没肺地陪着，她觉得自己是没有力量走到这里来的。

花店临街的一面都是落地玻璃墙，透过各种花瓶花束的间隙，可以看到店里面没人。再近一些，越过一个大花篮的遮挡，吴小莉看见他的妻子坐在门口，正在剥青豆，没剥的青豆盛在一个蓝色塑料小篮里，剥好的放进旁边一个不锈钢小盆里。看来正在趁着生意清闲准备午饭。她的肚子已经冒尖，坐在矮矮的塑料凳上腿分得很开，否则可能就坐不下去了。

吴小莉和小鹿进了对面的毛绒玩具店，小鹿在试戴一个兔耳朵发卡，吴小莉观察着"他家的"店。

好看吗？小鹿把自己送到吴小莉面前问。吴小莉说好看。她是真心说的，那是只有放在小鹿身上才会有的一种好看。好像一切怪里怪气的打扮到了她身上都是理所当然，假如换到自己身上，那就不可思议了。小鹿说，这叫兔女郎。她不懂兔女郎是什么。

他出现了。

吴小莉觉得自己的心骤然跌停，然后，怦怦怦，好像要跳出来。小鹿问，你怎么了？吴小莉收回视线，笑笑说，没什么啊。小鹿说，你一笑我就觉得心花怒放。这次吴小莉是真心笑了。小鹿说，刚才你脸红了。吴小莉故作没心没肺地说，开心呗。

这些发卡都很好看，你可以多试几个嘛。吴小莉伸手划过一排发卡，张罗什么似的表示着自己的逛街热情。

小鹿得令，又继续去挑选。吴小莉再次把视线投向对面。他好像刚刚送花回来的样子，他的妻子正在给他扫胸前的衣襟……他拿了一个高点的塑料凳，让妻子坐下……他自己坐到妻子刚刚坐的小凳上，开始剥青豆……她妻子看着他，两人在说话……她看起来心里没有任何困扰，一派安稳的样子。重点是，吴小莉已经知道，她的肚子里不是他的孩子。所以，这个女人对于自身生活的那种肯定简直让吴小莉感动。

小鹿说，你怎么心不在焉的？她已经把注意力转移到一些道具一样的衣服上。吴小莉为了表示自己没有心不在焉，开始对那些衣服评论起来，她说，这件带尾巴的老虎袍挺可爱的，这件，怎么像鬼似的。她说的那件像鬼似的黑袍，恰恰是小鹿欣赏的，她说，这叫哥特风！适合万圣节派对，再配上一个骷髅面具就行了。

小鹿说的吴小莉全不懂，而且，她的注意力还在对面。他停止剥青豆，从妻子手里接过手机，贴到耳朵上……他站起来，在门边的洗手池洗手……他迈步走开……

吴小莉说，我们走吧。小鹿说，等下，我还没付钱。吴小莉说，那我出去等着你。

小鹿拎着袋子走出来，有点抱怨地说，干吗那么着急！

吴小莉没听见她说什么，紧紧地盯着一个背影，快步往前走。小鹿不明就里地跟着。

即将到街口时，吴小莉赶上了那个背影。他不再是背影，她与他并行着，等待他的无意间转头。但他心无旁骛，绿灯一亮，他就要往前赶。吴小莉一步站到他对面，他终于成了一个正面的人。

吴小莉看见他呆了一下。小鹿看见这两人都呆立着。

你好。他俩同时说。

小鹿说，我去买杯冷饮吧。

他们俩就在路边树荫下的长椅上坐下，谈完了纠结于心的那件事。但并非打开一个结。也许那个结早就不存在了。

是吴小莉提议坐下的，只有这样，他们才不会面对面。他们还是没有办法镇定自若地对视。曾经吴小莉以为可以了，结果还是做不到。

当小鹿看见他已经远去，才端着饮料走过来，坐在他刚才的位置上。她把手里的老盐金橘柠檬水递给吴小莉，她没有接，她就放在了椅子上两人中间的位置。

吴小莉望着莫名的前方，那是他离开的方向，但他早已消失了。其实她什么也没望，她只是在保持那样一种姿态不想动，或者，她望的就是空。

塑料杯上的冰雾已经变成冰露，很快把木条的椅子面印了一个湿湿的圆。小鹿说，该渴了吧？喝吧。

吴小莉略略举手，示意她什么也不要说。小鹿沉默地吸着自己那杯冰咖啡，咖啡快光了，她晃一晃，好让冰块化得快一点，冰块们很无辜地发出咔啦咔啦的响声。

吴小莉一动也不想动，但这样坐下去也不是个事儿，阳光已经照过来了，树荫正在变小。吴小莉站起来说，我请你去吃火锅吧。

在走向火锅店的路上，吴小莉努力平复着。到了火锅店，小鹿说，中辣牛油锅底吧？吴小莉说，鸳鸯。小鹿说，你还是四川人吗？吴小莉说，我今天只想吃清汤火锅。小鹿说，明白了，因为你心里已经够热辣了。

等火锅的时候，吴小莉开始喝那杯已经不冰的老盐金橘柠檬水，小鹿往前一探头说，说吧，他是谁？你今天绝对不是出来逛街的。

吴小莉没回答，反而问她：你觉得他像谁？

金城武啊，那还用说吗？形象气质都像。小鹿说。

你真的觉得他现在还像金城武吗？

像呀，怎么了？以前更像吗？

金城武落魄了也是金城武呀，还是让人心疼，所以，他永远只能是"小金"了。吴小莉这么想着，泪就要下来了，赶快别过头去。刚才跟他坐在椅子上她也是这样的，说不出话来，只是想流泪，于是，她努力让自己的眼睛去看花，看草，看树，看一切不会使她流泪的东西——那些被称为美好的事物，只是不能看他。

她眼前又出现了刚才看见的他，神情中多了一分老成，年轻却依然是年轻。和已经看常了的大岛先生相比，她分明可以感觉到，他的老成也是少年的老成。

等能够控制自己的声音，她说，我们柜台的人都叫他小金。

刚才，她甚至连为什么都没有问出来，他就主动讲起了。没有什么构成悬念的真相：有人反映他俩说话，组长说，是她找你说的吧？他顺水推舟。他说，快过年了，要回老家过年，家里等着……拿钱回去，我怕……她急忙截住他的话说，我懂。

他说，其实，脑子里当时也没想那么多，太突然了……很蒙，就是那么点头了……一直想要对你解释……又觉得没什么好解释的，觉得自己不配得到原谅……为了让你好受一点，我才去找你……听说你也离开了……后来，又听说你结婚了……

然后，你也结婚了？——她一问出来，就觉得不该，两句话咬得太紧，暴露太多内心的隐秘。

但是他紧接着回答：是的。没有拖泥带水，毫不犹豫，十分肯定。

她的眼泪就溢了出来。她看着他的侧脸，有点脆弱的倔强，有点单寒的伤感——虽然是夏天。他的睫毛那么岑密，每一眨眼似乎都给人一种寂灭之感。

他也转过脸看她。他又湿又亮的眼睛，隐约有一个阴影在捕捉不住地莹动……

火锅端上来了。红锅很快沸腾，白锅波澜不惊。

吴小莉烫着筷子，回味着那双眼睛，心里莫名地出现一些影像，阶前的青苔，小巷尽头的暗影……

小鹿说，你俩肯定有一个故事，敢情我今天就是来当电灯泡的，我说呢，我家旁边就是科甲巷，你怎么把我约到锦里来？我这个冤大头哟，今天这顿必须你请！

吴小莉还含着泪，不好意思地一笑说，我请。

她说，其实，真的讲不出什么故事……

小鹿说，那就是本来应该有故事的。

吴小莉说，可是，没有应该这一说。

小鹿说，也许本来有故事，可是，生活没按剧本走，生活经常改剧本。

吴小莉说，生活本来就没有剧本吧。

小鹿大大咧咧地说，纠正一下哈，金城武可不姓金，是姓金城，日本的姓跟中国不一样。

吴小莉羞红了脸说，原来，他是个日本人呀……我们真是没文化，不过，我已习惯他叫小金了。

小鹿说，他毫无疑问是一个美男，虽然看起来有点贫寒。

吴小莉想起刚刚一位风姿绰约的少妇走过时，贪婪地看着那张年轻俊美的脸。那种贪婪的目光让她联想到自己，有一种无地自容的复杂心情，她是不是已经变成那样的女人？她在他眼里是怎样的？他肯定已经知道她嫁了一个比父亲还年长的丈夫。

你对他的感觉肯定不一般，我看到你脸红了。小鹿说。

我脸红了吗？吴小莉摸着自己的脸说。

当然，你经常脸红，但你在他面前的脸红是不一样的，我一看就知道。

吴小莉眼窝又热了，她当然知道，那样的脸红，以后不可能再有了。

真的没有发生过什么。她心虚地辩解说。

小鹿哼了一声说，有时候，不发生比发生了还严重，我们交往也不少了，你什么时候这么不淡定过呢？这足以说明……

吴小莉窘迫又懊恼地说，真丢人。

不丢人呀，这才是真实的你，我想看见的你。小鹿说。……不需要任何解释，脸红，就是一切的密码，就是最丰富的身体语言。

吴小莉不得不承认，是的，她在大岛先生面前也会脸红，可是，她的心不会热，那种脸红只是代表不自在而已，甚至有时还带点羞耻的成分。

吴小莉说，其实，很痛苦……差不多只有痛苦。

小鹿冷冷地说，这就对了，痛苦更能够证明爱情。

吴小莉不能不对自己诚实，是的，她对大岛先生就没有痛苦，也没有甜蜜，只是无感。

小鹿又说，没有爱就没有痛。小鹿的语气似乎不无残忍，而且很为自己的残忍感到过瘾。

吴小莉无语了。她知道那是一句歌词，她想到了这首歌的名字：当爱已成往事。她伤感地怀疑着：真的什么都没有发生过吗？

过瘾完了，小鹿忽然又变得低落，自言自语似的说，同样，没有失去过，就不会懂得珍惜。吴小莉没有理会这句话。

白锅也沸腾了，吴小莉往里丢青菜。红锅已经涮好了，小鹿开始吃。

似乎吃着，讲述就更自然。吴小莉讲了商厦发生的事，其实以前就讲过，但这次重点讲的是以前省略的"小金"那一部分内容。小鹿把一块鸭血丢进嘴里，烫和辣使她不得不在嘴里面倒来倒去，好像在翻炒那块鸭血。这就是成都人吃火锅常有的样子，凉好了再吃，那就不是成都人了，小鹿已经很成都化了。

吃红锅的人，是顾不得讲话的。吃白锅的人可以慢慢讲。吴小莉说，他后来到商厦找过我，没找到，我已经离开了。你说……她期期艾艾地看着小鹿，你说，他来找我，只是为了向我解释一下吗？

肯定不是的。小鹿咀嚼着刚刚捞上来的腐竹，简短地说。

你是知道我想听什么，才这么说的吧？

你什么时候也变得这么不含蓄了？小鹿停止咀嚼，大眼睛瞪着她说。

吴小莉佯怒地瞅着她，眼泪彻底干了。小鹿说，好了，你这样就好了。她又从红锅里捞出一串肚丝，边吃边说，如果只为这个，他就不必专门跑来说了，已经发生了嘛，他也用自己的辞职向你谢罪了……肯定还有别的……他是在意你，才会这么做呀！虽然已经没什么用了。

是啊，已经没什么用了。吴小莉叹口气说。但是……

小鹿说，但是，你还是在意他来找你的时候，心里是不是有什么，我懂。

吴小莉不说话了，低下头吃着刚刚从白锅里捞出来的口蘑。她想起，刚刚在长椅上坐着时，自己好像还有许多话想说，可是，又真的找不到什么可说的了，他们之间发生的就那么多，已经说完了，而目前的生活是不能谈的。他们共同的，就那么多吗？为什么他们没有等一等？为什么在该说话的时候没有说？为什么只顾着脸红？她突然有些怨恨，眼泪又涌上眼眶。他看了她一眼，好像听到了她心里的话，反弹似的站了起来，说了一句：现在说什么都晚了。说完就决然地迈步走了……

看见她眼里又泛起泪光，小鹿说，哭吧，该哭的都在这里哭完，就当是给红锅辣的。吴小莉不说话。

小鹿说，其实重要的，就是心里有什么，心里有才是真的有。

吴小莉说，如果只是心里有，和没有又有什么区别呢？

小鹿说，不一样，太不一样了。小鹿摇头叹息说，人和人之间，真的就像这鸳鸯火锅，麻辣的，清淡的，都在一个锅里，但又隔着一层……

反正，都结束了。吴小莉说。大岛先生正在给我办移民。

小鹿刚刚夹起的豆腐又掉进了锅里，她怔怔地看了吴小莉几秒，说，哦。

22

正如小鹿所言，吴小莉是在火锅中消化完自己内心的一切才回家的。这样面对大岛先生就容易得多了。在大岛先生面前，她应该永远是一个没有情绪波澜的人。

她的生活有了一个方向，就是去日本。所有的一切，都被这个方向廓清了。她将告别一切，才要在告别前揭开谜底。一切即将结束，是她敢于去触碰过往的原因。难过到底，就不难过了。回来时，她有点难过完了的释然。

可是，到家后，英嫂告诉她，大岛先生回日本了。

她蒙了，慌了，上次大岛先生突然要回日本，是因为夫人去世，这次呢？她心里卷起大片阴云。他为什么不跟我说一声呢？她问。

他一直打您手机，打不通。英嫂说。

吴小莉拿出手机，发现是关机状态，她都没有发现，什么时候电已经耗完自动关机了。她赶紧去充电。五分钟后手机才打开，一条条未接来电的提示跳出来。

吴小莉又下楼问英嫂，他说是什么事了吗？为什么走得这么急？

明知是白问，还是忍不住问。英嫂果然回答，不知道呢。

她又打他的手机，关机状态。也许，是在飞机上吧？

她又问，他有没有问我哪儿去了？英嫂回答，问了，我和云嫂都不知道。

是的，她们真的不知道。

至少，他不会是因为找不到我就走了吧？……怎么可能！胡思乱想什么呢？她斥责着自己。但是，要她现在不胡思乱想真的很难。

她还发现有家里的几个未接来电，赶快打回去，是母亲接的，说大岛先生打了几个电话到家里来找她，可是家里也联系不上她。

那么，回娘家的辩词是不可用了。她发了几个短信给大岛先生，首先解释自己没发现手机关机了，然后，怎么解释自己的去向呢？她想了好一会儿，只能说自己一个人逛街去了。为什么一个人？这个不用解释，大岛先生知道她没朋友。那为什么突然要去逛街呢？他知道她一向是不爱逛街的。想去给他买一个礼物，因为他快过生日了？可是，她这才发现，自己根本不知道他的生日，她从来没有见过他的护照，结婚证她也没细看就被他收走了。不过，他的生日应该是在下半年，因为上半年已经过去了。

后来她突然清醒过来，自己太此地无银了，过分地解释，就像赎罪一般，怎能让他不起疑心？说一个人逛街去了，手机没电关机了，自己不知道，这就行了。她恢复了淡定。

但是，一直得不到他的回音，她还是不安，而且越来越不安，最后是坐立不安。她一夜都没有躺下睡，生怕大岛先生来了短信自己看不见，或者来了电话她没能马上接他又挂了。她的地理知识太匮乏，搞不懂中国飞日本需要几个小时，有多少时差。

这是她最难熬的一夜，她把空调开了又关，关了又开，总是找不到适合自己的温度。所有其他的人和事，都不重要了，只要大岛先生对她没有什么异常。想起白天刚刚经历的，她开始责骂自己矫情。小金有小金的命运，自己有自己的命运，谁能救得了谁呢？那些眼泪和脸红，都当不得什么！

她一下子看明白了，自己是多么输不起啊！没有退路的，退就是死路一条！

她甚至觉得，母亲和吴小玲说的那些话，都是对的，是自己太没数了，身在福中不知福。好吧，她知道了，只要大岛先生回来……

吴小莉不知自己何时靠在床头睡着的，直到被手机铃声惊醒，手机就抓在她的手里。她神经质地按了接通键，手抖着把手机靠到自己耳朵上。

喂，睡醒了吧？大岛先生的声音很正常很正常，正常得好像是对她这一夜惶恐不安的嘲讽。无比的亲切和劫后余生之感甚至使她产生了一点失落，觉得这一夜是白受苦了。

你……怎么才打回来？她声音干涩又微微哽咽地说。

飞机晚点，落地时估计你已经睡了，怕吵醒你，等到早上。他安然无恙地说。

你为什么突然就决定回去？又是我不在家的时候……我难得出去逛一次街。

回来签署几个文件……这边突然通知办好了，我原来以为还要一段时间……

没事就好，没事就好！吴小莉心里就是被人揪住鼻子说羞羞的感觉，有点窘，但又是温暖的踏实的。

你什么时候回来？吴小莉问。

看情况，要不了几天。他说。

那你……早点回来。吴小莉说。头一次，有种老婆对老公的感觉。

他答应着，嘱咐她注意身体，适度开空调。

下楼吃早饭的时候，她对餐厅的感觉都不一样了，她第一次对这个家有了归属感，或者说，第一次把这座别墅当作自己的家了。

她现在只有一个心思，就是等大岛先生回来。

她删掉了小鹿的联系方式。她庆幸自己没有要"小金"的联系方式。她除了回娘家哪儿都不去——安分守己的好女人就是只该回娘家的。

23

有一次吴小莉发现，母亲的床底下居然还有自己和姐姐小时候抱过的娃娃，那时候她总是争不过姐姐，现在，姐妹俩都不要了，它被丢弃在床下，像刚从烟囱里爬出来似的。母亲说，留个念想。吴小莉心里反问，念想什么？谁念想？她想，也许是母亲需要念想吧，不管姐妹俩争成什么样子，总归都是她的女儿。

肉烂在锅里，总归都是自家的，家人之间，是永远没有输赢的。吴小莉心里感慨着。她又向母亲问起姐姐，那个闹得不愉快的"三宅一生"的事情，她终是不安。

母亲说，我倒想起来了，毛毛感冒了，没去上幼儿园，你姐大概也没上班，我给她打个电话吧。

吴小莉听见母亲讲电话时一惊一乍的，果然，打完电话母亲说，一家人都在家呢，你姐夫也调休了，在家伺候那娘俩，你猜怎么着？你姐割了双眼皮。

我的天！吴小莉禁不住大呼。她一双杏眼，不是很好看吗？干吗要去弄成个肚脐眼？

她说日本流行割双眼皮。母亲说，同时无可奈何地摇摇头，她对这个大女儿从来只有臣服的份儿。

吴小莉觉得简直是自己带累了姐姐。如果不是她嫁了一个日本人，姐姐怎么会事事向日本看齐呢？

叫他们过来吃午饭吧！他那个老公，哪里会做饭的。父亲冲着母亲说。

她眼睛还不知肿成什么样子，能出门吗？母亲说。

打个车嘛。父亲说。

她会舍得花那个钱吗？有打车的钱，不如出去买现成的回来吃了。母亲说。

吴小莉犹豫了一下说，妈，要么你问问，他们要是愿意过来吃饭的话，出租车钱我来出。

母亲迟疑着，没动。吴小莉说，怎么了？妈，你打呀。

母亲说，来回要好多钱呢。吴小莉明白了，母亲是在顾虑单程还是双程的出租车费的问题，她太了解自己的大女儿了。

吴小莉赶快表态，双程出租车费我都出。

母亲打完电话就赶快去厨房忙活开了，这一下子多了三张嘴呢。吴小莉继续收拾家里林林总总的小东小西。上次大岛先生带来的礼品的包装盒，母亲居然还留着，吴小莉果断地放到了家门口，等下一起卖废品。

吴小玲一家三口来了。吴小玲戴着大墨镜，不用说，除下墨镜是没法看的。吴小莉留意到她的胸瘪了下去。姐夫好像松松垮垮软不啦唧的，怎么回事儿？吴小莉印象中他还是挺精神的一个小伙儿。只有毛毛，无论何时见了，都让她感觉荡漾着轻松和快乐。孩子才是家里的一尊小神啊！她无数次发自内心地感叹。

吴小莉把一张百元钞票交到毛毛手里说，来，拿去，让妈妈带你买好吃的。这个意思是很明显了，出租车费，只多不少。她从大岛先生身上学来的这招，实在屡试不爽，当然啦，只要有钱，谁都会做人。

姐夫拎了一箱雪花啤酒来，是罐装的。这一次吴小玲表现得不错，很慷慨。显然是回应吴小莉的客气。看来，人无论怎样泼辣刁蛮，都是识敬的呀。

吴小莉怎么都觉得姐夫哪里不对头，突然发现，他是在抖腿。可能抖习惯了，吴小玲居然毫无反应。吴小玲发现了吴小莉的注意，马上伸手指着老公的腿骂道，龟儿子，你抖啥抖！男抖穷女抖贱！

吴小玲这川骂可真是地道。吴小莉担心地看着姐夫。可是，姐夫居然毫无异样，只是停止了抖腿。姐夫什么时候变得这么耙耳朵了？有人说成都是一座女权主义的城市，也许就体现在吴小玲这样的女人身上？

这是怎么说话呢？父亲拿出老子的威严训斥道。

姐夫委屈又吊儿郎当地说，已经习惯了，自从小莉嫁人，她就这么跟我说话了。

吴小莉想想，以前确实没听到过吴小玲叫丈夫龟儿子。

吴小玲说，你还好意思说！你在银行这些年了没见升一点儿职，你和大岛先生一对老挑儿，你能跟人家比吗？

姐夫反问，我为什么要跟人家比？

吴小莉也赶紧说，不能这么说，你要看从哪儿比。她说的也是实话，不说别的，面对的那张脸就不一样呀！更不用说还有体味儿。她眼前瞬间还闪过了另一张年轻的脸，但也只是一闪而过罢了。

吴小玲说，一对老挑儿，怎么都是一头轻一头沉，差的不是一点点哟。

母亲端着一盆丝瓜汤从厨房里出来，装作没有听见女儿女婿拌嘴的样子，招呼毛毛，乖乖，吃饭喽，看看外婆给你烧了什么好吃的？

姐夫便识趣地去拿啤酒。母亲返回厨房，吴小莉跟着进去，母亲忧虑地对着外面客厅努努嘴说，你看看，你姐这个脾气，俩人现在一动就……吴小莉不知道说什么好。母亲说，也是打穷仗，银行没有以前好了。又满意地看着吴小莉说，像你这样，多好。吴小莉心想，我的不好，你们也看不到呀，或者，你们装作看不到。

照例是女的先吃完了饭，男的还在喝酒。毛毛要睡午觉，吴小玲带着他进了房间，吴小莉跟进去，等毛毛睡着了，小声问吴小玲，姐，那个三宅一生，你从哪里找到的供货渠道？

吴小玲看吴小莉问得平和，也就老实回答：我的上游也是成都人，说了反正你也不认识，最上游是一个日本人，她们叫她小泉太太，我也不认识。

小泉太太！吴小莉努力抑制着自己的惊讶，不让它在脸面上表现出来。自然，她也不会让吴小玲知道自己认识小泉太太。

24

一周过去了，大岛先生还没回来。每一次吴小莉问，他都说，事情还没办完。吴小莉不能打电话，太贵了。她的手机则直接没开通国际漫游。她只能发短信，简短的两三句话，问日本天气怎么样事办得怎么样之类的，顶多就是再加上句保重身体什么的。大岛先生给她回的也是短信，简洁程度跟她差不多。他为什么不打电话呢？电话费不该是他的顾虑。

他说要不了几天，吴小莉的心理预期就是不会超过一周。可是，一周过去了，还是"君问归期未有期"，她一天比一天沉不住气了。他有什么事呢？他为什么不能告诉她呢？这事跟她有关系吗？是她移民的事吗？然而，她终究不好直接问出来：你在办什么事？可以告诉我吗？那会有越轨的危险，他是不喜欢"夫人干政"的。他不告诉她的，就是她不该知道的，无须问——他早已立下这样的规矩，她是无法突破的。

十天过去了，他还没说何时回来。她也怕回娘家了，家人的问题跟她是一样的，她无法回答，也害怕面对他们的疑问。

立秋前一天，母亲打电话给她说，明天立秋，你回来吃饭吧。如果不是母亲提醒，她都不知道要立秋了。

她终于鼓足勇气，涨红着脸，给他发了一个短信：明天都要立秋了，你还不回来吗？你身体还好吗？什么时候回来呢？我都想你了。打完最后这五个字，她不敢有半秒犹豫，就按了发送键。这是她第一次说这样的话。但她说的居然是真心话。虽然想念是有多种的，但那确乎是想念。

也许是这五个字打动了大岛先生，他终于给她打来了电话，他说在日本还有一些法律事务要处理，叫她不要牵挂。吴小莉眼泪流了下来。

他还很暖心地提醒她，立秋也是节日，给家里带些礼物回去。她心定了许多。立秋那天去超市买羊肉和鸡，进了电梯，她忘记按自己的楼层，里面的冷气扇停了她才反应过来。她突然委屈得想流泪，想起了《红楼梦》里元春省亲时说的那句话：当日既送我到那不得见人的去处……她的娘家人，何尝知道她过的是什么样的日子，她只能报喜不报忧。

上了超市二楼，女店员迎面笑问，买火锅料吗？她惊讶道，你怎么知道？对方笑，你这不拎着羊肉片吗？她还是禁不住夸，好聪明！她俩都笑，旁边店员也笑起来。面对几张笑脸，她突然有点感动，她是太久不见笑脸了呀。

到了家，母亲果然还是第一时间问她，大岛先生什么时候回来？她说，快了。

吃饭时父亲说，房款快交了。

这才是家人最担心的吧？她想。如果他不再回来……当然，他怎么可能不回来呢？他在这里还有公司呢，还有别墅呢……她没有信心想，还有她呢。虽然她确信，婚姻关系是法定的。

母亲说，立秋了，一天凉快起一天了。这个话，似乎是对暑热过去的欣慰，但吴小莉又分明听出一些忧心的意味。

两周过去了，她真的开始怀疑，大岛先生还回不回来呢？她盼不回大岛先生，却无法拒绝收费的上门，水电费、物业费……这些以前都是怎么交的她根本不知道，现在只有物业公司收多少她就给多少。给完之后，大岛先生留下的钱变得很薄很薄了。早知道这样，立秋那天她就先不给父母买东西了。他连佣人的工资都考虑到了，却给她留那么少的钱！他不知道作为一个住别墅的女人，她是需要钱的吗？其实也不是她需要钱，是这座别墅需要钱。

他还不知道哪天回来，钱眼看就要用完了，卫生巾都要省着用了。然后，她发现生理期到了，她的"好事儿"并没来，卫生巾干脆都省了呀！她知道不可能有别的情况，只是焦虑的缘故罢了。她还焦虑到，万一需要借钱，跟谁去借？她唯一想到的就是小鹿，可是，她连她的联系方式都已经删了。她觉得自己真是可鄙，一面再三地拒绝和排斥小鹿，一面又在困难的时候第一个想到她。

没有任何一年，她对"立秋了"有这么深的感受。院子里白色的玉簪花在凋谢了，她一直不喜欢这种花，开得最好的时候，看上去都像白事上的纸花，现在开始大瓣地凋零，那残花简直像受伤的脖子上围了一条白围巾，更有一种不祥之感。

吴小莉推开门站到廊檐下，风鼓起她的裙子，又往敞开的门里面灌。她不愿意看见那些白花，就转头背对着它们。穿堂看过去，这座大房子像被什么深埋着似的，显得更深了。她更不想面对这座空寂的宅子，便信步走进院子里。栾树的叶子已经开始落了，有几片从她的脚面上飘过，轻得空空落落，毫无分量，毫无主宰，只能随风飘转。她有种被遗弃的感觉。

母亲又一次打电话来，极尽小心和惭愧地说，交房款的时间快截止了。她恨不得撑过去：我能怎么样呢？我能卖了自己吗？你们就卖了我吧，只要能拿到钱。可是她知道那样扔砖头似的对母亲说话太恶了，她只能忍住，尽管她很想发泄。她知道吴小玲对她是多么恨铁不成钢：大岛先生答应好的，你就问问他嘛，说句话就那么难吗？如果换成包打天下的吴小玲，这根本就不是个事儿。可她就是在短信中问不出这个问题。

十六天了，大岛先生还没回来！她简直怀疑他是不是在故意考验她。那天晚上，她已经绝望了，觉得他永远都不会回来了！下一步怎么办？直接让律师来找她离婚吗？那么，来了再说吧，不管它了，先结结实实睡一觉吧！她已经失眠太久了。

就在那天夜里，她睡得很沉很沉的时候，大岛先生回来了。是英嫂开的门，他拍卧室门时她才听到。她从床上爬起来，不知道发生了什么。听到他说，是我。她才反应过来，晕头转向地去给他开门。

一切猜疑、怨念与惶恐都消失了，他回来了就好，世界就回来了。

25

第二天早饭后，大岛先生没有去上班，吩咐英嫂泡茶。喝了一会儿茶，大岛先生打开立在沙发边的行李箱，拿出一幅包了一层又一层的卷轴画。画上是两个头发长长宽袍大袖的男人女人，呈跪坐姿势，女人垂首含胸，头发遮了半边脸，男人身体前倾，直视女人，似乎随时可能伸手向女人裙下……她不懂日语，看不懂画的是什么人。但她喜欢那衣裙沉淀的红色，衬着金底，看起来是一种祥和人生的样态。

大岛先生说，这送给你，是一个艺术家朋友的工作室出品的手绘。她含笑点头，默默卷了起来。大岛先生又说，收好，价格不菲。她正在系卷轴丝带的手停顿了一下，说了一声，谢谢。她其实希望他给自己讲一下画的内容，但他不主动讲，她便不问了。不懂也罢，懒得懂了。

大岛先生又拿出一份装在墨绿色丝绒盒子里的文件给她看。文件是日文，她觉得自己反正看不懂，也不好意思看，便看着大岛先生的脸。他说，这上面写着，等我没了，按现在的物价标准，你每月大约可以拿到人民币五千块钱。

吴小莉很意外。那么，这就是遗嘱吗？她想问，但问不出来，只觉得心里飘满纸灰。终于她说，为什么要弄这个呢？我们现在……不是好好的吗？

她说到"现在"时犹豫了一下，分明地意识到：现在是现在，将来是将来呀。同时，她想起了陈太太提供的信息：大岛先生死后，续娶的遗孀不能继承财产，只能由继承人供养。那么，这就是大岛先生指定的供养数额吗？或许是与家人商量过的？

之前的一切，他都没有向她交代过，突然就说起这些，他不觉得尴尬吗？为什么尴尬的总是自己？自己是不是应该装作不懂他在说什么？然后请他说出来。然而她可以肯定，不想说的他是不会说的。他不会在意她懂不懂，她只要知道自己能得到什么就行了，她得不到的知道不知道都一样，他无需解释。她一开始就输了，只能一路输下去。

大岛先生坐在椅子上，头往后一仰，疲惫地说，这些天，忙的就是这个。同时眼睛瞥向她，似乎在说，还不是为了你吗？

吴小莉只好惭愧地低下头，脸微微发红，汗都渗了出来。她站起来伸手去为他按摩，刚一碰到他的肩，他又睁开眼，补充了一句：当然，前提是你不再嫁的话。

吴小莉的手又缩了回来，脸上的汗也顺着毛孔回去了。停顿了几秒钟，她还是伸出手去，慢慢地在他肩上按摩着，只是眼睛不知道看向哪里好。

如果说，前面那些条件都是在她出现之前就定好的，是他和家人协议的结果，这一条，可是他现在加进去的了。他一定要把她盘剥得这么干净吗？真是连蚊子腿上的肉都刮下来了。但是她能说什么呢？她能说"不，我一定要再嫁"吗？他可以说自己死后如何，但她能跟一个活得好好的他在这讨论，他死后自己的再嫁问题吗？这太荒唐了！不是人做的事儿。

吴小莉宁愿输，也抹不开这个脸面。她都不知道自己究竟是大度的一方还是被动的一方了。她也不知道，自己的隐忍究竟是出于高风亮节还是软弱怯懦？

隔了一天，吴小莉跟大岛先生说到物业公司来收费的事，简直委屈得想哭，可是，大岛先生说，你应该还有一点钱的。吴小莉想要辩解，又觉得太伤脸面了，强自咽了下去。他居然算计到这个程度！不错，如果她没有给敏嫂和抗日太太钱，以及跟吕云和小鹿聚会什么的，是还有一点钱的，可是，她总要有自己的花销吧？难道他连她买卫生巾都要算计到吗？

既然这样，房款的事她还怎么提？可是，她又不能不提，一家人都在眼巴巴地等着她的消息呢。

没想到，吴小莉一提房款的事，几乎还不待她说完，大岛先生就说，我知道了。他很快为她家付了房款，丝毫没有让她为难。吴小莉心里又摆平了，无论如何，这是一件大事，是大岛先生的担当，体现在她家里还是她自己身上，给她的安慰都是一样的，她实在看伤了母亲忧戚的脸。

那份她看不懂的文件，大岛先生让她收好。她有种撕了的冲动，但还是默默收好了。她明白，自己的实际受益还不如一个包二奶呢，包二奶还可以讨价还价，拿够了最后还可以走人，她呢？连守寡以后的人身自由都没有了。但她的不忿紧接着就被房款抵消了。毕竟，她现在还没守寡呢，何必预支烦恼，得过且过吧。

想起前几天她关心过的他的生日问题，她就拐了个弯对他说，我妈说，哪天给您过生日？她料想就是这几个月了。没想到他说，已经过了。过了？她重复了一遍。他说，就是我喝多的那一天。她自然记得那一天，那对她来说也是特殊的一天。他之前说那天宴会是为她办移民的，既然也是他的生日，自然该庆贺一下了，至少可以包含那层意味。可是，为什么不请她到场呢？她很快就明白了，他一定有他的不便，生日不就意味着年纪吗？大岛先生可能已经过了天命之年，并非刘玉珍说的去年四十八岁，今年四十九岁。那么，她离守寡更近了吗？她本能地想到。

为什么他要告诉她这些呢？把一个守寡问题推到一个大活人面前，有什么好处呢？让她提前进入寡妇角色吗？她简直有点恼恨。但这就是他的风格呀，理性大于一切。吴小莉不知道自己要被大岛先生塑造成什么样子才算合格。

有一天吴小莉和大岛先生站在庭院里，看着院墙外梧桐树的叶子大气又沉重地落到院子里的草坪上。吴小莉说，秋天了。大岛先生说，秋天其实还没到。吴小莉说，已经立秋了。大岛先生说，中医是把立秋到秋分的这段时间称为长夏的。吴小莉无话可说了，就连中医，自己都不如这个日本人懂呀，还能不被他掌握吗？但她还是说，确实觉得日光没之前那么强烈了。说着抬头看看太阳，故意没怎么眯眼。他笑笑说，成都的日光，什么时候强烈过？吴小莉也笑笑说，这倒也是。吴小莉其实只是想表达对节气的敏感。

秋分了。吴小莉对于节气的感受从来没有像今年这么强烈过。秋高气爽，高的是什么呢？其实就是天空呀，她披了一件钩花披肩，站在院子里望天，心里有一种空旷的安宁，同时又有点不安，她说不清不安来自哪里。

大岛先生在二楼的书房里打电话，窗子开着，她听得很清楚："……日本人最笨了，他们的老祖宗就笨，你看他们的姓，住在田里就姓个田中，住在松树下就姓个松下……"吴小莉很是诧异，这口气，仿佛他不是日本人似的。他的大岛这个姓，又是怎么来的呢？他们的祖先是在某座岛上吗？

大岛先生打完电话走到院子里，正看见吴小莉在望着远处发呆。听到脚步声，她回过头来。在看什么呢？他问。看……天。她答。

他们同时仰起头看天，又同时收回目光看着眼前的别墅。些许的秋意，使这座房子显得更深更空，吴小莉不知道该怎样形容这种感觉。

大岛先生突然拿过她的右手。吴小莉感觉突兀，但还是任由他拿着。他把她的手心翻过来朝上，用手指在上面写了一个字。吴小莉一下子没看懂这个字，她的左手正拿着手机，担心他会让她把手机拿过来打字给她看，便很"自然"地把左手放到了后腰际。她的手机里没什么秘密，但她仍然觉得不看彼此手机是底线。每个人都要有自己的密码，就像每个人都要有自己的内裤。他在她手心里再次写给她看，写了两遍，她才确认那个字形：侘。但她仍然不知道那是个什么字。他说，这个字念Cha，四声，日本人把有一点秋天的哀凉感的美，叫侘寂之美。这一次吴小莉马上意会了，是的，画片里看到的日本的庭院寺庙石灯甚至厚重深黑的铁壶，都给她这种感觉。

她想起大岛先生在日本未归的那段时间，她在凤尾竹下突然发现了厚厚的青苔。她不知道，那是刚刚长出来的，还是本来就长在那里的，只是她以前没有发现。总之，她在那个感觉被遗弃的时刻发现它们，就是大岛先生所说的侘寂了。那时她感觉那些青苔就是自己，都是无声的、没有人看见的。

26

自己总算是不辱使命。房款交了之后，吴小莉再回娘家时就松了一口气。

吴小玲也来了，墨镜除下来了，做的双眼皮还有点红肿，胸又鼓了起来。吴小莉想，她这样一会儿鼓一会儿瘪的，不怕周围人觉得奇怪吗？她自己能习惯得了吗？

母亲笑眯眯地看着吴小莉，口气却是对吴小玲说，大岛先生把咱家的房款都交上了，将近十四万呢，我这辈子，总算是有着落了，多亏小莉。

　　吴小莉不需要母亲的感恩，甚至母亲讨好的笑容都会让她心里扎扎的，但这次，她想，至少可以堵住吴小玲的嘴了。

　　没想到吴小玲不以为意地说，这算啥子嘛！大岛先生当老板的，还是日资企业的老板，拿这点钱出来，还不像从自家米缸里挖了一勺米一样简单吗？

　　吴小莉气得一口气上了头。听吴小玲那口气，如果是她嫁给大岛先生的话，家里早就翻身农奴把歌唱了，她不仅能把大岛先生的家业搬到自己家来，如果盛得开的话，怕是连整个日本都得搬来。

　　有冲到头顶的那口气撑着，吴小莉这次脱口而出：既然出钱这么容易，那装修的钱你来出吧！

　　我出就我出。吴小玲毫不含糊地说，看起来这笔钱并没难住她。

　　不用不用，你能有什么钱。母亲打圆场说。

　　我有钱，装修钱还是出得起的，我最近卖包挣了钱。吴小玲几乎是得意地宣称。

　　吴小莉没再说什么，进了屋。但她决定跟小泉太太联系一下了。

　　吴小莉和很久没见的小泉太太见了面，在很久没去的别墅区俱乐部的茶室里。小泉太太看起来一如既往是满面春风的感觉，尽管已经秋天了。

　　吴小莉远兜近转地诱导小泉太太说出了"三宅一生"的事。因为她不能让她知道，她的下游客户中有一个叫吴小玲的是自己的姐姐。小泉太太也不打算对她隐瞒这事，只是拼命嘱咐她不能让大岛先生知道。

　　在那些日本男人面前，咱们中国女人可得一条心。小泉太太说。

　　那是自然。吴小莉答应着。可是，你是怎么仿出来的呢？她又问。

中国人哪有造不出来的！你给他们一个真的，照着做不就得了吗？大不了拆开来看看，不就是糟蹋一个包吗？再说，还可以复原的。小泉太太听起来丝毫不在话下。

你不怕出什么问题吗？吴小莉担心地问。

能出什么问题！出问题也找不到我头上，不是我生产的，也不是我卖的。小泉太太颇为不服地说。

总归还是小心点好。吴小莉小心地说。你不怕给小泉先生知道吗？

这……当然怕呀。小泉太太口气软了下来，对吴小莉的话没有那么不以为意了。

你还缺钱吗？吴小莉很不解地问。

难道你不缺？小泉太太反问。这真的把吴小莉问住了，她涨红了脸。

小泉太太说，就是嘛，我不相信这些日本人会对我们中国女人大方。

小泉太太突然话锋一转说，哎，你猜我前几天碰见谁了？田中太太哎，应该说，前田中太太。

她现在怎么样？吴小莉马上问。

她跟陈太太一起做了，等于是合伙人。

她也成了抗日太太？吴小莉不相信地问。

她们不还经营茶馆嘛。小泉太太说。

你有没有留她的电话？吴小莉问。

没有，我们……这种身份，没必要多联系吧？

也是。吴小莉说。

几天以后，吴小莉终于忍不住打了陈太太的电话。陈太太还记得她，可是，她说，吴小莉要了解的东西，她只能打探到那么多了。

吴小莉于是就问她那里有没有一个……一个什么人呢？吴小莉发现自己还是不知道田中太太的名字，总不能继续叫田中太太吧？恐怕也没人知道。吴小莉支吾着说不出什么来了，只好结束电话。

按下手机上的红色结束键吴小莉才想起来，又忘了问大岛先生是哪里人。上次打完电话，她就奇怪陈太太怎么没透露他是哪里人，到后来才反应过来，谁会想到一个女人竟不知丈夫是哪里人呢？

吴小莉是不想露面的，正是出于这样的顾忌，她都没有去见过陈太太。可是，她需要找到田中太太，看看还有没有可能了解更多。后来她终于恍然大悟，即便她去陈太太的茶馆，陈太太也不知道打电话了解大岛先生的那个人是她呀！如果碰上田中太太，那就什么都不用再对陈太太说了；如果碰不上，她也不过是一个普通的茶客。

吴小莉终于去了陈太太在宽窄巷的茶馆。宽窄巷听说要改造，早就列入规划了，但还没动工，陈太太把茶馆开在这里，想必也是抢占先机。茶馆的确切地址其实并不是宽巷和窄巷，而是井巷，反正井巷总是被包在"宽窄巷"这个著名街区里面的。

吴小莉忐忑不安地走进茶馆，挑了一个比较隐蔽但又很容易观察到柜台的桌位坐下。一个人泡茶馆的并不多，为了久待而显得比较自然，她选了蒙顶功夫茶。她对于喝茶完全不精，父亲的大茶缸子里在她看来一年到头都泡着一样的茶，毫无讲究，这半年多来吴小莉茶艺稍有长进，都是田中太太、小泉太太和大岛先生熏陶的结果。

吴小莉刚刚烫完杯，就看见了田中太太，她从外面走进来，手里拎着一大袋青橘，看来是去为茶馆进货的。她看起来朴素了许多，但是更加气定神闲。她没看见吴小莉，吴小莉也不好贸然站起来，只好等等再说。

吴小莉泡上茶正在刮沫，田中太太从后场出来，站在柜台前随意打量店里，一眼看见了她。吴小莉从她的眼神知道她看见自己了，就站了起来。

你怎么在这里？田中太太走过来拉住她的手问。吴小莉感觉到一种娘家人的亲切。

我是来找你的。吴小莉直白地说。

田中太太告诉她，光知道大岛夫人有皮肤病，可能是银屑病吧。吴小莉想起了小泉太太偷偷议论的：每天床上都能扫一簸箕皮屑……

至于其他情况，田中太太说，她找机会了解一下陈太太的消息来源，看能不能进一步打听一下。

拜托你了。吴小莉说。她们一起喝了一会儿功夫茶，不可避免地都想起了从前一起体验茶道的情景，但都没有提到从前。田中太太现在的情形，她不敢问。她现在的情形，田中太太也没有问。田中太太只是告诉她，以后就叫我苗姐吧，我比你大。

吴小莉几次想问大岛先生是哪里人，又终究没有问出来，她实在不好意思让她了解自己连这都不知道。回到家吴小莉才想到，田中太太以前也未必知道田中是哪里人呢，当然现在应该是知道了。

不知道是不是喝了太多茶的缘故，那天夜里躺在床上，吴小莉难以入眠，又不敢辗转反侧，怕给身边的大岛先生察觉到异常。她总觉得自己的皮肤不舒服，老想去抓一抓，又不能老是抓。她知道自己不是皮肤病，是神经病。怪不得大岛先生那么喜欢抚摸她光滑的皮肤，好像要把文玩盘出包浆来似的。她不停地告诉自己：其实这是在你之前的事，都跟你没有关系。理智上自然是这样，但她抵御不了自己的感觉。

小鹿居然找来了。当门卫打可视电话进来，说有人找时，英嫂来敲门叫吴小莉。吴小莉在屏幕上看见小鹿冲着她笑时，简直惊讶得说不出话来。

吴小莉站在院门口迎接小鹿。虽然觉得不太礼貌，还是第一句话就问，你怎么找来的？

小鹿说，你以为你不告诉我，我就找不到吗？

吴小莉意识到，自己虽然删除了小鹿，但小鹿还是有她的电话，随时可以打给她的。可问题是，她并没有打给她，就直接上门了。吴小莉一边带小鹿往里走一边说，你怎么不先给我打个电话？

小鹿说，我给你打电话，你会让我来吗？吴小莉心里承认，不会。所以，她觉得自己什么也不必说了。

云嫂过来泡茶，一眼一眼地往小鹿胸脯上瞟。吴小莉这才注意到，小鹿穿的是低胸的黑T恤，虽然外罩黑绸夹克，到底还是露了很深的乳沟。吴小莉对于小鹿的穿着打扮已经有免疫力了，所以不敏感。但云嫂显然还是敏感的。

小鹿说，我以为你已经走了。

去哪儿？吴小莉问。

日本呀！

谁说我要走？

轮到小鹿惊讶了。你说的呀，你不是说在办移民吗？

办移民，不一定就会去日本。

那办了干吗？这么说，你不去了吗？小鹿急切地问。

吴小莉也不知道办了干吗，在大岛先生通知她之前，她也不知道去不去，她只能认为有那个可能。

吴小莉只说，移民还没办下来呢。

小鹿毫不认生地参观着大岛别墅，丝毫不用吴小莉招呼。她的自来熟原来不止对人，也对房子。

坐着聊了一会儿，小鹿说，你先生要下班了吧？我走了。

她知道在大岛先生回来之前走，心里其实是多么有数。可是，吴小莉心里明白，只要她来，大岛先生就会知道的。吴小莉没有挽留她。

走时，小鹿诡秘地笑着说，跑了和尚跑不了庙，现在，我知道你住哪儿了。

她好像对于白己的不受欢迎完全明了但又下决心不以为意了。吴小莉简直想问问她，亲爱的小鹿，你这样说，自己不觉得尴尬吗？

小鹿最后嘱咐，假如你走，一定要告诉我，不能一声不吭就走了。吴小莉答应着，心里却说，我连你的手机号都没有了呢，怎么告诉你？

小鹿刚走，母亲便打电话来了。母亲很少打来，基本上都是吴小莉打过去。母亲说，有个女孩，外地口音，是不是以前给家里打过电话我也忘了，她说打过，她打电话来问你家的地址，我说我不知道。吴小莉应着，哦。母亲又说，那女孩子说话，听着不是很稳重的样子，她好像住在那条小巷的……

吴小莉不高兴地说，妈，你怎么凭人家讲个电话就断定人家不稳重呢？

不管她自己对小鹿怎样，听见别人非议小鹿，她是不能接受的，就算这个人是自己的母亲。老话说，笑贫不笑娼，可母亲这样的人，是笑贫又笑娼。虽然她是误解了小鹿。

母亲听见她的口气不太好，就没再说下去。

放下电话，吴小莉第一件事就是删掉相机里的那张"遗言状"照片。但她心里的"遗言状"几个字却是删不掉的，一直在激烈地徘徊着。遗言状……遗言状……他这次突然回去是干什么的呢？为她办移民？处理家产？他为什么这时候写遗嘱？她觉得大岛先生身体很好……包括在床上，当然这对于她并不是一个福音。她简直想得头痛。

周五晚上，因为周末到了，大岛先生放松下来，倒了一杯清酒，慢慢地呷着。英嫂和云嫂看大岛先生一时还不会结束晚餐，都到楼上去了。吴小莉喝着一杯橙汁陪着他。

这样的时候，似是可以聊点平时不会聊的东西，吴小莉几次把那句话推到嘴边，又几次咽了回去：你为什么要写遗嘱呢？

大岛先生好像回顾一周要闻似的，说了点中国和日本的事，吴小莉沉浸在自己的心事里，其实没怎么听进去。突然，大岛先生说，交往要选择合适的人，不合适的人不要往家里引。吴小莉怔了一下，马上反应过来他是指小鹿，正想解释两句，大岛先生说，跟女孩子交往也是一样，有的是不能交往的，不正派。

血一下子涌到吴小莉脸上，她好像被狠狠地抽了一耳刮子。正派这个词，对于她简直就是一个封印。而不正派，对于她就是一记重锤。她怎么能让人说出这样的话来呢？尽管说的不是她。为了避免让大岛先生说出这样的话来，她觉得自己活在尼姑庵里活在深井里都可以。

大岛先生一定是看到了她的不自在，安慰似的说，只是提个醒，你不要多心，你是很好的。听起来，好像是老师对三好学生的评语。

吴小莉无话可说，她不能反抗，也不能认下这样的批评，她只能像学生一样听着。

几天之后，田中太太——不，是苗姐——来了电话，告诉她：他不是日本人，是中国人，从上海偷渡去日本的，娶了一个中等商人的女儿，就是大岛家的小姐，改姓大岛……

吴小莉手脚冰凉，喘不上气来，差不多的遭遇，苗姐是经历过的，她懂得，所以，她不放电话，也不催她。吴小莉缓了一两分钟，问她，那么，大岛家没有兄弟姐妹吗？苗姐说，有的，有一个弟弟。吴小莉说，那为什么……？苗姐说，日本有女婿继承家族企业的传统，因为儿子容易骄纵，女婿是不敢的，牢靠一点……女婿，是自己人，又不是自己人，这个度正好。

他在中国的家人呢？吴小莉又问。苗姐答，没有联系了，当初入赘大岛家时，就有协议的，必须跟原生家庭断绝联系。

大岛家的家境不错，为什么会看中他呢？吴小莉疑惑地问。苗姐说，大岛小姐不是有皮肤方面的问题嘛，那个……

哦，怎么忘了呢？吴小莉不愿意再听到那几个字，急促地打断她说，明白了。

苗姐说，大岛先生是个守信用的人，还爱学习，勤勉，上进，大岛家是看好他的素质。吴小莉知道苗姐是安慰她，但她也认可她所说的大岛先生的这些品质。

吴小莉后悔去揭开这个盖子，这真的超出了她能承受的范围。她彻底把持不住自己的婚姻了，但当务之急是她不知道再怎么去面对他。现在，即便只是在心里反映出来，她都不想在大岛后面加上先生这个称呼了，虽然，单单一个"大岛"，她也觉得不习惯。日本人好像是习惯称某某君的，可大岛君比大岛先生更别扭。关键是，她已经知道，他并不是日本人。可是，他的名字又是日本的呀。原来，"日本"是给了他一种陌生的属性，使他与她之间形成一层隔膜，这层隔膜其实发挥了保护膜的作用。现在，保护膜没了，她感到无法忍受地别扭。她也没法指责他骗了她，他不就是日本国籍吗？说他是日本人没有错。

她也怨恨大岛的多事，为什么要把"遗言状"的事告诉她呢？他立就立吧，她情愿不知道，如果真到了那一天，直接照办就是了，反正她早知道了也无济于事，徒增困扰。也许，他是要她感激他？看来，他是真懂中国的，知道五千元对于吴小莉这种出身的女人不是一个小数目。

怎么办？一会儿他就下班回来了！吴小莉惶急起来。她有一种找个地方藏起来的欲望，只要能不面对他，藏哪儿都行，反正房子这么大。马上她就嘲笑自己的幼稚可笑。终于，她想到了回娘家。这种中国妇女广为使用的逃避夫妻矛盾的方法，她是从来没打算使用的，今天，她也不得不求助于它了。

她迅速地走了，连英嫂和云嫂都没告诉。

母亲对于她这个时间点回来很感意外，满脸狐疑地看着她。父亲说，怎么这时候回来了？

吴小莉说，怎么了？不行吗？

父母对视了一眼，都不吭声了。看她的脸色确实不好。

她到房间去躺下了。她觉得自己不会回去了。不是她不想回去，是她回不去了，她无法面对他。不是说她一定要找一个日本人，可他来到她生活中时，已经是那样一个人了，现在，他突然变成了一个不知道什么来历的中国人，还有那么莫名其妙的过去，她觉得跟面对一个突然从哪儿来成都打工的民工差不多，而且还不是一个年轻民工，而是一个比她父亲还年长的中老年民工。还有，她居然要沿用一个关系尴尬的日本女人的姓，被称为大岛太太。

这一切，可千万不能让人知道，包括家人在内。否则，她将成为一个大笑柄，她将从此无地自容。母亲的叹息，姐姐的牙尖嘴利，邻居的嗤笑，还有商厦同事的目光……对，这些底细，刘玉珍知道吗？她料定她是不知道的，那么，如果她知道了，又会怎么样呢？她会像喇叭一样，广播得全成都都知道。

可是，她若不回去，这一切就会曝光了呀！她不可能不做任何解释就不回去了。更不用说，她以后的生活怎么办？当然，她现在还顾虑不到那么远的事情。

有没有可能从现在的生活中逃离呢？她只能在心里苦笑和摇头。怎么逃离？挖个地洞钻出去？如果有一只魔法手从天而降，把她拎起来，从这个城市的上空飞走就好了。可是，没有那样一只手，不可能有，她的现实就是这么局促逼仄。

吴小莉听到，吴小玲一家居然来了。而且，吴小玲直奔她的屋子。吴小莉怀疑是母亲打电话叫他们来的。

吴小玲一把拉起吴小莉说，看看，我的眼睛好看吗？

吴小莉不得不去看。发现确实还是挺好看的，虽然没有原来的杏眼有特点。她点头说，好看。

吴小玲说，再长一段时间，会更自然。

吴小玲在床边的椅子上坐下了，丝毫没有出去的意思，吴小莉不得不打起精神来跟她说话，她说，其实原来的杏眼也好看，要是你后悔了，现在想变回去可是不能了。

吴小玲说，我才不会后悔！你天生是双眼皮，没法理解单眼皮的人对双眼皮的羡慕嫉妒恨。

吴小莉听着吴小玲的话，又跟自己的话联在一起，突然觉得隐含着某种玄机。她的结婚，不也是这样吗？她变不回去了，也无法理解吴小玲的羡慕嫉妒恨。

吴小莉看了看墙上的石英钟。大岛该下班了。

吴小玲随意说着当天的见闻。今天中午一个同事说，哪个地方的一个小男孩，在公交车上吃臭豆腐干，结果给竹签戳了眼睛……

毛毛跑了进来，爬到床上。吴小莉搂住他，问吴小玲，结果怎么样呢？

还能怎么样？眼瞎了呗。

吴小莉看着毛毛遗传自吴小玲的杏眼，担心地对吴小玲说，你可得看好毛毛。

我能怎么着看好他？我能不上班吗？我们能不坐公交车吗？我们可不能跟你比。只当是命吧，幸好只瞎了一只眼睛。

你们在说什么？妈妈，小姨。毛毛仰着脸问。

吴小莉看着毛毛干干净净的小脸和没有一丝阴翳的眼睛，突然揪心地难受起来。为什么偏偏是臭豆腐干？决不能让这样的事发生在毛毛身上！她把毛毛搂得更紧。她这一辈子不会有孩子了，不必为一个孩子负责了，她只要保护好毛毛就行了。

吴小莉还莫名地想起了《红楼梦》里的板儿和巧姐，也算青梅竹马了，能有那样一个结局对于巧姐来说也是万幸了。可是，吴小莉并不觉得他们美好，因为她总是想起小小板儿来到贾府时，那贪嘴的吃相太难看了。她总是容易记住这些小处，并把自己羁绊住。

吴小莉又看看表，大岛该到家了。他会问英嫂和云嫂她到哪里去了吗？他可能会给她打电话吧？她下意识地看了看手机。

吃饭了。姐夫在外面招呼。吴小莉起身走出去时，特地把手机抓在了手里。

因为姐夫来了，父亲说，开瓶竹叶青吧。姐夫问，瓶起子在哪儿？吴小莉马上想起来，一直忘了带海马刀开瓶器来。父亲说，用什么瓶起子。说着就用牙咬上了。吴小莉还没来得及阻止，就见父亲的嘴角渗出了血点。

吴小莉喊道，爸，你——

父亲摆摆手说，没得事，划了一下，算啥子。

母亲说，老吴，你小心点！

父亲用牙咬瓶盖的动作，以及嘴角的血点，都令吴小莉感到说不出的心酸。她多么想让家人活得体面一点啊。体面对于她来说，不是要面子，也不是虚荣，就是看着不难受不心酸而已。

她再次下意识地看了看手机，并检查了一下有没有静音。他不可能不给她电话吧？也许他今天有应酬，没有回家吃晚饭，对，应该是的，她略略放下心来。

翁婿两个喝着酒，就聊到一些社会新闻。姐夫是干银行的，惯

172

常说的是金融界的事，说起一年来的金融危机，他说，受影响的企业主，他知道的就有好几个跳楼了。

吴小玲说，为啥都跳楼？

他想了想说：可能这样了结得快吧。

吴小莉听得心里像塞了块冰凉的石头。她不自在地在椅子上动了几下身子，又看了一次手机，手机像死了一样，还是毫无反应。

喝了酒，姐夫的话就多了起来，他说，跳楼会传染，像感冒一样，周围有人跳楼了，你好一阵心里就……就老想着这个事，有时站楼上发个呆，也会冷不丁想到……要不要跳下去？

吴小莉看着姐夫，心里暗自惊恐。他怎么说得这么真切？好像是有体会的。

姐夫眼珠子红红的，继续说，也许这跳楼的人就是想想活着太累，干啥都累，只有跳楼不累……自由落体嘛。

吴小玲凶巴巴地说，孩子在这儿呢，你能不能说点吉利的？

吴小莉看看毛毛，不由得就无限怜惜起来。她说，姐，你说话不要那么凶啊。

姐夫说，她不就仗着有你嘛。

吴小玲说，你看，这个人不是该骂吗？你还嫌我凶。

姐夫瞥了吴小玲一眼，吴小莉看见他眼角的冷光。她担心地想，要是自己失去大岛太太的身份，姐夫会不会管吴小玲叫臭婆娘？

母亲说，人啊，不认命是不行的，不认命就想不开。吴小莉深知，母亲就是被自己的认命碾压着，越来越收缩，从脸上的皱纹，到日渐佝偻的肩，都是收缩的结果。

父亲说，不认命怎么着？人，到了什么时候都得想开点儿，麻将打打，茶馆泡泡，小酒喝喝，别的，去屎。

母亲白了父亲一眼说，那也得有钱呀！

父亲说，有钱有有钱的活法，没钱有没钱的活法。他端起酒杯，又说，这酒，你喝不起好的，还喝不起孬的吗？说完吱的一声喝干了。

吴小玲说，人要是都认命了，那活着还有什么劲儿？

姐夫说，我知道你不认命，你厉害，那你又能……有什么办法来改变你的命运呢？你说说……我们听听。

吴小玲说，你这不是找架吵吗？

吴小莉琢磨着姐夫的话，觉得他确实是把吴小玲问住了。她们能有什么办法来改变自己的命运呢？美貌是她们唯一的幸运和优越，也是唯一可用的资本。她和吴小玲，其实用的都是同样的方式，只不过，吴小玲没有那么成功，其实是她自认为没有妹妹成功，偏偏她又那么好强……吴小莉有点同情起她来。进而，也同情起姐夫来。然后，就是对毛毛满心悲悯。

她不能想下去了，说声吃饱了，就站起来回了自己房间。

吴小莉拿着手机靠在床头。她已然很明白，自己不敢后悔，否则就是堕入父母的生活，比吴小玲还不如。而姐夫的苦楚她也不是不懂。父母的人生，似乎就是专门作为对她的一种警示而存在的，类似于大人用来教训孩子的反面教材：看，不好好学习，将来就像某某一样。关于人生，他们从主观到客观只对她显示了一种灰暗或得过且过。所以，她还是谦虚地待在大岛太太的生活之中吧。

吴小莉看着墙上的石英钟，在人注意它的第一秒，它总是格外慢，慢得让人怀疑它停了。在打点滴的时候，她也有过这样的感觉，开始注意的第一滴总是迟迟不落下来。她害怕他打电话来，可是，他迟迟没有打来，她又有点期待和担心起来。

就算在外应酬，他也会通知家里，也该知道她消失了。她隔几分钟就看一下手机。毛毛也吃完了，跑进来要跟她玩，她哄他出去看动画片。他说，现在是新闻，不能看动画片。她马上想起来，大岛每晚必看《新闻联播》的，也许正在看。父亲和姐夫也看《新闻

174

联播》，可能男人都要看《新闻联播》的。她曾经不明白，父亲有什么必要看《新闻联播》呢？那些大事跟他这样的小民隔着山高皇帝远的距离，完全不搭界嘛。后来她明白了，看了好参与吹牛呗，不然在茶馆里在麻将桌旁聊什么呢？

她问毛毛，你长大了要干什么？毛毛答，去日本留学，回来当老板。她知道这一定是吴小玲教育的结果。

她又问毛毛，你为什么要当老板呢？毛毛答，当了老板才能住大别墅，才能背名牌包包，才能给老婆买大钻戒。她简直想冲出去质问吴小玲，你怎么能这样教育孩子？当然她忍住了，她怎么会是吴小玲的对手呢？再说，吴小玲一句话就可以撑回来：别站着说话不腰痛！你有了的，当然不稀罕。

《新闻联播》完了，母亲在外面喊，毛毛，可以看动画片了。毛毛跑出去了。

吴小莉的时间真的就像打点滴一样难挨了。无论如何，他该回家了……他该打来了……

他是中国人还是日本人，跟她有什么关系呢？对她有什么区别呢？决定他是他的，不是国籍，而是经济实力。如果一个人注定要被绑架，还有必要在意绳子的样式和花色吗？她像一个政委或书记一样做着自己的思想工作，并自嘲地敲打着自己：吴小莉同志……你变修了！

她明白了，自己需要的只不过是一个过渡，一个接受的过程。好了，现在完成了。可是，他还是没有打来。要么，我打过去？她犹豫着，犹豫着……

手机在手掌中振动了，她赶紧翻开盖，甚至连来电显示都没顾得上看。

是的，是他的声音。他说，你吃饭了吗？她说，吃了。说完马上意识到，他可能并不知道她回了娘家。他说，让司机回家接你，出来宵个夜怎么样？客户想体验一下成都的夜生活。她想都没想就答应了，但是告诉他，到光华村来接她。

她走出屋子，告诉家人大岛先生马上派司机来接她去宵夜时，看见家人的神色都是总算松了一口气的样子，她这才留意到，姐姐一家今晚走得比往常晚。她没法想象，假如她今晚在这留宿的话，家里会发生什么？

来到一家专营夜宵的陌生饭馆，司机去停车，吴小莉自己走了进去。她推开预订包间的门，一群男人正在里面的沙发上坐着抽烟，有一个穿西装打领带的笑容可掬的年轻人问：请问是大岛太太吗？

吴小莉往里瞥了一眼，大岛正在沙发上望着她。她说，您也可以叫我吴小姐。她不知道大岛听到了没有，她希望他听到了。这是她今天所有反抗的结果和出口。有了这，仿佛她也对自己有了一个交代，心里可以翻篇了。

十一点半回到家，洗澡上床睡觉。仿佛什么都没有发生，除了她的内心，走了一圈又回到原地。

梦里，吴小莉被猛烈地呛水，是海水，很咸很苦涩，还含着沙粒。其实她并没有见过海，更没有下过海，这只不过是她梦里的想象。在梦里，她几经挣扎，终于爬上礁石。

27

自从吴小莉知道大岛是中国人，就越看他越像中国人的样子了。意识到是跟一个中国人在相处，她的拘谨感就少了一些，在床上，她也放松了一点。不知他有没有感觉到她的变化？

不几天大岛告诉吴小莉，护照办下来了。前段时间大岛的秘书带她去拍过照，还代她填了表格，想必就是用到这里的了。她不懂护照和移民有什么关系，但她忍住不问，以免露怯。反正，该知道的大岛会告诉她的。果然，过了一天，大岛告诉她，有了护照，就可以去日本了。

他为什么隔了一天又主动告诉她呢？可能是疑惑她究竟明不明白，等着她来问，然而她终究不问，他搞不懂她明白了没有，才主动说起。看她拿得稳的那股劲儿，简直是要反过来将他一军：我就是不问，急得你蹦高吧。他对她的困惑，怕是不比她对他的少吧？

她则觉得，他干吗不跟她说明白呢？护照跟移民有什么关系？移民办下来没有？办好护照是不是就要去日本了？

知道大岛曾经是中国人后，吴小莉就更加希望去日本了。在日本，就没有人在意他的来历问题了，那就不是一个唯恐被揭穿的乌龙了。她宁愿到一个连语言都不通的地方去，彻底把自己抛到陌生世界，那样她反而感到安全，安全地做一个生活的旁观者。

有一天她买了一大包卫生巾回来了，大岛看见了，说了一句，不要买那么多了，可能用不完了。她据此推断，有可能要去日本了。

去吧，就像换一块桌布，抹抹桌子另上菜。

有一天小鹿打电话来说，她想去日本留学。吴小莉很意外，说，你都多大了？

我们有多大！你现在其实就是一个留学生的年纪呀，你以为呢？小鹿说。

吴小莉不作声了，想想也是呀。

大岛先生是在日本哪个城市？小鹿又问。

不知道。吴小莉答。

吴小莉说，我是真的不知道。

小鹿说，你不能问问他吗？

吴小莉说，不该问的不问。

小鹿嘲笑说，你奉行的是保密工作条例呀，我看你应该去做保密工作，没有比你更合适的人了。

吴小莉说，就算他说了哪个地方，我也不了解呀，跟不知道还不是一个样儿。

小鹿说，你就不能去买本日本旅游地理书来看看吗？

吴小莉说，了解了这里，又想了解那里，了解不完的，索性什么都不用去了解了，到哪山砍哪柴。

小鹿震怒一般说，你怎么可以对自己的生活这么放任自流？你不能这样！

吴小莉反而被她的激烈反应吓到，不解地停顿了几秒，才说，不这样又能怎样呢？反正也不是我能把握的，何必自寻烦恼。

小鹿说，难道你连好奇心都没有吗？

吴小莉想，这下小鹿应该猜到她的生活了，她是不是知道的太多了？

你怎么突然想去日本留学了？吴小莉赶快岔话道。对，这才是她应该关心的。

小鹿说，想去就去了呗。

吴小莉补救性地安慰她说，我只是没想起来问他在哪个城市，反正他现在是在成都嘛，你要是关心，我回去问问就是了。

28

叶子黄的黄了，落的落了，给人感觉好衰。但总有一些，似乎是永远不会黄也不会落的，吴小莉对它们几乎心存感激。一场秋雨一场寒，雨后的阶前落叶总给人一种深埋的感觉，埋的是什么却不知道。吴小莉穿着开司米的裙子还觉得凉，但是她感觉大岛是不喜欢她穿裤子的，也许裤子不够淑女吧？裙裾扫过脚踝，寒意从体内瞬间掠过，细弱而尖锐，她禁不住从头到脚抖了一过，抖得近似痉挛。

吴小莉上楼去找风衣。当她从衣柜里取出自己的风衣时，手碰到了相挨着的大岛的风衣，感觉坠坠的有点重，她怀疑是不是口袋里有打火机什么的。大岛虽然不抽烟，但口袋里有时会备着烟和打火机，可能是出于应酬的需要。她一摸口袋，果然是有东西，但不像打火机。她拿出来，是一个金属的小盒子，她认得这个小盒子，是有大岛家标志的名片盒。她随手打开来，却发现不是大岛的名片。这个名片上的姓是"大岛"，后面跟的名却是"智也"。这是谁的名片呢？为什么会在他的口袋里？吴小莉把疑问存在心里，把名片又放了回去。

周六上午，大岛在家休息。吴小莉依照惯例问他，喝什么茶？他说，菊花茶吧，这几天有点上火。吴小莉已经训练有素，知道菊花茶是要用玻璃壶煮的，整套专用茶具都在沙发扶手边的小玻璃茶几上。大岛用一个日式的带雕花和穗头的竹挖耳勺在掏耳朵，桑桑伏在他的脚边。他看着她操作一系列流程，都是遵循他的标准执行的。她感觉自己像在考茶艺师，好在，看起来他还比较满意。

大岛泡茶特别注重洗茶和滤茶，什么高冲低泡闻香之类的，他倒不那么讲究。她喝茶的内在修养主要来自大岛，田中太太和小泉太太是教她泡茶斟茶的仪态。他还教她认识各种茶和茶具。大岛从来不喝咖啡，他说咖啡不适合东方胃。吴小莉想，怪不得呢，她喝一杯咖啡，都要搞得自己神经质地发抖，西方人一天到晚一杯一杯地喝，看起来一点事儿都没有。她倾向于大岛什么都是对的。

大岛自己呷了一口，很享受的样子。然后惬意地看着外面的庭院，吴小莉也往外看。

这里住不了多久了。大岛突然开口说。吴小莉收回目光看着他。他又说，签证也办好了，过几天我们就回日本了。

吴小莉等着他说下去，他却不说了。她终于问道，成都这边的生意，怎么办呢？

大岛说，我自有安排，过几天你就知道了。

为什么不能现在知道呢？为什么要吊着别人呢？吴小莉有点反感地想。也许他就需要这种感觉吧？这也使两人关系有了张力。

好吧，你感觉好就行。吴小莉又释然地想。

吴小莉想起小鹿的问题，本想再问问去日本哪个城市，这下也省了。

我给你的那份文件，你收好了吧？大岛问。吴小莉点点头。他说，也许，去日本以后还会做一点改动。吴小莉没吭声，心里疑问，改什么呢？

大岛说，我不会亏了你的。吴小莉又给他倒了一杯茶。

该添置的衣服，吴小莉也自觉地不再添置了，她一心只等去日本。对于日本，她没有多少期盼。去就去呗，她就是这样一个态度。

连去哪个城市都不知道，果然是越来越向着陌生去了。他能带她回去，想来也是很不容易了。虽说夫人已经去世，按照协议已经没关系了，但做起来可能还是有障碍吧？她怀疑他上次回去那么久，就跟解决这件棘手事有关系。他为她所做的一切，她是感激的；而她能做的，就是做好自己。

29

有一天大岛回家很晚，对吴小莉说，明天让英嫂把三楼收拾一下，儿子要来住。

吴小莉简直委屈到愤恨：你就不能跟我说一下儿子是怎么回事吗？比如叫什么？多大了？结婚了没有？来做什么？以后怎么打算？

但大岛愣是一个字不多说，只叮嘱她，明天英嫂收拾的时候，你看着点，有些东西的归置怎么样合适，你来决定。

吴小莉答应着，心里还是不忿：三楼我根本不了解，没有你的允许我啥都不敢动，我根本就不是女主人！现在突然让我布置，是把我当女主人还是女工头？

不忿归不忿，命令她肯定还是要如数执行的。她想起敏嫂说的，这个儿子原来在大岛公司做过，就住这别墅里，她嫁过来之前回日本的。

她跟英嫂上了三楼，看见有跑步机杠铃什么的，卧室里的床具桌椅等，不是深灰就是浅灰，看起来，是个单身汉的住处。她有点明白大岛为什么没把三楼交代给她了，这一层大概默认了是属于儿子的，他不在也要为他保留着。

其实没有什么好布置的，只要把床具全部换过，其余各就各位，打扫干净就行了。这里几乎没有什么多余的东西，除了床缝里找到的一只黑袜子。袜子没有找到另一只，吴小莉说，扔掉吧。

还有一些过期的日本报纸，上面的日文像虫子一样，吴小莉不认识。但日期是阿拉伯数字，她自然是认识的，最后的日期是1997年12月份的，差不多正好是一年前。吴小莉犹豫了一下，对英嫂说，都打扫出去吧。

看来他是那时候回去的，就是她认识大岛之后不久。为什么要在那时候回去呢？是不是跟她有关？她越想越忐忑。

大岛回家之后上三楼看了看。吴小莉跟在后面，征询意见似的看着他的脸。大岛说，就这样吧，他不喜欢别人动他的东西。

往楼下走时，大岛看似随意地说了一句，他来成都接替我的事业，明天到。吴小莉想起了大岛风衣口袋里的名片，就是他的吧？

他就这样轻巧地把一个难题放在我面前了吗？吴小莉只能祈求：这个儿子不难相处，他们无需相处多长时间。反正，一切随他吧，我只要不去碰他，他总不能主动来打我吧？她的以不变应万变又要发挥作用了。

第二天上午大岛上班之后，吴小莉就开始坐立不安。很少主动给大岛打电话的她，终于按捺不住打了。她问大岛，他几点到家？不用解释，大岛就知道他是谁。他说，晚上到，你不用管了。

吴小莉恼恨地想，你说不用管就不用管了吗？毕竟是在同一屋檐下，要多一个人！而且是关系那么微妙的一个人。

吃过午饭，不午睡的吴小莉又打电话给大岛，提出下午去公司看看。大岛显然很意外。吴小莉说，以后就……

他马上明白了，以后老板就是儿子了，吴小莉就不再是以老板娘的身份光顾了，而且，他们就要去日本了，她还一次都没到公司来过，再不来以后就没机会了。他说，好，我让司机去接你。

大岛公司原来离春熙路不远，就在天仙桥北街那里。吴小莉在司机的引导下上了楼，拐了几个弯，才看见公司标牌，司机似乎要对着里面说点什么，吴小莉赶紧制止。她悄悄走了进去。大概不足百平方米的一间大办公室，打了五六个隔断，分布着十几张桌子，尽头是到天花板的玻璃隔断门，想必就是大岛和两个日本同僚小泉和田中的办公室了。

直到这时候，吴小莉才明白，那是一个多么小的公司啊。她的想象扑了一个很大的空，几乎要怅然若失了。她的母亲却白白地畏惧成那个样子，值得吗？

员工都在埋头做事，办公室悄无声息。司机做了一个请的手势，示意她去往尽头的大岛办公室，她突然很想转身离去。可是，坐在最里面的秘书已经看见她了，站了起来。她只好走了过去。

秘书推开大岛办公室的门，大岛没有站起来，只是向着沙发方向做了一个请坐的手势。小泉和田中从侧面的办公室出来，跟她握手问候。吴小莉看见田中，马上变得更不自然，田中倒是一副没有什么的样子。苗姐走后，他怎么样了呢？吴小莉很关心这个问题，但不敢问大岛，这太八卦了，不符合大岛的趣味。

吴小莉想起吴小玲在开始倒卖"三宅一生"的包包前，曾经问她大岛公司是做什么的？她说不知道。吴小玲撺掇说，你去他公司看看嘛，体验一下当老板娘的感觉。她简单直接地回答：我不配。今天她来了，可是，这个公司究竟是经营什么的？她依然不知道。

吴小莉让秘书不要倒茶，她马上就走。大岛开了腔：等一下，我跟你一起走。

吴小莉压根没想到，他是要跟她一起去接他的儿子。

30

这是吴小莉第一次到机场。飞机跟她这个层次的小民是不搭界的。但她的从容不迫不卑不亢绝对不会使大岛想到这是第一次。

他们先到一个咖啡厅坐下。大岛问都没问她就点了两杯咖啡，一杯热的，一杯冰的。她说，我不喝咖啡。大岛说，不是为了让你喝的，这里总要点一点儿什么才能坐，等下可以免费要柠檬水。看来大岛对这里很熟。

服务生送来咖啡时，大岛果然让他送两杯柠檬水过来。大岛自己选了热咖啡，把那杯冷的推到桌子中间。吴小莉喝的是柠檬水，却时不时拿搅拌棒去搅动咖啡，冰块发出细碎的响声。大岛则一边喝咖啡，一边不时看表。

在吴小莉已经感到饿了却毫无食欲时，大岛站起来说，你在这等着。然后就走了。吴小莉松了一口气，总算不用在杂乱的人群中第一次跟他的儿子见面了。

远远地看见，过来了，大岛和一个比他高一头的年轻人，一人拉着一个箱子，吴小莉直挺挺地站了起来。近了，更近了，已经能看得清眉眼，他长得很像他母亲，看起来比大岛健朗。终于走到桌边，吴小莉僵硬地伸出手去，年轻人碰了一下，不是握，就是碰。彼此都说了一声：你好。

大岛指着桌上的冰咖啡说，智也，先喝点解解渴吧，你喜欢的冰咖啡，提前为你点好的。吴小莉赶快把那杯咖啡拿起来，双手递到年轻人手里，说了一声，辛苦了。年轻人说，谢谢。接过咖啡坐了下来。父子俩开始交谈，中国话夹杂着日本话。听得出来，儿子的中国话远远不如父亲圆熟。

她心里有点埋怨大岛，连个名字都不介绍，他倒省事了，一点也不管别人怎么办。大岛叫他智也，这么说，他叫大岛智也了？就算他叫大岛智也，她也不知该怎么称呼，她叫不出来智也，但也不能叫大岛智也。

看年轻人的态度，是完全当她不存在的。也许是故意的吧。

她更关心的是，他俩谁大？她把他视为年轻人，是鉴于自己的身份，但究其实，她看不出他比她小，虽然她希望如此。

到家，吃饭，英嫂先把大岛智也的箱子拎到三楼上去了。吴小莉还是不吭声，只听他父子中文夹日文讲话，有关于公司方面的，也有日本方面的内容。吴小莉觉得，他们可能是语言习惯问题，但更有可能是不愿被她听懂，故意夹杂了日文。她赶快吃完上楼去了。

吴小莉在刷牙时，听见了大岛智也上楼的脚步声。过了几分钟，她突然听见三楼的吼声。她停止刷牙紧张地静听，只听见一个词：袜子。英嫂和大岛在上楼了。她不知自己该不该出去，终于在房里没动。

一会儿，大岛进来了，告诉她，以后不要动他的东西。吴小莉说，没动呀。他说，有一只黑袜子，他从日本带回来了，找另一只，没找到，他记得是在床上的。吴小莉的感觉，已经不是惊讶所能形容的了，只能是怪异。强迫症还能到这个程度！看来，大岛家族的人，每一个都有自己的强烈个性呀。也许在他们看来，她也是很有个性的吧？

她觉得对大岛智也做什么都可能是错，不做反而不是错，那就选择不做吧。

自从大岛智也来了以后，吴小莉回娘家的频率明显提高。她对大岛解释说，因为快要去日本了嘛。

吴小莉家人已经知道了大岛智也的到来。吴小玲说，大岛的儿子，那不就是小岛吗？然后，吴小玲提到他就叫小岛，父母也跟着叫小岛，最后吴小莉也在心里称他为小岛了，完全没想起来辩解：大岛的儿子，那也是大岛嘛。

但是在当面，她当然不能叫他小岛。她就含糊着，什么都不叫。如果必须说话，又必须表示是对他说话时，她就以"哎"或者"那个……"为开头。大多数时候，她是瞅准了时机直接看着他说，让他不可能理解为她在跟别人说话。

有一次他或许是理解了她的难处，友好地提示她说，叫我智也吧。她第一次开口叫他智也时，是在吃早饭，她问，智也，还要粥吗？大岛有点意外又有点欣慰地看了一眼正握着粥勺准备给智也盛粥的吴小莉。

吴小莉一旦叫他智也，就找到了他比自己小的感觉，再正面注视他时，就感觉她是二姨家的表弟，一起远离父母在外公家住了几年的表弟，很亲切。原本，夫人就跟二姨长得很像。吴小莉的家人提起他来时，却还是习惯叫小岛。

智也每天都要进香室默坐一会儿，其他人都自觉地不打扰，只有桑桑有时会跟他一起进去。吴小莉猜测智也对她的态度好转跟这个香室有关系。智也一来，大岛跟她的关系似乎比以前近了一些。自从智也进香室，大岛便不再进去了，这既照顾了智也，也照顾了吴小莉。吴小莉感激地想，如果他俩都进去默坐，一家三口团聚于一室，她可就是彻头彻尾的外人了。

机票已经定好了，是12月初的。吴小莉听见智也在饭桌上对大岛说，回去休整一下，就好去参加春日若宫节了。大岛说，时间赶得好啊。智也一来，大岛的脸就慈爱了不少，不再那么板结。

事实上，吴小莉一下子并没听懂那是个什么节，智也看到了她疑问的神色，就给她解释：春日若宫节，每年12月15至18号，在奈良的若宫神社举行，12世纪就有了，当初是为了祛疾病、求丰收，现在已经成了一个包括各种表演的庆祝节日，最热闹的是17号"本祭"这一天……

吴小莉对这个节日没有多大感觉，她最有感觉的是：这么说，他家是在奈良？

智也一定不会想到，迄今为止，他的继母还不知道丈夫的家乡是哪里。智也让吴小莉想起小鹿。年轻人的人性，到底是比上一代健康啊。她感叹。

她惊奇地意识到，她怎么把自己归入大岛那一代了？她是带入了辈分感吗？小鹿只比她小两岁，智也可能还比她大，而大岛可是比她的父母年纪都大的。可是，她就是本能地那样归类的，本能最说明问题呀！

疑惑了一两天，吴小莉才想明白，那是阅历决定的，或者说，受苦程度决定的，受苦的人自来就老了，不受苦的人永远是年轻，所以有句话：穷人的孩子早当家。

31

　　吴小莉开始做行前的准备。首先就是决定桑桑的去留。说来也怪，桑桑第一次见智也就亲近得很，简直让吴小莉吃醋，她不无恶毒地想，大概都是日本种的缘故吧？

　　吴小莉是没有发言权的。智也的倾向性是不用说的，所以他首先去看大岛的脸色。大岛的理性使他做出了如下分析：智也一个人，很少在家吃饭，就不必用两个女工了，只保留英嫂就行了，英嫂一个人要打扫卫生，要打理院子里的花木，偶尔还要为他做饭，再养桑桑就有点吃力了，总不能为一条狗增加一个人工，所以，还是送到光华村吴小莉娘家去养吧。

　　他居然完全没想到去问问吴小莉，她的娘家人愿不愿意养？吴小莉已经惊讶到无须惊讶了，他若不这样，她才不习惯呢。

　　智也答应了，但是说要允许他以后去看望桑桑。说完看着吴小莉——这一点跟他父亲的做派很不相同。吴小莉点头表示同意，同时想到，以后父母搬到新房子，环境就好得多了，接待客人也不会那么局促了。

　　吴小莉专门回家给母亲说，要把桑桑送到这里来养。母亲看起来有点为难，不是为难别的，是为难伺候不好贵族狗。她的紧张和内心繁忙的程度，让吴小莉想起《红楼梦》里的元妃省亲前贾家的繁复准备。吴小莉好说歹说，努力打消她的顾虑，最后她才忐忑不安地答应了。

　　为了让桑桑有个适应的过程，吴小莉决定提前把它送过去，那简直是一次大搬家，狗窝狗食盆狗粮等等，把后备厢装得满满还不够，有一些又放到了后排座上。

吴小莉临走，大岛突然说，我也一起去吧。吴小莉很意外，但又不能不答应。

　　智也抱着桑桑，把它放进车里，恋恋不舍地说，我可以一起去吗？

　　这更让吴小莉措手不及。她沉吟了一下说，你看，都坐不开了。他说，那就以后吧。他的即兴要求再次让吴小莉想起了小鹿，年轻人果然是不按牌理出牌的。

　　父亲正蹲在巷口下棋，有人说，老吴，你女儿女婿回来了。

　　父亲站了起来，搓着手，看着吴小莉和大岛，眯着眼傻笑。

　　大岛随着吴小莉叫了一声爸，父亲依然眯着眼傻笑，好像叫的不是他。大岛又叫了一声，爸。吴小莉父亲才反应过来，仓促地说，哦哦，快请快请，回家吧。

　　母亲打开门，发现后面是大岛，马上忐忑地责备女儿，你也不事先通知一声。吴小莉说，我有意不通知的。

　　大岛叫了一声妈，吴小莉看见母亲登时如五雷轰顶一般，眼都直了。吴小莉说，大岛先生叫您呢。母亲这才嗳嗳地答应着，脸上一副抱歉的表情，好像为大岛先生屈尊叫了她一声妈而抱歉。

　　桑桑看着陌生的环境，好像已经明白了那是自己的新家。狗的智商不低，它也看见了自己被搬家的景象。吴小莉看着桑桑的眼睛，突然觉得好可怜，不敢继续去看它了。想起小泉太太说的那些关于拆迁户和狗的议论，她对母亲千叮咛万嘱咐，不要随便桑桑怎么样都不管，要让它讲文明，带它出去时咱们也要有素质，不能让人家骂。

　　临走时，桑桑跟上来，呜呜地哀鸣，吴小莉和大岛逃也似的离开了。搬了新家就会好很多——吴小莉只能这样安慰自己。大岛则以一贯的理性安慰她：它会很快适应的，狗的适应性比人强得多。

32

　　告别成都的前一天，吴小莉回光华村跟家人告别，大岛智也一起来的。他以日本的习惯礼仪向吴小莉父母鞠躬问好，什么也没称呼。毛毛也在，不等人教，就主动问候大岛智也：叔叔好。大家都笑他的鬼精灵，来掩饰共同的尴尬，没人纠正他。倒是大岛智也自己友善地说，叫我智也吧。不知道是不是常看动画片的缘故，智也这样的称呼，似乎是毛毛很乐于接受的，他马上就爽快地叫：智也。智也说，以后请多多关照哟。看起来，他对吴小莉家的简陋并没有什么特别地感觉，反而处处新奇，这让吴小莉心里宽松许多。

　　毛毛在感冒着。母亲说，你别抱他了，要出门了，别传染上。吴小莉说，不要紧。她总觉得小孩的病菌也是"小孩"，很弱的，没本事传染给大人。

　　小莉快要过生日了，过完生日再走多好。母亲小心翼翼地看着大岛先生说。

　　吴小莉这才意识到，从刘玉珍第一次提到大岛到现在，快一年了。

　　大岛先生那边还有事，生日在哪过都无所谓的。吴小莉说。

　　以后会常回来看望的，从日本飞回来方便得很。大岛说。

　　那是，那是。父亲说。

　　他们就要走了，吴小玲来电话，说马上过来。吴小莉说，不用了，赶不及了，我们马上就走。或许正因如此，她走得更快了。她在躲避吴小玲的告别，就像躲避一个尴尬的拥抱。吴小玲在电话里还不忘说，我跟毛毛说了，小姨在日本待好了，会把你也办出去的。是的，只要有可能，她一定会帮助毛毛，就像帮助自己一样，但这不等于说她愿意接受吴小玲煽情的告别。

母亲一面笑着一面用手背抹眼泪送女儿女婿走。从她的表情看，她终于胆敢把大岛先生当作女婿来看待了。

车子驶离光华村，智也就下了车，他跟朋友有约会。

男朋友还是女朋友？吴小莉心里打了个问号。

车子在走，在走，在吴小莉的心里，似乎是离中国越来越远……吴小莉在犹豫，犹豫……终于，她说，我想到商厦去一下。

商厦还是像一头巨兽，伏在繁华的街角，停车场的鳄鱼嘴还长长地伸在那里，嘴边的痣也牢牢地长在那里。五年的时间，吴小莉每天就是被这张嘴吞进吐出着，那颗痣曾经闪得多么让她心悸啊。

印象中这是第一次，吴小莉以顾客的身份走进商厦的大门。商厦当然有大门，可是，那是笑迎八方客的，不是给她们走的。吴小莉上班的时间只能从后门绕进去，不上班的时间则从来不逛商厦，甚至连春熙路这一带都尽量不光顾。她无法想象有一天自己会大摇大摆地从大门进入商厦，而现在，她走进来了。

进门迎面就是吴小莉站过的那个柜台，从十七岁到二十二岁，被认为是最花样年华的五年，吴小莉一直就站在这里。吴小莉的眼睛猝不及防地湿了，眼泪满满地蓄了一眶，却并不掉下来，吴小莉让它慢慢地蒸发。吴小莉默默地辨认着自己的感觉，仿佛有某种委屈，又仿佛有某种残忍或解恨，就因为她是这样堂而皇之地走进来的？

从商厦出来，大岛在车里温存地摸了摸吴小莉的头。吴小莉看看大岛，眼一闭靠了过去。就是这个人了，给她全部的坚实感。

当晚，大岛有点鼻塞。吴小莉心里想，难道真是给毛毛传染了？

她悄悄给母亲打电话，问毛毛感冒怎么样了？是不是流感？母亲说，好一点了，好像是流感，这几天都不让他去幼儿园了。

吴小莉没说毛毛流感的事，只是找治疗流感的药。智也说，我这里有，从日本带来的。

吴小莉自然是看不懂那些虫子一样的日文，大岛父子商量之后，决定了怎么用药，大岛就服下去睡了。

睡一觉就好了。他说。

33

凌晨，吴小莉在大岛的呻吟中醒来了。他发烧了。吴小莉去冰箱拿来冰块，用毛巾垫着给他敷到额头上。看了看手机，连着三个四，四点四十四。

大岛说，你也躺下睡吧。吴小莉说，不用，你睡，我等下给你换冰块。

换了一次冰块之后，吴小莉也坐着睡着了。她再次醒来时，发现大岛正在挣扎着坐起来。她赶紧用一只手去按住大岛额头上的冰块和毛巾，另一只手扶起他。

他说，现在好些了，躺着有点气闷。她听着大岛的声音很是有气无力，就问，我们今天不走了吧？你还是去医院看看。他说，下午才走呢，上午就会好的。

天亮之后，吴小莉先起了床，叫大岛再睡一会儿。早饭上了桌，智也下楼来了，看见大岛不在，就问，我爸呢？吴小莉说，夜里有点发烧，一会儿可能要去医院看看，我先盛点粥给他喝吧。

吴小莉把粥端到床边，想着凉一会儿，等大岛醒来正好喝，自己就下去吃早饭了。智也说，等会儿司机来了，先送我爸去医院吧。吴小莉答应着，心里在疑虑今天还能不能出发。智也说，我带的那个药，要连服三天，时间短了看不出效果。

吴小莉吃完上楼，发现大岛已经起床了，正在刷牙，看起来已经好多了。大岛说下去吃，吴小莉就把粥端下去了。

司机来了，大岛还没吃完粥，智也背着公文包下来，对大岛说，爸爸，感觉怎么样？我等着，先送您去医院看看。大岛说，不用，你上班去吧，那个药品说明书上写了，三天见效，我一会儿再吃药就是了。

吴小莉担心地说，真的不用去医院看看吗？

大岛很肯定地说，不用，这个药就已经很好了，坚持服用就可以了，药不能混用，用药也要有耐心。

大岛早饭后吃上药继续卧床休息，中午智也回来送行，一家人一起吃了午饭，司机就开始装行李。大岛看起来已经恢复如常。

如何乘坐飞机吴小莉一无所知，反正由智也带着办理一切，办登机牌，托运行李，到了安检口，智也告别，临走还嘱咐爸爸多喝水。安检完了，大岛带吴小莉来到贵宾休息室。

你去接两杯橙汁吧。他说。吴小莉就去了。

正在接第二杯时，吴小莉突然听到身后嘈杂，回头一看，大岛已经倒在地上了。她放下杯子跑了过去，身后橙汁在继续流。

大岛手按在胸前，痛苦地闭着眼睛，嘴唇发白。吴小莉跪倒在他面前，本能地要抱起他的头，有人冲她喊，不要动他！吴小莉又放开手，带着哭音问，你怎么样？大岛眼皮动了一下。

他有没有什么基础病？机场服务小姐问。

吴小莉一脸茫然，她不懂什么叫基础病。

他有没有心脏病高血压？又有人问。

没有。吴小莉说。其实她的准确意思是：她不知道他有。

快广播找医生！吴小莉听见有人喊。

吴小莉看见他嘴唇动了一下，赶快把身子伏得更低，耳朵贴到他的嘴唇上，他说，遗嘱——然后就说不出话来了。她紧紧地抓着他的手，他的手指在她手心里颤动了几下，仿佛想表示什么……一簇人奔了过来，吴小莉被拉开。

听诊器，按压，人工呼吸，担架……很多的器械、很多的动作、很多的胳膊……在吴小莉眼前碰撞和动荡，她已经辨不清什么是什么。最后是担架抬起时，她跟着担架小跑。

在救护车上，吴小莉给智也打了电话。

当智也赶到医院时，大岛已经盖上了白床单。智也一步一步走近，吴小莉脸上全无泪痕，失神地指着白床单下面的大岛给智也看，仿佛在问他：你看，这是怎么回事？

34

大岛在吴小莉心里重新变成了先生。当那个时候让吴小莉感觉到他的分量的大岛先生，变成了眼前小小的轻轻的骨灰盒，吴小莉却只是麻木了。骨灰盒也不在她手里，而是在智也手里。从殡仪馆到家，又放到了香室里。连告别仪式都没做，当前来帮忙的田中和小泉问怎么办理丧仪时，吴小莉和智也不约而同地给出了这样的意见，可能他们是出于同样的无法面对。吴小莉和智也甚至都没来得及换上黑衣，还是穿着出门时的衣服。中午出门，晚上就回来了，只是另一个人是以一个小盒子的形式。

躺下时已是凌晨三四点。吴小莉一直睁着眼睛，她不能闭眼，一闭眼就会混淆了现实，回不过神来。她还是像以前一样，把胳膊蜷在自己髋部，怕打扰了旁边那个人休息。她流不出眼泪，眼眶好像因为睁得太空太大而枯竭了。她的身心全部被什么东西惮压着，死死的，动弹不得。

她眼前多次出现电视剧《红楼梦》中，茫茫雪地上贾宝玉最后的背影。去的人把背影留给别人，全不管身后那片空。她明白自己为什么喜欢《红楼梦》了，原来，一切人生，《红楼梦》里都有。

一大早，换上了黑衣的吴小莉和智也前后脚下了楼，在香室里面点香，大岛先生还没来得及有一张遗像，只有画像中的夫人在看着他们。

母亲来了，带着桑桑。英嫂打开门，吴小莉和智也走出香室，正与走进来的母亲和桑桑打了个照面。桑桑歪着头，黑黑的眼睛悲伤地看着他们，仿佛在问：那个人呢？以前大岛先生也离开过，它并没有这样，看来，它也知道这次发生了异常，狗真是通人性的。吴小莉唤了一声，桑桑，眼泪滂沱而出。她再也站不住了，顺势蹲下来，抱住桑桑的头，放声大哭。智也差不多是重复了她的动作。

看着抱住桑桑的身子哭泣的智也，吴小莉更加不能自已，想起智也这么短的时间丧失双亲，想起大岛先生死都不能联系上自己的血缘亲人……她反而顾不得为自己哭了。

桑桑也在流泪。吴小莉母亲哭得坐到地上，她是为女儿哭的。

田中和小泉来了，劝止了他们的哭泣。云嫂已经做好饭，红着眼睛来请他们吃饭，吴小莉和智也都摇头说不吃。田中说，怎么能不吃呢？我和小泉也没吃早饭呢，一起吃。吴小莉母亲也劝她和智也吃一口。他们勉强坐到饭桌边，喝了几口粥。

吃完饭，田中和小泉就跟智也上了楼，来到大岛先生的书房。

吴小莉和母亲坐在楼下，相顾流泪。母亲在眼前，终于促使她去想自己下一步要面对什么。公司的事，她是插不上手的，也跟她没关系。她需要关心的，只是自己的事。自然，她记得那份遗嘱，但是她只知道自己不再嫁会得到五千元，其他的一概不知。随着楼上书房里的人迟迟不下来，她心里越来越沉重和不安。她想起大岛先生最后说出的两个字——遗嘱，她还记得大岛先生之前说过，那份文件去了日本还要做点改动，不会亏了她。她相信大岛先生最后是想说遗嘱要对她更有利。可是，光她相信没有用，证据呢？

田中和小泉怎么还不下来？他们在讨论公司的事还是她的事？公司的事，她觉得无须担心，智也早就开始参与公司业务了，现在已经接手。她的事，他们会按照大岛先生遗嘱办吧？

惊吓疲劳与苦恼使吴小莉如朽木一般，在沙发上好像要坐化过去了。她想让云嫂送茶上去，又怕他们多心，可是他们早该口渴了。母亲说，你靠在我身上闭闭眼吧。吴小莉眼泪又开始流，桑桑蹭到她膝前，眼里也含着泪。母亲又抽泣起来。吴小莉抱住母亲的肩，哭着说，妈，要不，您回去吧，在这儿，也是白白难受。母亲揉着女儿胳膊，泣不成声地说，你……这个样子，我能……走得了吗？我是你妈呀！都是我……造的孽哟！

吴小莉这才明白母亲还有一层悔恨的难受。她哭着安慰母亲，不怪您，这都是……我自己的命。没想到此言一出，感觉更悲，母女俩抱头痛哭。英嫂和云嫂都过来劝解，同时也陪着落泪。

过了足足有两个小时，田中和小泉才下来，告诉吴小莉，下午律师会来，然后就走了。

智也呢？智也怎么不下来？吴小莉终于端了一杯茶上楼，却发现智也并不在书房，她又上了三楼，敲智也卧室的门。

智也打开门，头发乱蓬蓬的，脸色看起来比早上更差。吴小莉说，你喝点茶吧。智也接了水杯，站在原地，既没请吴小莉进来，也没转头退回床边。吴小莉就站在门口说，你父亲，究竟有什么基础病？大岛先生的死因是脑溢血，她不大相信这是突然发病。

智也回转身，跌坐到床上，反问，你连我父亲有什么病都不知道吗？

吴小莉无言以对。她的确不知道自己丈夫的身体状况，说起来这是很不正常的。可是，他知道自己父亲和她之间的相处状况吗？而这个相处的模式正是他父亲确立下来的。

吴小莉说，我从来没见你父亲在家里吃过什么药，也许他是不想让我看见。

智也生硬地说，可能吧，我父亲是一个自尊的人。

吴小莉说，这和自尊有关系吗？

智也直截了当地说，有。然后又嘲讽似的补了一句，难道，你很爱我的父亲吗？

吴小莉彻底被问住了。缓了缓，她说，我只是想知道，你父亲的身体……

智也打断她说，这还重要吗？

吴小莉说了一声对不起，就一步一步下了楼，走到二楼她就毫无力气了，只好折进卧室，瘫坐在床尾凳上。

她木雕一般地坐着，心是如坠冰窟，所有哀痛都从心里腾空了，只充塞着愤懑。

她真想质问一句：难道，是她愿意大岛先生死去的吗？

可是，该质问谁呢？她也不知道。

没了大岛先生，她吴小莉和智也还有什么关系呢？毫无关系。她这下清醒了。

因为母亲在，吴小莉不得不打起精神来下楼吃饭，并让云嫂请智也下来吃饭。云嫂上去又下来说，他说不饿。大岛先生一走，吴小莉的长辈的感觉就无形中凸显出来了，不管怎么样，她处在那个位置上呀。她盛了一盘饭菜，端到三楼，敲他的门，他在里面说，我说了，我不饿。吴小莉说，那我放在门口的条几上了。大概听到是她的声音，智也开了门，却只是冷冷地看着她说，用不着这样。

为了让母亲吃几口饭，吴小莉回到饭桌边勉强地喝了一碗汤。她只能对自己说，就当他是太悲痛了，需要发泄，需要转嫁吧。

196

35

　　下午，律师在田中和小泉的陪同下来了。他们叫着吴小莉一起到了书房，智也却没过来。律师对吴小莉出示了一份文件，说，这是遗嘱，您也有一份吧？吴小莉点头，问，需要拿来吗？律师说，是的，需要。吴小莉去梳妆台抽屉里找到了拿过来。律师把两份遗嘱摆在一起，一模一样。

　　律师把遗嘱内容跟吴小莉说了，核心就是她已经知道的：不再嫁，每月五千块。律师说完就问吴小莉的意见，吴小莉说，我不会再结婚的。她看见田中和小泉相互看了一眼。律师说，现在谈这个问题，为时尚早，我们就确定一下赡养费的问题吧。吴小莉心里想，那不是很明确吗？律师说，赡养费包括哪些，这是要明确的，所以我受委托来解决这个问题。吴小莉一下子坠入云雾，她不懂这是什么意思。

　　田中说，是这样的……比如说，这栋别墅的开销就不小……还有，保姆用几个？

　　吴小莉终于明白了，是田中和小泉这两个智囊在起作用，所以跟早上相比，智也变了，所以，智也不参与这个协商。

　　吴小莉说，这要跟智也商量，由他来决定。

　　小泉说，智也让我们代表他，现在商定这些问题，就是智也的意思。

　　那么，这不显然是智也要赶她走吗？看来，落到儿子手里，还不如在老子手里呀。大岛先生走了还不到二十四小时，他们就这样对待她了！这时候，大岛先生，这个限制条款的制定者，却成了她最亲的人。她想起了大岛先生的手指在她手心里最后的颤动，她一下子找到了正确的理解：对不起。她顿时感觉到了大岛先生对她的不忍心和不放心，忍不住哭了出来。这次，她是为自己而哭了。

吴小莉一哭，母亲就上了楼，跟着一起哭。英嫂和云嫂上来劝慰她们，并扶着她们下去。在楼梯上，吴小莉倒下了，身体软得像泥一样，毫无支撑地倒下了。

当她醒来时，天已经黑了。她第一个反应是：大岛先生下班回来了吧？她怎么还在这躺着？看到身边的母亲和桑桑，她才反应过来，眼泪瞬间滑落。

这一夜，母亲不放心，执意陪她睡。她还是睁着眼睛，只要一闭眼她就感觉不真实。睁眼闭眼之间，乾坤就会完全颠倒，她必须睁着眼睛，让自己确认现实。躺在她身边的母亲，也在迫使她确认现实。

第二天吃早饭时，智也还是没有下来，吴小莉很想面对他，看着他的眼睛，看懂他的感情，可是，他没有下来，显然在刻意回避她。

她吃完早饭，确切地说是陪母亲吃完早饭，上楼漱口，在床头柜上发现了一份文件。文件上大致写着：如果她现在离开大岛别墅，可以一次性得到十万元赡养费；如果她留在大岛别墅，别墅的一切开销要自己负担，从五千元赡养费中支出。她可以在自己的选择后面打钩，然后签字生效。

大岛先生多么缜密的一个人，却没料到在他死后，根本没有人在意她的再嫁与否的问题，相反，他们希望她再嫁。可是，大岛先生没有留下若她再嫁可以得到什么的遗嘱，只能任由他们决定。看来，大岛先生意识中根本没有吴小莉再嫁这个选项，或者说，他拒绝她再嫁，对此，他们不能理解，她也不能理解。这是一种什么心理呢？是三从四德的观念？是一种洁癖？还是动物本能的自私？她联想到《红楼梦》里，妙玉要把刘姥姥喝过茶的名贵杯子扔掉，宝玉劝说，还不如让刘姥姥拿回去卖钱过日子，妙玉却说，若是自己用过的，就是砸碎了也不能给她！自己用过的，就是沾了自己的气息，别人再用，也是腌臜了自己，这就是大岛先生的心理吗？原本，吴小莉是很欣赏妙玉的，尤其是妙玉这种极致的洁癖，但跟大岛先生联系起来，她就反感起妙玉来，这也算此一时彼一时。

其实，她知道，他们只是在意她是否离开大岛别墅，这才是她再嫁与否的本质。他们看起来没有违背五千赡养费的遗嘱，可是，他们对赡养费附加了解释。而且，他们把一次性结清的选项放在前面，倾向性是一目了然的。但是，吴小莉毫不犹豫地在第二选项后面打了钩，签上了自己的名字。

这一切，吴小莉的家人都不知道。

智也离开了大岛别墅，没再回来住，她不知道他去了哪里，从那天谈判之后，他就没再跟她打过照面。

吴小莉按照大岛先生之前的决定，先辞了云嫂，她不敢一下子辞掉两个人，这房子太空了，她的落差也太大了。

夜里，成都的冬雨伴着风打在窗上，发出的是折叠玻璃纸的声音，她可以想象那雨有多冷。白天，大理石地面光可鉴人，她走动时冷不丁会被自己的影子吓一跳。为什么以前没有留意到这个呢？可见，形影相吊对于现在的她是一种很突出的状态了。母亲一直在陪着她，陪出越来越多的白发。父亲偶尔来一下，当天就走。确实，父亲是一个好热闹的人，而这个地方见个人就跟见鬼一样稀罕，连麻将都凑不起来，他怎么可能待得下。

天越来越冷了，今年感觉格外冷，冷到她要借助外在的热气来驱散内在的冷冽。那天上午她用遥控器对准空调按下去，没反应：也许是没对准？她调整方向，再按，还是没反应：可能电池没电了？她张口想问云嫂电池在哪里——家里都是云嫂在买东西的，还没发出声音，她意识到，云嫂已经走了。她问了英嫂，英嫂说不知道，她就自己去找，没找到。她穿了外套，出去买来了电池。回到家换电池时她才发现，自己刚才拿的是电视机的遥控器。她想把这个当作笑话讲给母亲听，又怕母亲会哭。她自己已经哭不出来了，但母亲哭时还是会传染她。

有一天早饭时，母亲把一碗面放在吴小莉面前，她木然地下了筷子，扒拉两下，发现碗底有一只荷包蛋，她再抬头看，发现只有她自己是一碗面。她马上明白了，虽然没有人说出那个词，仿佛这时候说出那个词是对逝者的冒犯。就是到了这个时候，母亲都不会忘记这个日子的，那是母亲生她的日子。她在天开始变冷的时候来到这个世界，还能指望有多少温暖等待吗？永远试图温暖她的，就是这个给她生命的人，虽然她的热力也有限。吴小莉低头吃面，眼泪流到面碗里。

大岛先生的遗物吴小莉没有处理，一切都跟他还住在这里一样，甚至他的老花镜都原样摆在床头柜上。她就当他又去日本了。吴小莉搜索了他所有的东西，没有发现任何特殊的药物，这么说，大岛先生都是在公司用药的，他不愿意让她知道自己的病。大岛先生是一个多么自尊的人！吴小莉想到这点，心里更加难受。

只有书房，吴小莉只是从表面上打理了一下，抽屉书橱没有打开来看，她觉得这应该是属于智也接管的范畴，她应该自觉地视为禁地。

没过几天，智也派司机送来了一张大岛先生的遗像，还有吴小莉第一个月的赡养费。

大岛先生的遗像跟夫人的完全一样大小，吴小莉把两张并排摆在了一起。

吴小莉每天早上第一件事就是到香室去点上香。她面对着大岛先生的面容默坐，想起一年来的种种，想到的居然都是他的好、他的情意。想想他其实也是可怜人，母亲跌下楼梯时他在医院里说的那句话"我也是下层出身，你这又何必呢"，自己当时竟没在意。原来他们都是可怜的人。

吴小莉用一年的时间，似乎走完了一生。

1

吴小莉第一次支付完英嫂的工资，就对她说，快过年了，您回家办年吧，我这里人少……

英嫂说，我知道了，太太。英嫂转身就去收拾自己的东西，对于离去看来早有准备。

五千块听起来不少，可是，除了别墅的物业费、水电燃气费，再支付英嫂的工资，五千块就太薄了，她还要剩一点给自己未知的看不到头的余生，以及意外。

吴小莉对母亲说，年底了，爸一个人在家这么久了……

母亲一下子就哭起来，百般难过地说，你让我怎么走得了？你一个人，这么大的房子……

吴小莉看着香室的方向说，不是还有大岛先生在吗？

母亲不再哭，幽幽地说，你这是要把自己活埋呀？

母亲的腔调很低，伴着一声悠长的叹息。"活埋"这个词，让吴小莉愣了一下，然后不得不叹服母亲用词的准确。

她当时签字很果决，但过后又无数次质疑自己的决定。这算是舍不得孩子打不得狼吗？是不是对自己太狠了？她承认接盘这个现状是有点发狠，但她再假设一下不这样，又觉得没有更好的结果。十万元是不足以开启一份有把握的人生的，因为她没有房子，而又不可能再跟父母住在同一屋檐下。那么，继续去做商厦那样的工作？重复父母那样的人生？再一次用赌命的方式去嫁给未知的人？不！那等于前功尽弃。她已经认定，自己的人生是一个不能重来的实验。她不能回头，她丢不起那个脸面，过去的那种生活也仿佛猛兽，在张着大口等待吞噬她。怎么想她都不如停留在当前阶段上，所以，这个不佳的选择，实际上也是别无选择。如果命运厚待她，不带走大岛先生，或者不在大岛先生身后对她如此苛刻，她当然更容易接受它的安排，可是，命运为什么一定要厚待她呢？一个从来不指望有好运的人，接受起厄运来反而有点心安理得，吴小莉就是这样的，她甚至有点"这才对了"的感觉。

她不能承认自己是不甘——她押的是一生，不是一年。她唯一确凿的收获就是父母的房款，难道她就把自己卖了一套房子的钱吗？还是一套拆迁房，不是纯商品房。不能就这样算了，带着十万块离开的话，她简直就是个一场空的笑柄。她就这样给了自己跟命运死磕到底的韧劲儿。

送走英嫂的那天早上，她把门关上，又在关上的门背后靠了几分钟。她看着眼前这座房子里的一切，她的生活，就剩这些了。命运好像早就安排好这个早晨，在这里等她。

这似乎是最后的一扇门关上了。有些门其实在此之前就关上了，只是她不知道。命运好像为你打开了很多扇门，可是你都进不去，只好自己一扇一扇亲手关上。听起来简直是她不可理喻：为你把门关上的毕竟不是命运，而是你自己。是的，命运就是这样地"常有理"，坑了你还让你说不出什么来。

一大朵皇菊在透明的玻璃壶里舒展开来，空谷幽兰似的漂着，那种美，让吴小莉想不到去喝它。她先为大岛先生倒了一杯。壶里有一种安静。她恍了一下，意识到大岛先生已经不在了。

吴小莉像一个剪影站在卧室窗前，把半透明的牛角梳插到头发里，从发根到发梢，不疾不徐地梳下去，然后沉稳地抬起来，再一次插到头发里……一梳一梳，有条不紊。她简直像一个幽灵了！吴小莉自己都能感觉得到。

一进腊月，就望年了。年关年关，年是一关。待要认真过，其实也觉得没意思；但若过得跟平时一样，又觉得差点事儿。尤其今年，若不像样地过年，是不是太凄惨了？连吴小莉都不得不怀疑起来了。

母亲其实也有点沉不住气了，她试探着问吴小莉：要不，让你姐姐姐夫和毛毛都来你这里过年？

说起吴小玲，吴小莉感到从头到脚地凉，大岛先生出事到现在，她只打过一次电话，既没什么安慰，也没什么悲痛的表示，好歹，那也是她吴小莉的丈夫呀！她在电话里绕来绕去，万变不离其宗的就是打探吴小莉：得到了什么遗产？还能不能去日本？吴小莉模糊地给出一个令她失望的回答，从此她就没音信儿了。

吴小莉揣测，吴小玲对大岛先生的去世不仅没有感到悲痛，可能还有点怨恨，怨恨他以自己的死让她一切落了空。若是吴小玲知道她可怜的遗产，一定会说：跟他打官司！夫妻财产是公共的！凭什么你不能分一半！这个念头，吴小莉心里也不是没有闪过，但她知道，自己可能还没探到水有多深就被淹死了，结果是，不仅没得到什么，还把自己的窘况抖了个底朝天，她真丢不起那个人。她想起《红楼梦》里的贾府抄家，真正是内囊尽翻上来了，所以，探春才会为那等不堪而伤心和愤恨。她可不想那样。

但吴小莉是真的想毛毛了。母亲的提议听起来是很不错的，没有一种阴霾是一个活蹦乱跳的孩子驱不散的。可是，这不是她吴小莉一个人的家，她只是寄居在这里，真正的主人是智也，尽管他已经不来了。元旦那天，她曾经暗暗希望他会回来一下，或者只是发个短信，然而，毫无动静。

她是年关，想想他也是年关呀，一年内失去双亲，这个年他怎么过呢？除了这里，他还能有别的家吗？吴小莉想跟他缓和关系，也是真心出于不忍。

又挨了一些天，她终于硬着头皮给他发了条短信：你还好吗？快过年了，回家来住吧，一起过年。发出这条短信，吴小莉觉得脸皮厚了一层，同时力量也加了一分。不管他回不回复，首先她自己做到了，也可以说，战胜了自己。

当天没有回复。她等着，忍着。第二天，她又给他发了一条短信：你想吃什么？我去置办年货。

还是没有回复。她终于忍不住了，冒火发了又一条短信：我丝毫没有对不起你的父亲，你要我怎么样呢？你这样就会好受吗？这条没怎么斟酌的短信里，实际上包含着一点家长的威严，虽然恼火，但到底是家长的情感角度，与她以往的淡远自是不同。

又等了一天，他终于回了一条：我周五晚上回去。

周五中午一过，吴小莉就给智也发短信：晚饭想吃什么？我去买。这是敦请他回来吃晚饭的。过了两三个小时，智也回：吃什么都行。

晚饭是吴小莉和母亲一起做的，母亲掌勺，吴小莉打下手，所以主要是母亲的手艺。上了年纪的人做出来的饭菜，有一种特殊的绵厚的老店味道，似乎那味道是随着年岁一起积淀的。一道是麻婆豆腐，吴小莉也是前不久才从大岛先生那儿了解到，麻婆豆腐居然是日本人称道的中华料理第一名。一道是卤鸭杂，吴小莉喜欢吃鸭杂，日本人是不吃鸭杂的，可是有一次在外面吃饭时，吴小莉发现智也点了一道鸭杂，智也在饮食上比他父亲随和得多。还煲了一只鸡，准备最后把青菜叶丢到鸡汤中烫一下，再调一个料碟，鸡肉和青菜蘸料吃。

智也是六点半多到家的，鸡汤还在灶上咕嘟着，一推开门满屋都是温暖的香气。看得出来，这种家的味道让他的眼睛有点湿润。吴小莉开的门，两个人什么都没说，就是微笑着点了一下头。

智也的举手投足间看起来沉重了许多，有了父亲大岛先生的气质。吴小莉蓦然间感觉到他比自己年长了。他拿出两个信封放在茶几上，说，另一个是给英嫂的。吴小莉心里一热，眼窝也发热了，她没想到智也还肯出英嫂的工资，尽管她已经把英嫂打发走了。她不想在这时候告诉他英嫂已经走了，就招呼他洗手吃饭。

吴小莉母亲以长者的慈爱不停地张罗智也吃，智也似乎从胃到心被软化了。吴小莉略略放松一点，才敢问他，你在哪里住呢？

在公司附近租了间酒店式公寓，上班也方便点。智也说。

还是回家来住吧，反正有司机接送的。吴小莉说。智也未置可否。

吃完饭，吴小莉和母亲收拾碗筷，智也才注意到没见英嫂，他问，英嫂呢？吴小莉说，我让她回去了，以后不用请人了。

智也说，这怎么能行？

吴小莉母亲说，能省就省吧。母亲说话是朴素的，也可以说是直接的，吴小莉是绝不愿意透露出这层意思的。她什么都没有告诉母亲，但她凭本能就感觉到女儿非比从前了。

吴小莉说，我也没什么事，我来做就好。

智也低下头说，这样，我怎么向爸爸交代？

两个人同时唰地流下泪来。吴小莉更加肯定，之前的事情，是田中和小泉在起作用。但已成定局，她也没什么好说的了。

想起去年的这个时候，她正在采买东西，准备跟他的爸爸结婚，而他还不知在哪里，甚至她还不知道有他。而今年此时，却已经是这样了，她更加悲从中来。

平定了一会儿，吴小莉说，反正，我的时间，也是要打发的。

智也坚持说，还是把英嫂叫来吧。为了让他好受点，吴小莉说，明天先打电话看看她有没有找到新的工作吧。

母亲适时又恳切地说了一句，只要你回来住就好了，这点活儿，累不着人的。吴小莉无比感激母亲，在她说过的话里，这是最恰到好处的一句了。

也许是母亲这句话的缘故，这天晚上智也没有走。只要这一次留下，他们的关系就算正常化了。

此后，智也经常回来住了。

小年这天，母亲回家去了，她也要忙年。她在这里待了两个月，陪着女儿度过最难的时候，还成功地帮助女儿化解了危机，自己也可以放心回去了。虽然智也不是每天都回来，但总算吴小莉不是独居了，母亲可以解脱了。

母亲走前，吴小莉说，放心吧，妈，不是还有桑桑陪着我吗？一旁的桑桑赶快摇摇尾巴，表示它在呢。

桑桑的日本狗粮没有了，吴小莉去超市给它买，选的是最一般的，还是不便宜，她心里叹息，连狗的生活质量都要下降了。桑桑一开始是不肯吃的，委屈地哼哼着，可怜巴巴地看着吴小莉。吴小莉摸着它的头哄它，好桑桑，以后我们……她捂住脸，难过得说不下去了。桑桑懂事地舔着她的手，然后就开始一点一点地试着吃了。吴小莉想，这大概就像吃惯了米饭的人突然吃窝头吧？

吴小莉并没有给英嫂打电话。如果她不再请英嫂来，智也还会不会出那份工钱？如果她把英嫂的活干了，这个工钱是不是可以算作她的？这些问题她不是没想过，她不能不想，以后的日子很现实。但这都不是最重要的，最重要的是，她不知道如果闲下来，自己的日子还能怎么过。所以，不管他给不给工钱，她都不会再请英嫂来了。

她记得某本杂志上的一个欧洲寓言，有人死后来到一片乐土，什么都不用做，各种享受应有尽有，终于他厌倦了，要求有一份工作，得到的回答是：这里可以给你一切，唯独不能给你工作。这个人说，太糟糕了，我还不如留在地狱。得到的回答是：你以为你在什么地方呢？寓言后面有个短评说，这则富有幽默感的寓言是在告诉我们：失去工作就等于失去快乐。以前的她觉得这一点幽默感都没有，不过是有钱人的矫情和富贵病而已，现在，她自己也体会到这种富贵病了。

她有点纳闷，自己以前不做这些家务事的时候，时间是怎么过去的呢？也许自己原来的工作就是伺候大岛先生吧？那算无形的劳动，现在则是有形的了。

有大岛先生的时候，吴小莉的日子过得无知无觉。大岛先生走后的这段日子，她每一天都过得那么漫长，每一秒钟都能清醒地意识到，似乎她脑子里面就有一个时钟在咔哒咔哒走。英嫂一走，她自己动了起来，才觉得日子也动起来了，流水一样过得畅快了，那一件一件的事，好像就是流水的波纹，接连不断地延展着，一天又一天。

2

2月11号那一天，吴小莉想让自己忽略那是腊月二十六，却没能忽略掉。父母是习惯用月份牌的，元旦那天父亲就带了一个过来，给她挂到了墙上。她看了看那一天，宜：塑绘　开光　酬神　斋醮　订盟　纳采　裁衣　合帐　拆卸　动土　上梁　安床　安香　造庙　挂匾　会亲友　进人口　出行　修造　纳财　伐木　放水　出火　纳畜　沐浴　安门。几乎诸事皆宜，但都跟她没有关系。忌：造屋　栽种　安葬　作灶。"安葬"这个词，戳中了她的心，大岛先生其实尚未安葬，不是还有她在守着他吗？她觉得是自己正在被安葬，安葬在一种未亡人的生活里。

吴小莉想起去年，她告诉母亲大岛先生确定了这个结婚日期，母亲给她看黄历上写着——忌：诸事不宜。看来，真的不能只把老黄历当"老黄历"的。

关于安葬的问题，吴小莉屡屡揣测，大岛先生是要回日本安葬吗？要葬在夫人身边吗？日本那方面的事，是跟她毫无关系的，她丝毫没有发言权，智也不会跟她商量。可是，她不是办好移民了吗？她居然成了一个从未去过日本的日本侨民！她这辈子，是不指望踏上日本的土地了，这是她的命，也许还因此搭上了大岛先生的命。但她还能再迁回来吗？她觉得自己应该做个正正当当的中国人。可是这些事，她能跟谁去说呢？只能自己胡思乱想。

每天早上，别墅门口会有菜农挑着新鲜的蔬菜来卖，有时吴小莉会去买一点。吴小莉即便去买菜，也要把自己收拾得齐齐整整，她是绝不会穿家居服出门的女人。而且，从她的心理上来说，一向是认定人越落魄越不能邋遢的。

腊月二十九这天，小鹿却突然找来了。吴小莉不想见她，她的荒诞不经尤其不适于在这时候见。可是她已经找来了。

吴小莉怕小鹿敏感到自己不欢迎她，所以，没有请她进门，就在门口解释说，大岛先生去世了，我家里现在……

小鹿说，我知道，你现在是一名小寡妇了。看来，任何对于小鹿敏感的担心，都只是吴小莉自己的敏感而已。

吴小莉怔了一下，然后心里陡然生起一股反感，她说，所以，我现在不方便见客。

今天是情人节。她说。

这是哪儿跟哪儿？这个人怎么如此不可理喻！吴小莉简直想给她吃个闭门羹，但她又做不出来，毕竟她不是那样的人，而且小鹿帮过她。

正在僵持着，小鹿身子一低，从她胳膊底下钻了进来。吴小莉早就领教了她的难以拒绝，但她今天又刷新了自己的纪录。

小鹿进来了，吴小莉只好也跟进来，主客完全颠倒了。小鹿晃着膀子，东看看西看看。吴小莉只好问她，喝茶吗？这一问，小鹿就稳稳进驻了，她当然是说，喝啊。

吴小莉根本没问小鹿喝什么茶，就自行决定了泡红茶，因为红茶只有两泡，不需要久喝。吴小莉用的是玲珑杯，即云嫂所说的飘逸杯，但吴小莉出于暗暗地自尊，从那之后就坚持不称飘逸杯了。玲珑杯这个叫法是师从大岛先生。

吴小莉把茶漏取出来，把盛着红茶的茶杯放到小鹿面前。小鹿说，还真是口渴了。说完就拿起来边吹凉边喝，喝了几口，才发现吴小莉没茶喝，便惊奇地问，你怎么不喝？不由分说就取了一个小茶杯，给吴小莉倒上了。

吴小莉心里惊叫道，有没有搞错？你自己喝过的杯子，就这么……

小鹿说，喝吧，我没有传染病。

真的是拿她没办法。吴小莉说，我要喝就自己泡好了。她把茶漏放入另一个相同大小的陶瓷杯，冲上水。这样倒正好了，两泡完成。

吴小莉疑惑，她是怎么知道大岛先生去世的？但她没问，反正死了人不是什么秘密事。

小鹿又说，我本来想参加他的葬礼……想想又算了，参加别人的葬礼，好像显示某种优越感似的。

看着吴小莉疑惑的目光，她说，我可不想自己作为死人躺在那里，被那些活着的人站着观看，太惨了。

她的身后选择，吴小莉认同，但她只是出于羞怯自尊，而小鹿是把好胜心坚持到了最后时刻。这一点，吴小莉是真心服气，自己一再退败的人生，缺的不就是这种争强好胜的心吗？

其实，在律师来的那天，她数次想起了小鹿，想让她来帮她看看那些日文的法律文书，可她最终又忍住了，她不想让别人看到自己不堪的底牌。但那天，她真的很希望有她来帮帮自己啊，她还记得那种无助和求助的心情。

但是，有些问题，她是可以绕着边儿问她的。吴小莉说，如果我已经办了日本移民，还可以办回来吗？

小鹿反问，为什么要办回来？

吴小莉说，已经没有意义了呀，难道我还有可能去日本吗？

小鹿说，你可以跟我一起去呀！我不是在办日本留学吗？

吴小莉哭笑不得，不想再跟她说下去了。小鹿看懂她的态度，转而说，好，那你把你的护照给我看看吧。

吴小莉拿来了去日本的所有手续。小鹿找到护照看了一下，脱口而出，这不还是中国护照吗？

吴小莉说，大岛先生没有给我办移民？

小鹿说，办没办不知道，肯定是还没办成，你还有没有户口本？

吴小莉说，有，户口还在光华村。

小鹿说，这不就是了吗？如果办成了移民，这边应该要销户的。

吴小莉觉得自己好蠢，脸红到脖子，都不知道怎么抬头去看小鹿了。她从来没有去看过自己的护照，事实上，护照一直在大岛先生手里，办登机手续时才到她手里，之后发生的一切，使她再也无心去看，而且觉得毫无必要了。

小鹿反而很欢快地说，这下好了，我也不去日本留学了。

吴小莉总是跟不上小鹿的跳跃，而且她还沉浸在自己的窘迫里，没有留意她这句话。

小鹿临走时，吴小莉才想起来，问她，你怎么又不去日本留学了？

她说，不想去就不去了呗。还说，像你这么美丽的小寡妇，怎么能不寂寞，我以后会常来陪你的。

吴小莉简直想怒喝：闭嘴！她如此轻佻地议论大岛先生的死，简直让她难以忍受。

小鹿是晚上的飞机，要回家过年。临走她从包里拿出一盒精美的巧克力，放到茶几上说，我走了，总算跟你过了一个情人节，就这样吧，过了年见。然后不等吴小莉回话，就径自往外走，走到门口回头摆了一下手，消失了。

小鹿走后，吴小莉还处在刚才的不悦中难以平复。她思忖道，她居然感觉不到这是多大的冒犯！难道，她看不出她的悲痛？吴小莉进而有点惶悚：也许，自己只是觉得应该悲痛而已？

她也不能不对大岛先生发出怨艾，难道连国籍身份这样的问题，他都认为她没有知情权吗？就算他在办，只是还没办好，去日本时也该让她知道呀！她居然以为自己是在以日本人的身份去日本了，简直是一场令人嗤笑的愚弄！想来真是可气，幸好没有去成。这样一想，她原有的那些悲痛减淡了几分。

3

除夕那天上午，父母和吴小玲一家都来到大岛别墅，这是事先经过智也同意的，似乎他也正有此意，毕竟，他也不想过一个凄楚的春节。

那几天吴小莉格外累，要收拾两个客用卧室，还要采买年货，现在这一切都要她自己来做，也不是出门就有司机了，智也说过有需要就叫司机来，但她谢绝了。她看起来有点憔悴，但心情反而好多了，一是没空难过，二是有一个目标可奔了。

母亲一见面就看出了她的憔悴，但她什么都顾不得，只想好好抱抱毛毛，她太想他了。

母亲和姐姐一来，吴小莉就解脱了，除了当家事顾问，就是跟毛毛和桑桑玩。

吴小玲看起来好像有许多话要对她说，她一进厨房，吴小玲就抓紧时间说，小莉，就算大岛先生走了，你还是日本人，你还是可以去日本的，对吧？

吴小莉说，不可能了，没有他，我去日本干吗？我连日本话都不会说，也不会听。

吴小玲说，你可以学呀，我给毛毛报了一个日语兴趣班，他不是学得蛮好的嘛。

吴小莉再次佩服吴小玲是个行动派。可是，她不能再误导她，她说，姐，毛毛上学是要学英语的，你给她报日语兴趣班干吗？她只能硬着头皮狠着心肠这么说，权当不知道吴小玲的希望，也权当自己没有默许过她的希望。

吴小玲脸色暗下来，无趣地说了一句，学着玩吧，至少看日本动画片有用。

吴小莉真是对吴小玲充满抱歉，觉得她比自己还要失落，损失还要大，她恨不得对她说一声：对不起。

吃饭的时候，吴小莉发现吴小玲对丈夫恭顺多了，龟儿子是绝不会再叫的了，改成毛毛爸。以前是叫什么来着？老公？对，老公。从老公到龟儿子再到毛毛爸，这是一条向好的曲线。吴小莉觉得自己的倒霉挽救了一个家庭，副作用反而不错。

吴小玲终于对吴小莉和日本都失去了兴趣，但她很关心智也什么时候回来，吴小莉说，下午吧。

吴小玲的失望似乎传染了母亲，母亲虽然不说，但吴小莉看得出她的失望，前段时间，她以一个母亲的无私在这里陪伴女儿渡过难关，现在好像回过味来了：女儿白嫁了一个日本人了。

父亲的态度没有什么变化，大概因为他最在意的房款问题已经解决了吧？但是，他和女儿之间也没什么话要讲，毕竟她过的生活对他来说太陌生，以至于他不知从何讲起。他对世界上的大多数东西都是没有发言权的，这就是小民百姓的人生。

姐夫不像几个月前那么沮丧了，这一年的金融危机终于渡过去了，或许他的年终奖不像预期的那么可怜吧？也终于没有一个日本老板的连桥把他比下去了。

最活跃的是毛毛，没有什么能破坏他的好心情，他比桑桑还要快活，而他的快活也是与桑桑有关的。

智也是下午快四点时回来的。全家人心里其实都是在等他，他一回来，大家心里都落了定。彼此都很友好，看起来智也融入她的家庭是一点困难都没有的，她的家人也很放松，比大岛先生在时放松多了。

智也放下带回来的东西就到香室去了。香室吴小莉是每天清洁焚香的。智也很快从香室走出来问吴小莉，有香插吗？吴小莉一边问，要什么样的香插？一边跟着智也进去了。智也指给她看一大盒香，说，这是日本的手工香。他打开一小盒，很珍重地抽出一根给她闻，她闻不出多大奥妙，但认得这种香，就是夫人去世后大岛先生从日本带回来的。她不好意思说，自己已经见识过这种香了，还为他的母亲烧过，这个香插就是上次留下来的。吴小莉已经找出了那个有金鱼在游图案的小小的香插。智也有点惊喜地说，这个香插还是琉璃的。琉璃这个词，一下子让吴小莉想到了《红楼梦》里的"彩虹易散琉璃碎"，也联想到了《红楼梦》里的风流云散。自己呢？从去年到今年，聚散不过如此啊。

吴小玲热切地去翻看智也带回来的东西，显然有点儿失望，就是几盒大福之类的点心。吴小莉知道，她肯定是会失望的，日本的东西都是小处取巧的，而且特别注重手工，一块小小的手工布，一盒小小的手工点心，包装无比精致，一层一层庄重打开的过程，会把人的期望值抬得很高，但显然不能给吴小玲这样的人以轰轰烈烈的满足，她要的是贵重，而不是庄重。

上完香，智也就出来跟桑桑和毛毛玩，有了这样的玩伴，快乐就是很容易的事情了。

过年就是团圆，不能跟至亲团圆，能够跟沾亲带故的人聚在一起，也是一种团圆的温暖，而若是冷冷清清，再怎么样的豪宅也是凄惨的。吴小莉心里很欣慰，总算这个年说得过去了，一大家人围着一大桌好吃好喝的，看春节联欢晚会。虽然大岛先生不在了，智也和她总算还有个家的样子，尤其智也，过年的时候有家回，她尽了心力。她想起去年，自己是作为新娘，跟着大岛先生在度假酒店热热闹闹繁花似锦地度过的。今年，他已经不知道去了哪里，只有遗像在香室里，陪伴他的是他的前夫人，而她跟他们的儿子还有自己一家在他们身旁过节。

　　母亲把麻辣香肠切得像一串铜钱，没有平铺开摆盘，这是吴小莉家过年的习惯。智也对此大感兴趣，吃香肠的热情更高了。

　　男人们一旦开始喝酒，气氛就渐渐高涨。酒是清酒，大岛先生留下来的，酒柜里还有二十几瓶，不知道能享用到什么时候，也不知道享用完了怎么办，吴小莉且不去想那么多。这一年来，吴小莉已经形成一个观念，凡是大岛先生买来的东西，都是上好的。吴小莉父母对智也，差不多是对一个孤儿的怜惜和慈爱。吴小玲对智也则热情得让吴小莉尴尬，但这在大年夜都可以忽略不计。

　　当陈红出来唱《常回家看看》时，智也低下头去，父亲和姐夫赶紧举杯招呼：来，喝酒！气氛一烘托，那些情感的丝丝缕缕就掩盖过去了。

　　毛毛左右手各拿一杯苹果汁，热衷于跟桑桑干杯，其中一杯是替桑桑拿的，碰一下放在桑桑嘴前，假装它喝了。那天小鹿拿来的巧克力，吴小莉送给了毛毛，毛毛要吃，吴小玲正在给他打开，智也忽然从椅子上跳了起来，几乎是扑向这盒巧克力。所有的人都被吓了一跳，智也吼道：狗是不能吃巧克力的，会毒死它的！吴小莉算是见识了什么叫蔫人出豹子，她头一次看见智也这么激动，在他来的第一个晚上，曾经因为一只黑袜子咆哮，但吴小莉只是听见了，没看见。今天见到他狂暴到狰狞的面孔，她蓦然想起了初见大岛先生时的那种不适感，他脸色不好时就会有点像他父亲。

吴小玲说，不是桑桑吃，是毛毛要吃。眼泪在毛毛眼眶里打转，吴小莉赶快安慰地把他搂过来。

智也有点不好意思，但还是说，那也不要当着桑桑的面吃，没准掉到地上的会给它吃到。

吴小莉一家人都不知道狗吃巧克力会中毒这条戒律，因为，人都吃不起巧克力呢，谁会想到去给狗吃！但是看智也认真的样子，他们知道这不会有假。姐夫对吴小玲说，你先给他收起来吧，回家再吃，狗这个东西，说皮实很皮实，说娇气也很娇气，蹊跷着呢。

吴小玲收走了巧克力，智也拉着毛毛的手表示歉意，这事就过去了。吴小莉上楼去拿准备好的红包，要提前给毛毛，安慰一下他。她边下楼边想，要悄悄地给，不能当着智也的面，否则好像暗示他什么似的。在这些方面，吴小莉是比较注意的。她知道吴小玲也是比较注意的，只是方向跟她完全相反。

还差两级台阶下到一楼地面时，门铃突然响了，所有人都转头去看门。最受惊的人当然还是吴小莉。这个时候，会是谁呢？她说，我来。她快速地奔向门去。给刚才的巧克力风波一搞，她脑子里本来就不大安定，这时更增添了一丝恐惧，但又想，一大屋子人在这呢，能怎么样？

她先从猫眼看了一下，表情刹那间凝固了。她对着屋里人说，没事，你们吃。然后打开一条仅容自己身体通过的门缝，闪身出去，又把门在身后关上了。

"小金"站在路灯下惨白的灯光里，脸色涨红，嘴里呼着白气。他上下打量着她，好像要确认她是不是一个全乎人，有没有缺胳膊少腿。

你怎么……来了？吴小莉说。

我终于……找到你了。他说。

两个人相互看着，他胸口还在一起一伏，那慌促的神情，简直令她担心。

他说，我听说了……你还好吗？

他满是担心的眼神，让吴小莉难以承受，眼泪濡湿了她的睫毛。他大年夜跑来，就是为了问问你还好吗？

吴小莉说，我还好。

他说，那就好。

吴小莉说，要不，进来坐坐？

不了。他的脸更红了。

她感觉自己的脸也很烫。

他说，我刚刚了解到，我来，只是为了看看你，看见你，我就放心了。她拼命点头，眼泪又下来了。

说了一声保重，他走了。

吴小莉用手背反复按压着自己脸上潮湿的地方，眨巴几下眼睛，让自己显得自然，才进了屋，对大家交代说，保安过来嘱咐小心火烛。其实已经没有人关心她说什么了，崔永元、赵本山、宋丹丹联手的小品《昨天今天明天》正在进行。

昨天……今天……明天……吴小莉在心里重复着。

那么，他怎么了解到的？他现在怎么样？

4

大年初一上午，田中和小泉来拜年，看见吴小莉一家都在，有点意外的样子，看来智也之前没告诉过他们。吴小莉有一种直觉，他俩一出现，她和智也的关系就变得特别实际。

小泉太太好久不见了，自从大岛先生去世，她就不来了，应当是小泉不让她来了。她和她眼神交接的刹那最复杂，有悲悯，有兔死狐悲，也有为人妇者和未亡人之间的"有与无"的心理分野。

吴小莉有点担心小泉太太和吴小玲穿帮，还好，看起来她们对彼此一无所知。吴小莉这才想起来，自己已经没有日本丈夫了，吴小玲已经没有日本妹夫了，那么，她的"三宅一生"的生意是不是还在做呢？反正她总有办法的，不是还有智也吗？看她讲故事的本领了。她对智也的热情，原来也正应了"没有无缘无故的爱和恨"这句话。

寒暄几句，田中和小泉他们就走了。

吴小莉家人下午也走了。年过完了，各家总还有一些亲戚往来。相约元宵节再来，毛毛最积极响应。智也给了毛毛一个很大的红包，大人孩子都很满意。吴小莉因此也很感激智也，因为这是给她长脸的。

两个人吃过晚饭后，智也说，明天我去上海玩，你要不要一起去？不用说，吴小莉自然是不去的。

吴小莉收拾完厨房，看见智也还在沙发上坐着，好像是在等她的样子。吴小莉解下围裙坐下来，果然智也是要跟她谈谈。

谢谢你，安排的这一切。智也说完一颔首，虽未鞠躬，也是很有诚意。吴小莉红了脸，不适应他这么客气。

智也说，以后桑桑的粮食和香波什么的我来买。吴小莉点点头。桑桑现在吃的平民粮食，想必智也看到了。

智也说，还是请英嫂回来吧，你一个人……我也不常回来……工钱我来出。

吴小莉说，不是钱的问题，用不着。

可是，我回来的时候……有些事也要……

我会为你打理好的。吴小莉说。

智也说，那就尊重你的意见，不过，工钱我还是按月给你，你什么时候想请人了就请。

吴小莉没有推辞，她说，那就先收在我这里吧，现在是用不着的。

至于收在那里算谁的，没有明确。昨天吴小玲说到还请不请人的问题，吴小莉说，智也给钱让我请，我没请。吴小玲说，人可以不请，钱你就该要着！吴小莉说，都是自己人，为自己干的。吴小玲说，省钱就是挣钱，你干了那份事儿，就该拿那份钱。吴小莉这一次觉得吴小玲说得有道理，只是抹不开面子。现在这样暧昧地把钱接下，也好。

幸好吴小玲没问她赡养费问题、供养别墅和日常花销问题，核心的机密，她是死也不会告诉家人的，那是她最后的体面。

年夜睡得晚，都很累，这一晚就早早睡下了。

第二天，智也去了上海。吴小莉这才觉得一个人的日子按部就班地开始了，她好像就在等待这一天。桑桑陪着她，她一点也不寂寞。

以前吴小莉一个人是不喝茶的，喝茶都是大岛先生在家时，喝什么由他决定。现在，她首先就想学会一个人喝茶。桑桑不喝茶，它看着她喝。

正月里食物丰富，每一天，当吴小莉感觉脑满肠肥自我厌弃时，都会求救于茶，来获得胃和大脑的清新。她很注重喝茶的仪式感，如同大岛先生尚在，在看着她喝茶的每一个细节。她一个人喝茶，都绝不会直接用公道杯沾嘴的，而是要从公道杯倒进小茶盅里喝。这样还有一个好处，就是会使喝茶的时间变长。

吴小莉庆幸自己终于有了一件迷恋的事情。每一天，她的直感都在茶里面得到验证，选择什么样的茶，就选择了什么样的心情。阳光、温度、湿度、空气透明度、食物……天时地利，一切生活脉息的总和，使她选择了某种茶，然后，她就一天都待在那种感觉里，一茶定整日。

不仅如此，吴小莉还发现自己会因为某种茶而期盼早晨的来临。她想起小鹿说的，上大学的时候为了能按时起床上课，每天临睡前就把第二天早上要穿的漂亮衣服放在枕边，让衣服唤醒自己。她现在，等于是用茶来唤醒自己了。

除了碧螺春，她喝的茶都是大岛先生留下来的。这些茶喝完之后怎么办？她想过，并且回答自己：再说吧。还有许多普洱，可以喝很久。总会有新的茶到来，或许上乘，或许一般，喝茶也是要随遇而安的。

上午的时间，吴小莉会打扫卫生洗洗涮涮和喝茶。她发现，冰箱和洗衣机的下面侧面后面竟然都是灰絮，那种像游魂一样飘荡的大片的灰絮，显然不是一天两天积聚起来的。她不明白，大岛先生是那么严格要求的一个人，家政又是严格挑选的，家里怎么还会有这样的死角？也许是在他走后才有的？做家政的都很聪明，有大岛先生和没大岛先生的家，卫生标准自然是不一样的。所以，她不用女工是对的，连她们都会觉得她不配吧？她以前是一个看不见死角的人，现在不是了，生活全部是她一个人的了，她决心不允许家里存在任何一个死角——也只有她自己知道，死角在哪里。一个心如明镜般要求家里无死角的女人，是不用担心没事干的了。每天她忙着打扫的时候，桑桑就鞍前马后地陪着她，其实她很大一部分工作是打扫它的毛。当她洒扫庭院完毕，感觉窗明几净，连家里的空气都是清新的，心里就无比舒爽和熨帖。

当整个家都被更新过之后，她就去更新自己，冲一个澡。然后，怀着仪式感泡茶，喝茶。她经常用的是大岛先生从日本带回来的一个蓝砂釉的滤茶杯，杯子是手工做的，上面写着两个字：清欢。她不知道自己是不是因为这两个字才喜欢这个杯子的。

午休时分，她会看一会儿《红楼梦》，这几天重点就是看《红楼梦》里如何过年。她怎么看都觉得曹雪芹是在努着一把劲儿要把热闹年景撑到顶，好吃力，因为，越是要硬撑到顶，就越是怕哪个地方撒了一点气，漏了道清冷的缝儿出来，格外刺眼和扎心。比如贾府的那本账，明明是船底已经漏了，还何必如此虚荣铺张！若是老老实实去补一补船底，年未必就过得寒伧了，日子也还有得救。她悟出来，也许最好的繁华就是不求繁华，最好的过节就是不求过节的样子，气球撑得越大越怕爆的。想到这些，她对于自己财务状况的萎缩就不感到任何不满了，对于眼前的不红不火和不热闹，她也能欣然接受。大岛先生在又能怎么样呢？她不见得更幸福更开心。至于大岛先生的离去，那也是人各有命罢了。

看书的好处是，别人的悲剧究竟是别人的，隔着一层，自己不必太伤神，所以，她每看书必心定，很快就能安然进入午睡。大岛先生走了，她不必追求夜晚的步调一致，就开始培养午睡的习惯。桑桑也有了午睡的习惯，而且一定要偎在她床边。晚上它是睡自己窝的，也许它觉得这是午睡，可以特殊一点儿吧。

午睡起，她就继续喝一点上午的溜茶，午后是不敢泡新茶的，要泡也是泡花茶，以免影响晚上睡眠。然后她就去侍弄院子里的花木。每一片落叶她都要捡起，没得捡了，她就把黄叶摘掉，她看不得落叶和黄叶，觉得有股衰气。看着不顺眼的枝条，她也要剪掉，她不懂园艺，就是跟着感觉走。到了桑桑闹着要出去的时候，她就去遛桑桑。

晚上，她有时看看电视，有时给桑桑洗澡，有时自己泡浴。大岛先生留下来的各种不同的日本浴盐，也成了她对心情的调剂。她坐在浴缸里，因为做了面膜，头颈便拘束不动，水淹到脖子，使她似乎扛着柔软的枷锁一般。但她觉得，毕竟，脑袋以下的身体还是舒服的。

吴小莉还没去想，她此后的生活，就是这几天的无限次重复。至少现在，她是满足的。

5

吴小莉不知道智也是哪天从上海回来又是哪天开始上班的，她也不问，以免危及自尊。如果不是大岛先生，她现在其实也该上班了。一想到上班她心里就缩得紧紧的，好久舒展不开。

智也是初九回家吃晚饭的，看起来状态不错，但也带着狂欢过后的疲倦，晚饭后跟吴小莉说了没几句话就上楼去睡了。

第二天早上，吴小莉早早就起来给智也准备早餐。按照惯例，司机是八点来接他，可是七点半了，吴小莉还不见他起床，他手机调了静音，吴小莉只好上楼去敲敲他的房门。智也含糊地答应着，听得出对床还是恋恋不舍。吴小莉忽然生出一丝同情，唉，就算有钱人，也要早起上班呀。相比之下，她不能不为自己感到一丝带着愧怍的庆幸。虽然她也不睡懒觉，但到底不一样，要不要早起，她是有选择的。事实上，她现在反而到点就起床，毫不困难。但若是不管多累都必须天天早起，那就不一样了。自由，对于她其实是没有用的，她也不希图做一个什么都不干的闲人，她要的，也许只是一点可以早起也可以不早起的余地而已。

智也终于打着哈欠下了楼，她做好的早餐，他只吃了两口，司机就来了，他赶快上楼去换衣服。他之前丢在房间里的衣服，吴小莉都替他洗熨好了。下楼走时他说，衣服以后拿出去洗熨吧。吴小莉说，有什么不满意的地方，你告诉我就好。智也赶紧说，不是不是，很满意，是太辛苦你了。吴小莉说，那倒没关系，我总要有事做。

吴小莉上楼打扫智也的房间。从智也刚刚换下的格子衬衫口袋里，她发现了一张合影，一个女孩和他，背景是著名的东方明珠电视塔。中国女孩还是日本女孩？刚认识的还是以前认识的？他这次，难道是去约会的？可是她明明记得他还问过她去不去的，那么，是礼节性的问？是知道她不会去才问？她把照片放了回去，衣服也没洗。

隔了两天智也回来时，交给吴小莉一张洗衣卡，说，我充了两千在卡里，打上面的电话，洗衣店负责取和送。吴小莉接了卡，打算只用于干洗真皮和羊毛的衣服。智也同时还带给她一盒红茶，是上海一个茶作坊的出品。可见他是个细心人，发现她已经习惯喝茶了。

智也走后，她发现格子衬衫口袋里的照片没有了，才拿下去洗了。

吴小莉看不出智也对于她这位继母有什么看法，也许就是放心的得体的管家？这个放心也是由不放心演化过来的。她和智也，心照不宣地建立了这样的生活秩序：她负担别墅花销，以及他回来住时的生活费，他出桑桑的生活费，以及请一份工人的钱。当然，他有时候也带东西回来，比如茶叶，可能也是客户送的吧。至于五千元的赡养费，吴小莉是当作大岛先生给的。

吴小莉的生活遵循了正月初确立的规律。她当然是有条件也有理由懒散的，但她天生不是这样的人，慵懒与撒娇，似乎不在她的基因里面。越是没有必须去做的事情以及必须去赶的时间，她越是要给自己的生活立个规矩，给自己一个节奏。生活的张力很重要，否则，将漫漶成一片，整个人的状态都拎不起来了。

有一天智也带回来一盒大樱桃——他叫车厘子，吴小莉觉得太好吃了，吃了一颗就想吃下一颗，吃到一半实在不好意思吃下去了，赶快放进了冰箱，没准智也下次回来还要吃呢。她去超市时，特意到进口水果区看了看车厘子的价格，五十八元一斤！惊得她简直要飞起。回到家她一颗都不吃了。偏偏智也看到她爱吃，又买回来一盒，她就一天天看着，直到快要放不住了才抓紧吃。仿佛她跟樱桃在死磕：看我能不能在你变坏前最后一分钟吃掉你！智也说，吃东西要趁最好的时候。她不好意思地微笑点头，知道是被他看破了。她还想起了大岛先生的品质论，这一点大岛父子是相同的。

有时她从智也身上认出大岛先生的某种特质，会感到可亲，难道，这就是她对大岛先生的感情吗？

偶尔，她也会想起那个会脸红的年轻人，不过，更多是出于对他年夜来访的疑惑。她很想跟他长谈一次，问个明白，然而，她又知道，她和他是不可能长谈的，也许是脸红阻止了长谈？她甚至想起他来都会脸红。

正月底的一天早上，她去小区门口的早市买菜。拉开钱包拉链的刹那，她眼前好像闪过一个身影，她心里动了一下，又觉得是不可能的。付完钱，她再次去寻找那个身影，不见了。她一边往小区里面走，一边还是四处打量，就在进门的一瞬间，她呆住了，迎面就是他，穿着小区的保安服。

两个人都脸红了，脸红好像一直以来都是他们打招呼的一种方式。

吴小莉不相信地看着他，说，你……

他不好意思地笑笑说，我来这里工作了。吴小莉说不出更多的话，他正在工作时间内。她看了看他的胸牌：程一帆。这是她第一次知道他的名字。

吴小莉拎着菜篮子走了，心里有无数个问号在沸腾。

那两天，吴小莉都魂不守舍。从饮水机接水时，水眼看要溢了，她赶快去关电源开关，关完却发现，出水口还在流水……她醒悟过来，着急手抖地去按出水龙头，水流停止了，但台面上已经汪了一摊水。

她首先想到，他上班时间是不宜讲话的——她商厦时期留下的心理创伤，还是条件反射一般存在着，好像关节炎一样，一遇阴天下雨就会发作。想到这一点，她更是百感交集，毕竟，她跟他之间的转折，就是由此造成的。小区门口那里太暴露，不是说话的地方。那么，他下班之后会在哪里呢？

她留意着，为了观察他下班的时间和去向，她更久地在院子里侍弄着花木，那些可留可不留的枝叶，都给她除掉了。

终于她发现了，他是下午四点下班，去了小区西北角的一个地方。她也去了那里。她自责这样跟踪太可羞了，但她顾忌不得了，她太想知道了。

别墅群和西北角之间，有大片的草地，这实际上也是一片空地，大岛先生曾经说过，名义上规划为绿化用地，实际上可能是开发商圈地用的。空地的西北角——也是整个小区的西北角，有一个扎着篱笆墙的小院落，他就进了这个小院。这个小院的存在吴小莉知道，篱笆墙上夏天开着牵牛花，也是一景。但是，吴小莉从未走近去看过这个小院，大概整个小区的居民都很少走近过。待他去上班之后，吴小莉走近了这里。透过篱笆墙，她能看见里面的景象，院子里停着园丁的小推车，还有散落的工具；篱笆边是几小畦青菜；院子的最后面，有一排很小的扣板房，方便随时拆掉的那种，看来是员工宿舍了，他就住在这里面。阔大的草地把这个小小的区域跟别墅住户们隔开，不注意看，甚至发现不了这里有人住。

一个女人从一间板房里面走出来，端着一个黄色的大塑料盆。她看着女人拿出一个蓝色塑料凳和一个白色洗衣板，又拎出一个红色塑料桶，坐下来，开始搓洗衣服。她认得，那是他的女人，肚子已经平了。

她又借着遛桑桑观察了几天。他们住在一间板房里，妻子看来是负责给住在这里的保安和园丁们做饭的。他们的店不开了吗？孩子呢？为什么不带孩子来？才几个月大，还不该断奶的。

她继续观察他上下班的路线以及途经之处的地貌。终于，她确定离小院不远的一棵大榕树下比较合适，榕树的气根如帘子一般，正好可以遮蔽视线。

那天三点四十，她就在那片草地边遛桑桑，然后，自然地站到了榕树后面。当他快走近时，她让自己的身影迎着他的方向露出一点，出现在他的视野里。他加快了脚步。

他们都站到了榕树的后面，极快地对视了一下，便不好意思再看对方。

为什么来干这份事？她问。

因为，你在这里。他说。

她惊讶于他的坦白，顾不得脸红，先问出了自己最疑惑的：孩子呢？

你都知道了？他看着她问。她艰难地点点头。

留给爷爷奶奶了，他说。没有解释爷爷奶奶指谁。在人屋檐下……他又说。这相当于解释了。

有什么事，一定要跟我说。他嘱咐道。

嗯。她忍着泪点头。

她为他心酸，胜过为自己心酸。"因为，你在这里"……她相信他不是为了跟她怎样，因为，他的女人也来了。那么，他只是为了在这里守着她吗？那又何必，有什么用呢？

如果，他是为了跟她怎样呢？她又会怎样？不，不可能的，她更不想。命运已经这样了……就这样吧。

她萎顿混乱了好几天，自己苦心经营的生活秩序打破了，喝茶也不能使她平静下来。她没头没绪地做着家务，她把自己和大岛先生的衣物倒来倒去，其实还不到换季的时候。要不要把大岛先生的东西收起来或处理了？她几度踌躇。

她偶然间发现了焚香的作用。她每天早起到香室燃香，然后不再打扫，而是默坐很久，一直坐到内心安宁。只是闻香默坐，她内心就能得到安息。

她把大岛先生从云南的一个古镇带回的尼泊尔手工佛音钵放在茶几上，这个钵是纯铜的，刻有六字真言。出世的心离她尚且辽远，但它也可以当作冥想颂钵使用的。她只是用它做了香炉，在里面点上日本香，那神秘又清远的香气，似乎使她得到了沉淀几百年的镇静与暗示。她久久地看着烟气扶摇直上，这种单调也能赋予她定力。

最后，她把大岛先生的衣服和她的衣服分开在衣橱摆放了。她的心里重新有了改观后的秩序。

自觉不自觉地，她会在约摸他下班的时间到院子里做点什么，望一望他的身影。但也只是望一望而已。

她去小区门口买菜，也会看见他。有一次她买了一兜红薯，他坚持给她送到家。帮助业主，这是很自然的，无须避人。但她不敢请他进屋坐，当她在门口接过那兜红薯时，不小心碰到了他的手，她看见两个人的手都红了。从此她好久不去买菜，去了也不敢多买，生怕他又会帮她送回家。

她惦记的人就在眼前，她还想怎样呢？……在眼前又怎样？还是隔着天河。她心里老是这么倒来倒去，翻了煳、煳了翻地折腾。

揣着怦怦直跳的心，守着近在咫尺的人，然而，一切都是徒然。她有时感到莫名地恐惧，万一发生点什么……她是不能承担这种危险的，她输不起。有时又觉得绝望：这样折磨人的局面，何时是个头？这种时候，她就去梳头，反反复复地梳头，仿佛头发梳透了，心里就疏通了。

她劝慰自己，也许她和他，就是望一望的缘分吧，就像织女和牛郎只是鹊桥相会的缘分，所以，她不能要的更多。

6

小鹿打电话来，说要来看她，并给她送一种刚刚从老家带回的橘子。吴小莉说，你人来就行了，橘子就不用带了。小鹿说，我带的这种橘子，比肉都贵呢，保证你没吃过。橘子比肉贵？小鹿的话，吴小莉反正就是姑且一听。她对她还是既怕见，又想见。这次之所以想见，是因为小鹿是唯一了解并能够跟她谈论那个秘密的人。

小鹿来了，老远就咋咋呼呼地叫她快接她。她搬了一个泡沫箱，还抱着一大束特别醒目的黄玫瑰。

吴小莉赶快接过泡沫箱，出乎意料地坠手，她惊呼：这么重！小鹿说，所以，你知道它的不一样了吧？这个品种叫红美人，你尝尝就知道了。

吴小莉拿了一个在手，简直像拿着一只橘红水球，一剥，皮薄馅大筋络少，再一吃，每一瓣都像纯净的橘子罐头。

吃完一个橘子，吴小莉忙着找花瓶来插花。小鹿说，黄玫瑰的花语是什么，你知道吗？不待吴小莉回答，她又说，是已逝的爱、为爱道歉，这是指送给前任的话。要是送给朋友，说明对方在你心里是很重要的。要是送给自己，代表着期待爱情来临。你想要哪个意思？

吴小莉不知如何作答。想要什么，这对她是一个多余的问题；能要什么，这才是她的问题。她避开小鹿的话锋说，我其实不是那么喜欢黄玫瑰。

小鹿说，不美吗？吴小莉说，就是因为太美了，所以不喜欢。

小鹿摇头，但又说，这很符合你。她看着院子里正在开放的金银花说，你就是忍冬花。吴小莉说，那不是金银花吗？小鹿说，金银花就是忍冬花。吴小莉说，那为什么还要叫忍冬花？生分得我都不知道是什么了。

小鹿说，用在你身上，就要叫忍冬花。你知道忍冬花的花语是什么吗？吴小莉说，我哪像你，知道那么多花语星座什么的。

小鹿说，忍冬花的花语，就是全心全意爱你。它是一蒂二花，这并蒂的姐妹花叫金花和银花，成双成对，形影不离。我不喜欢这个花，但我喜欢这个花语。

小鹿看见她茶几上的香钵盂，又瞅了瞅香室的方向说，你这怎么跟尼姑庵似的，只差敲着木鱼诵经了。

吴小莉说，我现在不就该过这样的生活吗？我是在家出家的居士，只求安度残年啦。

小鹿说，你才多大！算上这个新年，也不过二十四岁。吴小莉说，反正比你大两岁。小鹿叫道，我比你大两岁好不好！吴小莉吃惊地看着小鹿。小鹿说，你想想看嘛，我大学毕业不就得二十二岁了，这都毕业几年了！吴小莉着实惊讶了，以前说过两人差两岁，她就本能地以为自己比小鹿大两岁，从来没算过。她说，那就是你心理年龄比我小，小两岁都不止。

小鹿说，心理年龄，不定谁比谁小呢，你只是穿衣服比我成熟。

突然间，吴小莉抓起两只橘子冲了出去。小鹿从未见到吴小莉如此失常过，便跟到门口去看。只见吴小莉出了院子，向一个前行的男人追去，男人猛回头，小鹿认出来了，是他，小金。吴小莉把两只橘子塞到他手里，掉头就往回走。

他为什么会在这里？小鹿迎面问。

吴小莉微微有点出汗，红着脸说，他来……当保安了。

是你让他来的？小鹿的口气好像有点不那么客气。

吴小莉更加窘迫地辩解，怎么可能！

你们俩，到底要怎么样？

真的没有什么，他只是来工作，他夫人也来了，他们已经离开了在锦里开店的那个人家，孩子也留给那家了。吴小莉认真地解释说。

看看你刚才……还说没什么！小鹿依旧有点不高兴。

我们来喝茶吧。吴小莉赶快转移话题。她打开了智也从上海带回的私房红茶，首先闻到的是浓郁的花果香，原来是一种英式下午茶。她选择了用玻璃壶来煮红茶，这样她就可以忙碌一阵而不必跟小鹿说话，借机平定一下方才的窘态。

小鹿盯住一个景德镇的喷砂的白色渐变咖啡色的杯子说，我看到这个杯子就想喝咖啡，我喜欢这种有颗粒感的色调。

吴小莉说，这确实是一个咖啡杯。

小鹿突然有点不耐烦地说，咖啡杯和茶杯又有什么区别呢？反正就是一个容器。

吴小莉想了想说，总之，你不会用紫砂杯去喝咖啡吧？

为什么不会？小鹿近乎急躁地问。

吴小莉觉得小鹿有点莫名地挑衅。她避开她的锋芒说，我根本不会去问为什么，这就是咱们俩的区别。

小鹿不管不顾地说，那还有鸳鸯奶茶呢，你说该用什么杯子？

吴小莉老实回答，我没喝过，不知道。

小鹿又发问，红茶和绿茶搭配是什么味道？

吴小莉有点招架不住了，简直想问她，你是来吵架的吗？但她按捺着说，没试过，不知道。

小鹿继续穷追猛打，为什么不试？

吴小莉有点带气地说，有些事，不必试，想一下就知道结果。

小鹿终于不再迎头硬上，略微缓和了一下说，应该是……哪个茶味力道大，哪个就占上风，另一个只有屈从，就像掰手腕，看谁压过谁，人和人的关系……其实也是一样。

俩人难堪地沉默着。还是小鹿先开了口，你为什么不问我怎么知道大岛去世的？

小鹿的口气还是有点咄咄逼人，吴小莉也没好气地说，我为什么要问？你想说自然会说。她本来一直意识到自己是主人，在压制着情绪，现在终于给小鹿带到了沟里。

小鹿说，我跟你说过，去日本时告诉我，你没告诉！她的声音有点颤抖，吴小莉吃了一惊。她继续说，但是我赶上了，我来你家里，知道你刚刚去机场，我追到了机场，看到你和他的背影，已经过了安检，我在那里看着……她几乎要哽咽了，吴小莉被吓慌，抱歉地说，你为什么不喊我呢？小鹿说，我为什么要喊你？既然你不想见我！吴小莉想问，那你追到机场是干吗的？但她知道这时候不能拨火儿，她把手放到小鹿肩上以示安慰。小鹿的泪珠子却骨碌一下滚了下来。

吴小莉又慌张又尴尬，不知怎么办好。小鹿说，我看见了，你跟着担架小跑……我想去帮你，没赶上，担架和你，很快就消失了……

吴小莉定定地看着她，眼泪也下来了。小鹿握住她的手，依旧哽咽地说，其实，我很心疼。

吴小莉止住了流泪，注意力都转移到怎样自然地把手抽出来。

这时候，智也回来了。吴小莉赶紧站起来为他俩做介绍，幸好两人现在泪痕已干。

三个人随便地聊了几句，智也一来，小鹿就显得正常多了。吴小莉请智也品尝小鹿带来的红美人。

小鹿说，红美人这个品种，其实来自日本。智也马上会意，咕噜出一句日语，小鹿说，对，就是，在日本是那么叫。

原来红美人来自日本。可是，使她吃到它的，却不是自己的日本丈夫，而是一个中国女人小鹿。吴小莉内心喑哑地想道。

等智也吃完一只橘子，小鹿就站起来告辞。

智也送到屋门口，吴小莉送到院门口。小鹿突兀地说，也许，我要考虑结婚了。说完掉头而去，全不顾吴小莉一头雾水。反正，她也习惯了她的没头没脑，一会儿说要留学，一会儿说要结婚，大脑随时抽筋。

吴小莉进屋，智也问，这个疯疯癫癫的女孩子是干什么的？吴小莉说，我也不知道，好像没有正式工作吧。她不太高兴智也这么说。

智也上楼前说了一句：女孩子之间，送什么花！

吴小莉进厨房做饭去了，没再理会这句话。

7

小鹿消失了，看来真的是结婚去了。当她存在于自己的生活中时，吴小莉还对她的热情过分不太受用，有时故意对她矜持；一旦她消失，她又觉得生活缺少了一小块。她活得浮面，小心规避一切可能的触动，不与任何人交心，除了小鹿，她再无其他私交了。不过她会适应的，正如她适应了一切缺失。

春去夏来，时间对于吴小莉好像已经失去了意义。现在她连娘家都很少回了，因为这里坐公交车不方便。每天的日子就像成为直线的心电图，唯一的波动就是远远地看见程一帆时。但是她也满足了。

他的女人也时不时到小区门口的早市买菜，每次都要买很多，应当是为她主理的工友伙房买的。不管她买多少，他都不会帮她送回家。他当然是要避嫌的，上班时间不能干私活。吴小莉想。

吴小莉再回想一下，好像女人出现的时候，他没有出现过。是因为自己吗？想到这点，吴小莉心里顿时有点微小的满足。

有一天买菜时，吴小莉突然发现，女人的肚子好像鼓了起来，她的心被尖利地刺了一下。

那段时间，吴小莉报复性地天天买菜，而且要显得很重的样子，为的就是让他送回家。

她心里难受。自然是他使她鼓起来的，就在离她很近的地方……

她为什么这时候才想到，织女和牛郎是有孩子的，还是一儿一女，他们没那么可怜。

夜里她睡不着，所以白天她戒茶了，只煮一点花茶。不喝茶还是挡不住失眠，正如她难受也挡不住生活的脚步。她一天天熬着，对他怨恨着。

她透过篱笆墙看着女人大着肚子依然忙碌一切，有时头发散乱，一遍遍徒劳地往耳后捋。她问自己，她愿意过这样的日子吗？

这个问题让她为难了好几天。如果是他，她愿意；如果是别人，她不愿意。——她最后得出了这样的结论。反正也是没有用的，已经不可能是他。

夜里，吴小莉渐渐想开了。女人的肚子能不鼓起来吗？她想要人家怎么样呢？她抚摸着自己的肚子……她自觉地住了手，用双臂紧紧地抱住自己，好像紧紧地抱住自己的怨恨，蜷缩成胎儿的样子，睡着了。

她心里最烦乱也不过如此了。

像她这样的女人，什么都可以有，就是不能有欲望。幸运的是，她遇到的是大岛先生，性只是一种忍受，反而使她成功地与欲望绝缘了。野猫发情的叫声令她憎恶。它们其实不仅仅是所谓发春了，而是在寒冷的冬天也会叫，仿佛欲望是它们身体里的火炉，炙烤着它们，使它们日夜地叫，穷凶极恶地叫，利爪挖心一般地叫，高一声低一声变着花样地叫，分不清是快感还是惨烈地叫。那叫声甚至使她走火入魔地联想起父母孕育自己的过程，愈加感到受不了。她对猫的厌恶让母亲觉得反常，暗暗地归因于她守寡的缘故。

她的身体从未被唤醒过，从未得到过欢愉，实际上还是一片未被开垦的处女地。欲望既然未被开发，自然就不会给人折磨。她就如同西方宗教画中的女人体，虽丰满白皙，但没有欲望，是过滤掉了欲望的洁本，是净化了的圣女体。那似乎喷着热烈鼻息的蓬勃芜杂的人体，才会让人心里长草，但她是厌恶地屏蔽了的，绝对做到了非礼勿视。

吴小莉自己尚未意识到，没有欲望提升了她的人生安全指数。

吴小莉发现自己对于杀虫剂产生了一种神经质的依赖。夏天，卫生间和厨房里经常有一种小飞虫，行动能力很差，但很容易繁衍出许多——当然，也很容易死去。这种小虫子的名字大岛先生告诉过她，她记不住了，但她记得他说，它的生命只有一天，早上生，晚上死。就是只有一天的生命，它也想好好活过呀，可还是给她杀死了。她看见它们飞就会喷药，一喷就战果显著。消灭掉某种在你眼前添堵的东西，真的很爽。她有时甚至为了这种爽而手持喷药罐在空气中寻找着它们，找到了就生出一丝兴奋，迫不及待地按下喷头。

母亲来时，看见她这样容不得几只小飞虫，就会摇头，又当她是守寡的缘故。她知道母亲把她的很多行为都看成怪癖，然后又归结为守寡的缘故，但她根本不放在心上。她怎么看母亲，母亲难道会理解和在意吗？所以，都一样的，随便吧。

秋天到了，卫生间的地漏附近偶尔会出现细长的甲虫，甲壳很硬，拖鞋底都打不死，逃跑的姿势看起来很凶猛。对于这种虫子，喷药是不起作用的,这让她颇有点受挫。她研究着怎么对付它,终于,它发现了粘鼠板的用处。它那么坚硬那么凶猛,可是,那软软的粘胶,就足以克化了它的全部神勇。其实她从前对于这种虫子是怕的,会让外公或父亲来打,但是现在,没有人可求助的时候,她反而不怕了,反而有了拿下它的欲望。

有天上午,她在栾树干上发现了一只正在脱壳的蝉,她就一直站在那里,看着它背部的壳竖着裂开,身体一点点挣扎到壳外,嫩黄的身子在阳光下渐渐变黑⋯⋯

在看什么?突然有一个声音从栅栏墙外传来。

她吓了一跳,急忙转头循声去看,是他。她脸红到脖子,指着树上的蝉说,在看它。

他显然是看不清那只蝉的,只是微笑。她没有让他进院子,只是告诉他,是蝉,在脱壳。

他说,好,那你好好看。他头一次对她说话就像对小孩子一样,说完自己先脸红了。吴小莉看了他一眼,就不好意思再看第二眼。他走了,她又望着他的背影出神。他突然回了一下头,她脸红着转头进了屋。

对世界,她觉得自己越来越僵硬和苍白,唯独对他,还是会柔软和脸红。为什么认定这个人?或许就因为,那样的脸红和心跳,这辈子再也不会有了?毫无疑问,没有一个异性曾经那么深沉地走进过她的内心。他从来不是那种一纯到底的少男,但他的青涩,他的内向,使他如同雾中森林,让人一旦走进去就再难走出来。最帅的帅就是不知道自己帅,恰是他的混沌温醇,使爱他的人更加欲罢不能。生活的磨损似乎并未减损他的魅力,如同盗版影碟一点不影响金城武的魅力。相反,他的寒素,使他散发出一种类似于公子落难的令人心疼的气息。

她从来没有让他进过院子,她莫名地害怕那么做。她是不能有任何差池的，她牢记着大岛先生的契约，尽管智也可能根本不在意，她也要慎独。自尊也不允许她有任何闪失。也许智也巴不得她快发生点什么吧？那样他就好让她走了。所以，她愈发不能留下任何把柄。

她总是提防着发生点什么，但连发生点什么的担心，都会使她怦怦心跳。所以，她对自己愈发看管严厉。

这大概是秋天最后一只蝉了吧？它好像是新生，但从地底下钻出来就需要三年，算起来也不小了。想想那地底下钻三年的过程，吴小莉自己都感到眼前发黑。这样地艰难，也值得敬畏呀。

就从那天起，她再没有了灭虫子的热情，偶尔有小虫飞进来，她会望着出神，一直望到眼前空冥一片。她觉得自己其实并没有那么了解自己。

吴小莉父母家搬了新房子，面积是原来的一倍半还多，但家当还是那些旧家当，就像父母的旧面孔。她觉得还是有一种寒伧在硌着她，那是她一直在努力逃避的。家里装修时没再向她递话，想必知道她是今非昔比了？母亲说，你姐家出了两万块，你姐夫当上储蓄所所长了。吴小莉听着，觉得母亲是在替吴小玲表功和炫耀似的。她心里想，房款这个大头儿，还不是大岛先生拿的吗？转而，她又为自己的小心眼而不舒服。怎么一碰上吴小玲，格局就变得这么小呢？

有了独属于自己的生活空间，吴小莉就愈发不愿意回娘家了。也许她对于家人的排斥，就是对自己的排斥吧？她希望新生活给她一个新的自己。

吴小莉的厨艺，其实还停留在初中阶段，父母回到成都定居以后，她就不再做饭了。为了智也，她要重新钻研。她用了智也拿回来的不粘锅，发现锅底照样会粘，她就去看说明书，哦，是要热锅凉油中小火，果然就没有问题了。她发现老的荷兰豆在炒的过程中会鼓胀起来，饱满油亮，好像要炸开似的，然而不知什么时候又悄没声儿地瘪了下去，很奇妙。她发现土豆切成厚片，放到烤箱里烤，也会鼓胀起来，等烤成金黄色，有的就特别像元宝，有的则像小孩儿的枕头。但是吃起来有一点麻口，她试了一下跟番茄一起煮，就完全没有麻口的问题了，而且出奇美味，可以直接当主食，因为大岛先生说过，土豆不是菜，是主食。

她每天按照大岛先生的教导，科学地喂养着自己。吃水果是必修课，不多吃，但必吃。早上喝酸奶，晚上喝牛奶。

成都的阳光难得，吴小莉一定不会让它浪费，据说别墅区不让在房子外面晾晒衣物，否则是没素质的表现，好吧，她在一楼廊檐下，在二楼阳台上，在三楼露台上，总可以了吧？沐浴了阳光洗礼的被子收进来时，她会情不自禁地贴上去闻，有暄腾腾的阳光的味道，她还为那种味道想象了颜色：小麦色或焦糖色。有一天智也自己把被子收进来时，皱着鼻子说，这晒出来的，是螨虫尸体的味道吧？她捂着嘴笑，问，那你以后还要不要晒？智也说，晒。她和智也，似乎也可以开开玩笑了。

她曾经听大岛先生说，传统的德国人每天都要换洗白床单，而且要拿铁熨斗熨烫到干干爽爽平平展展。她当时听了也只是笑笑，这些事那时是由英嫂来干的，不用她管。现在她自己接管了，居然换洗床单上了瘾，但她不是熨烫，是暴晒，只要阳光好她就会洗了晒。而且，每换一条床单，都是换了一种观感和心情，她觉得新鲜和舒服。

只要把细节放大，每个人都会发现自己很忙的。要保持一种窗明几净的生活，也是要付出心力的。何况，她还要养桑桑，除了每天在家伺候它吃喝拉撒洗澡，还要定期带它去宠物店剪指甲剪头发等等。她就这样把自己充实了起来。

智也大概是怕她寂寞，给她带回一套《澡堂老板家的女人》碟片，她开始看不进去，节奏太慢了，慢得像日常生活一样。后来却看上了瘾，似乎自己也成了澡堂老板家的一个女人。她跟她们热热闹闹地生活在一起，完全是一家人似的，她有时开口说话，都担心会有刚刚看到的哪位女角的腔调顺嘴出来。母亲的偶然来访，会使她感觉受打扰，好像有人闯入了她和她们的家，她盼着母亲快走，好使她关上家门跟她们重聚。

活着不就是一件需要耐心的事情吗？不就像韩剧一样漫长吗？明明知道几十年之后必定是死，还要一天天一月月一年年地活，慢慢地靠近死，这不需要耐心吗？

她很惭愧，好像在大岛先生去世后自己才觉得：生活开始了。尽管她不愿意向自己承认这种感觉。偶尔，在摆早点时，她猛回头，会恍然看见大岛先生正从卧室或卫生间走出来。走出来，是为了提醒她，他才是这个家的主人吗？她的心情会有短暂地沉落，但很快又会回弹。毕竟，他不再是一个真实的存在了。她要用很多次地练习，来确认这一点。但时间终会解决一切。

8

第二年初春，程一帆的孩子在小区西北角的小院里出生了，她是从院子里晾晒的五彩旗一般的尿布来判断的。他们说，这叫千禧宝宝。

她第一次见到这个孩子，就是在那棵大榕树下，女人带孩子出来晒太阳。这也是她第一次跟这个女人说话和认识。

孩子长得很像爸爸。她说。

你认识孩子的爸爸？女人问。

认识。她说。

她握住孩子的小手，似乎是与孩子爸爸的第一次接触，脸不由得就红了。他和她，还从未握过手，只有那次为了一兜红薯而不小心碰到了。

女人告诉她，孩子叫程诚。她说，那我就叫你程诚妈妈吧。

终于，吴小莉对这一家人都不再介怀。她继续沉潜于自己的人生，就像小孩学着拿筷子、扣纽扣、系鞋带一样，一点一点学会一个人的美好。

她努力所费不多地给自己的生活增添新内容，比如烘焙。从做出来是歪瓜裂枣，到端正大方，再到华美高级，她用了半年的时间。做烘焙的好处是不必烟熏火燎浓油赤酱，比较干净从容，而且，交给烤箱就好，她只要把握好时间和火候。

智也不常回来，她一个人毕竟吃不了多少，而烤出来的面包蛋糕曲奇等，一旦最好的时间过了，看着就令人沮丧。为了保证它们在"最好的年华"献给最爱的人，她就去送给父母享用，父母有时又会转送给姐姐。这样，仿佛让家人都有了高品质的享受，她心里舒爽而有成就感。

那个秋天的早晨，当她把一盘蛋挞从烤箱里端出来时，看着那一排排松软的金黄，不由得就想有人分享。她已经注意到了，每天上午九点多钟，那个女人会推着孩子来到那棵大榕树边晒太阳。她几次都想去送一些点心给她，又终究没有，因为她知道，她要送的对象不是她，是他们。这个早晨，她终于不再犹豫。

程诚妈妈，尝尝我刚烤出来的蛋挞吧。隔着几步远她说。

女人很意外地从石凳上站起来，受宠若惊地表示着感谢。她说，我喜欢做，一个人又吃不了那么多，有人帮我分担，我也高兴呢。

童车里的孩子长得很像他，开心地啃着蛋挞。她怜爱地、小心地擦着他下巴上的蛋浆。

女人已经生了两个孩子，却还是那么瘦。她知道吴小莉作为大岛太太的故事，却不知道之前的。

从那之后，她就隔三差五地送去糕点，有时还会给孩子带件衣服或玩具，她说，都是买了送人又没用得上的。

这样几次之后，孩子的妈妈几乎感激涕零地说，您看，您又给孩子送吃的，又给孩子送玩的，您要是不嫌弃的话，就让孩子拜您干妈吧。

她觉得自己的悲悯伤害了他，女人的感激和讨好更伤害了他。但她还是成了孩子的干妈，女人见到她就会对孩子干妈长干妈短地说。

有次在小区买完菜之后，他走上前说，我帮你送回家吧。她说，不用，不多。他说，鸡蛋不好拿，我还是帮你吧。他把菜接过来时，两人的手又碰上了，又都脸红了。

路上，他说，其实……你不用那样……

哪样？她说。看着他窘迫的神情，她立马明白了。她带着一点挑衅的神色说，不行吗？我是孩子的干妈。这是她对他从未有过的一种态度。他低下头去，避开她的目光。

她强硬地问，那你为什么要在这里？为了赎罪吗？还是为了让我愧疚？都没必要！

他说，这是我自己的事，你不用觉得……再说，我在这里待遇还好，解决了一家人的问题。

她从他手里一把拿过那袋鸡蛋走了，有鸡蛋被她猛烈的动作弄破了，她也全然不顾。

那段时间，她不再去那棵榕树下，遛桑桑时她也故意避开那个地方。

她也丧失了烘焙的热情，再美好的事，也抵不过重复地消磨。

智也又从日本带回来一些香，她每天点一样，感受它们的不同，好像也是感受被不同香味点染的每一天的不同。谁说一成不变呢？总是有一点变的吧？

日常点香对于她是形式大于内容，更像是一个仪式，或一种心情的提示。秋雨绵绵的日子，点香才是她内心的迫切需要，用以驱散阴气和晦暗。她看着烟气纤细的缭绕之态，想起与大岛先生第一次见面时，自己对茶馆里的工艺流水喷雾的迷恋。当香燃尽时，最后一缕烟总是显得特别，她想起初中时课外读物上的一首诗：《相信未来》，里面有一句：当灰烬的余烟叹息着贫困的悲哀。她从未考虑过要不要相信未来的问题，这也不是相信就能解决的事儿，她记住这首诗，很大程度上是因为这个诗人的名字。为什么会有人叫食指这个名字？她至今纳闷。

有一天早上她去点香，因为连续下雨的缘故，香受潮了，她按了几次打火机，看起来还是没有点着。她烦了。算了，点不着算了。可是，几分钟后，她喂完桑桑回来，闻到香气，打眼一看，红红的香火头正好，她突然间释然了。就在一刹那间，一个疙瘩神秘地自己解开了自己，她觉得自己活着的热情又死灰复燃了。

她听说，珍珠就是病态形成的，蚌的身体里进了沙子，只好分泌出一种东西来包住沙子，好保护自己，久而久之，就形成了珍珠。她觉得自己也是蚌病成珠一样地适应了当前的状况。这样活着，凭的不就是耐心吗？她劝慰着自己。

初冬的一天，女人却抱着程诚敲开了吴小莉的家门。她说，怎么多久不见你了？程诚总是往你家这个方向指，想你呢。

她让母子俩进来。桑桑和程诚见了无比开心，一个摇尾巴，一个又搂又抱，孩子已经能站了，跟桑桑差不多高，看起来他是更想桑桑吧？

从此吴小莉又恢复了烘焙的热情，她觉得自己对程诚的宠爱已经超过了毛毛。当她看着程诚开始迈出第一步，简直比他的妈妈还要高兴。孩子刚刚开始学话，就会叫：单妈。他的妈妈说，你听，他会叫干妈了，这个"干"字还发不好，以后会好的。吴小莉则觉得，她可不就是"单"妈吗？孩子叫得没错。桑桑的音实在太难发了，但是程诚还十分想叫，于是就叫成：央央。

吴小莉的母亲有时一个人来，有时和吴小玲一起来，吴小玲看起来对她是越来越不羡慕了。

母亲有次说，大岛先生过世这么久了，你也该找个人了，我找人算了算，年头也对……

吴小莉截住母亲的话说，妈，您不用操心啦，我的结婚年只能有一个，过了就是过了。

吴小玲插嘴说，看不出来，你对大岛先生的感情还蛮深的嘛。吴小莉不理她。

母亲说，一个人过，总是……吴小莉打断母亲说，像你们那样过，就好啦？我看你也没少跟爸拌嘴。她说"你们"，实际上是把吴小玲也捎带进去了。

吴小玲不知是没听出来还是装憨，反而也跟着劝说，一个人，总归不是那么回事吧？

吴小莉说，我不是过得很好吗？要啥有啥。

她说完马上就想到了吴小玲在心里说什么：要男人没男人！

母亲和吴小玲走了之后，她一会儿是想，能有个人拌嘴，那也是好的呀，像她，想拌嘴都找不到一个人。一会儿又想，就当是换了个原生家庭独身了吧，反正我也没亏什么。好久之后她又反驳自己：可是你也没赚到什么呀！又是好久之后，她郑重地回答自己：你赚到了，所有不必像母亲那样过的，都是你赚到的；所有吴小玲眼巴巴而你已经拥有的，都是你赚到的。

过了几个月，母亲又改了主意，对吴小莉说，你要么找个工作，要么找个对象吧。吴小莉反问，那我干吗要结这个婚？

母亲一定是担心她越来越古怪。她的强迫症确实愈发严重了，母亲有一次来看她，目睹她出门时一遍一遍把钥匙和手机刚刚放进包里马上又打开翻找确认。她看得见母亲异样的眼神，不愿意让母亲觉得她不对头，可是，她又老担心自己没带钥匙和手机，这种担心是如此折磨她，使她不再一次确证就放不下。一般来说，古怪的人是不会觉得自己古怪的，否则他们也就不古怪了。可是，吴小莉能清楚地知道自己的古怪，她把自己当作一个旁观者，目睹着自己的古怪还会暗自发笑。有时候她看着什么都不顺眼，包括自己。一只软虫子被她碾死了，已经用卫生纸包走了，可厌恶感依旧挥之不去，她就会像跟谁赌气一般。她一个人吃饭，只听得见自己的咀嚼声，如果没有什么转移注意力，咀嚼声就会在头颅里发生共鸣，像在山洞里滚动的石头，令她厌恶。她有时慢下来吃，有时厌恶到干脆不吃了。当然，最好的办法还是去打开电视机，把音量开到很大，久而久之，她就习惯了在吃饭时看电视。当智也回来时，她也忍不住去开电视，即便他用异样的眼光看她，她也顾不得了。

母亲讷讷半天，说，有些事，也不是人说了算的，谁能想到……一个女人，总是要有个家有个孩子。吴小莉心里说，我要是有个家有个孩子，就没有现在这一切了。

她对母亲说，我现在不是过得挺好的嘛，没病没灾，不愁吃不愁喝，除了痛经，我再没有什么痛苦的事儿了。提到痛经，她想起了吴小玲的话：光结婚还不行，要生个孩子才会好。这可真是自己打脸了，幸好当时吴小玲不在。

母亲和吴小玲都旁敲侧击地问过，大岛先生给她留下什么，她不说，她们就以为是很大的数额，吴小玲甚至酸溜溜地说，放心，我们不沾你的光。她宁愿让她们那样以为，都不愿说出真相。

吴小玲的坏脑筋总是转得快，有次还问她，智也结婚了吗？你俩年纪差不多哟。

她说，不知道，跟我没关系。凡是她说不知道的，吴小玲几乎都认为她是知道不说。但她是真的不知道，智也每年总要回几次日本，回去干什么？她完全不知道。

小区的有线电视能收看到台湾的节目，她最爱看的是相亲类。说起前男友前女友，嘉宾们个个坦白得匪夷所思。居然有人会到电视上谈自己的私情，她都替他们难为情。尽管难为情，她还是爱看。她想，也许因为他们是台湾人，而不是大陆人吧？

母亲说，她不该把大岛先生的遗物保留着，那会压住她。这可能是母亲为她的古怪找到的又一理由。好吧，她把它们一次性全部处理掉了。她也觉得该做个了结了，自己没有什么对不起他的。

怎么把流水的日子度过去？这是吴小莉的问题。重点是要度得自然成立，让父母和姐姐觉得不勉强，不是在硬撑，免得他们多话。至于她自己，原本并不需要被谁理解。

吴小莉把大岛先生办的俱乐部卡给了吴小玲，吴小玲来看她时偶尔顺便去做一做美容足疗或按摩。或许，这也成了她来此的动力？对于生活的不竭的欲望，使吴小玲乐于接受一切馈赠。吴小莉似乎一直是在活成姐姐的反面。

吴小莉有时会感慨，谁不想被生活温柔以待？可有几个人做到了呢？所以，她一定要小心翼翼，没有欲望的人才是强大的。但是，她又觉得自己整个就是生活在一个巨大的欲望里，她的欲望就是要体面地活着。不体面的人生是不值得过的，活着的体面比活着本身更重要——吴小莉坚决认为。

吴小莉还有一个匪夷所思的心理安慰，即，她所倾心的人也是无性的，比如，黛玉、妙玉、晴雯。在读过无数遍《红楼梦》之后，她开始读《红楼梦》的衍生作品，一些点评和续作等。好在有源源不断的这类文字令她消费。这些文字大同小异，但凡有一点不同和新的收获，她都感到满足了。反正，她就是要把时间的空白填充起来而已。

9

吴小莉的时间是一年一年重复的，几乎没有什么可以标志，甚至以年来计算都没有什么意义了。程诚的成长，从此就成了吴小莉度量时间的刻度表。他会走了。他会说话了……

程诚喜欢喝珍珠奶茶，吴小莉就学着做珍珠。珍珠的音比较难发，她知道台湾是叫波波的，就教他叫波波，然后他就管整个珍珠奶茶叫波波了。珍珠是用木薯粉做的，大超市有现成的木薯粉卖，工序也不复杂，不过，一粒粒要搓得小小的，尤其怕程诚这样的小小孩儿卡到喉咙，要搓得格外小，每次她都搓得手掌发热和酸痛，有时甚至手都要痉挛了。但是，看到那一粒粒小精灵一般的珍珠一股脑地被程诚吸到小嘴里去，表情显露出对顺滑 Q 弹的大大满足，她都觉得值了。有时她也让母亲或姐姐带回去一些给毛毛，毛毛已经上小学了，比大人还忙，她很少见到他。

程诚三岁多了，终于会叫干妈了，不再叫"单妈"。有时候他妈妈有事出去，会把他托付在吴小莉这里。他也天然地把吴小莉这里当成自己的第二个家，跟自己的家是一样地喜欢，似乎感觉不到任何差异。到底是孩子！吴小莉心里很不是滋味儿地感叹。

程一帆第一次进吴小莉的家，就是来接程诚。女人还没回来，孩子已经待了半天时间，她怕太打扰吴小莉了，叫他来接。他在栅栏外喊，程诚。吴小莉听见，走到院子里说，进来呀。他踟蹰了一下，终于进来了。

吴小莉坚决不让他换鞋子，说家里都不换的，其实她就穿着软底的拖鞋。在推让着换不换拖鞋时，吴小莉出汗了，脸自然也红了。她抬起头，很近地看见他的脸，也红着。虽然年长了一点，虽然当了爸爸，他还是像个男孩子。

吴小莉能看出他站在客厅里的局促，毕竟，他不是孩子，不会感觉不到差异。吴小莉让他坐，他不坐，只说，程诚，我们走吧，谢谢干妈。

孩子还不想走。他继续站着，打量着房子，说，真大。吴小莉抱歉似的说，其实没必要。他说，你一个人也不用害怕，你这里的一切，我都会留意。吴小莉一下子眼圈红了。

女人回家后，看见他和孩子还没回家，也过这边来了。他抱起孩子往外走。女人说着感谢的话，孩子说着干妈再见，一家人出了院子。

吴小莉站在廊檐下，看着一家三口从她的开满蔷薇的栅栏墙外走过，一面絮絮地说着什么。确定是不是亲密的，也许不是情话，而是琐碎的无意义的絮语。她惆怅地想到，自己和大岛先生之间，是既没有情话，也没有絮语。

她看见女人在他身后矮下身子，跟孩子躲猫猫，孩子在爸爸肩头扭着身子，兴奋地尖叫和咯咯大笑。

她心里突然感到被什么东西击中的钝痛，这个女人不是她！她永远与这样的体验无关。她回头看看自己又空又大的别墅，感到的是自卑甚至耻辱。那份实实在在的日子的滋味，那种寻常百姓真实的苦与乐，她是体会不到了，就这么漂浮在半空里活着。她把自己连根带土拔起来了，却不知往哪里栽，于是只好自己拎着自己了。

自然，她也可以选择去过这样的日子，可是，没有一个同甘共苦的人，没有一份和什么人共命的感觉，做什么都是没有目标的。

夜晚的别墅一片死寂，她听见散步的中年男人手机里在唱着《我是一只小小鸟》：

有时候我觉得自己像一只小小鸟

想要飞　却怎么样也飞不高

也许有一天我栖上了枝头　却成为猎人的目标

我飞上了青天　才发现自己从此无依无靠

每次到了夜深人静的时候我总是睡不着

我怀疑是不是只有我的明天没有变得更好

未来会怎样　究竟有谁会知道

幸福是否只是一种传说　我永远都找不到

……

我寻寻觅觅　寻寻觅觅　一个温暖的怀抱

这样的要求算不算太高

　　这歌词她是熟悉的，因为熟悉，所以并不在意。然而这个夜晚听来，却感到钻心地难受。而且她是没有出口、无从释放的，她不敢对他说，哪怕只是发一个短信。她不敢冒这样的险，一旦开了头，就无法收拾的。

　　那几天她的耳朵里老是响着这首歌，尤其是这句歌词：我寻寻觅觅，寻寻觅觅，一个温暖的怀抱，这样的要求算不算太高？歌声好像变成一只虫子，钻进她的脑子里去了，钻得她脑仁生疼。这声音越驱赶越顽固，她烦躁得简直想撞墙，她从未有过如此抓狂的时候。实在受不了，她只好去华西医院看耳鼻喉科，医生检查后说，耳朵没有任何生理性病变，是神经问题，在医学上有一个专有名词，叫"耳虫"，严谨的说法是"不自觉的音乐幻想"，症状之一就是大脑会自动循环一句歌词，如果近来在单曲循环某首歌，其中某句就会成为你的"耳虫"。吴小莉说，我并没有重复听哪首歌。医生说，困扰的情绪和事件，也会把某句歌词绑定在你的大脑里，成为"耳虫"。吴小莉不由得脸红了。医生说，试试跟人聊天，分散注意力，看看能不能赶走"耳虫"。吴小莉没吭声。医生大概看出她是一个不爱聊天的人，又说，那就试试嚼口香糖吧，能起到一定的抑制作用，不过，经常嚼口香糖，可能会使咬肌变大。吴小莉才顾不得什么咬肌大小呢，她只要驱走那只"耳虫"。几乎从来不吃口香糖的她，那几天嘎吱嘎吱地嚼着口香糖，直到带着桑桑在路上迎面碰上程一帆。他惊讶地看着她，她那种神经质地咀嚼口香糖的样子太陌生了！她在错愕中停止了咀嚼，一刹那间，那歌声也从她脑子里消失了，好像留声机关了。这也算解铃还须系铃人吗？

有一次父母一起来看她，父亲突然说了一句，谁活着容易呀？屎壳郎为一个粪球也要忙活半天呢。她听了暗自心惊，父亲当是看到了她的消极灰心，尽管她努力不表现出来。这句话，就是父母说不出被什么盘剥着的一生的最好开释吗？

好长一段时间，吴小莉就在活着为了什么这个问题上打转。父母那样的人生，也值得过吗？可是，像她现在这样漂浮地活着，就值得吗？一度她以为，活着，是为了值得。可是，怎么算值得呢？她又答不上来了。最终，她只好如此作结：算了，不想了，不着急去想了，以后有的是时间，反正没事可干，都可以用来思考人生了，足够。

深秋的一天，吴小莉突然接到一个陌生电话，对方发觉她听不出自己声音，就自报家门说，我是小鹿。可是，她一点都不觉得那是小鹿，那个声音非常沙哑，完全不是她所熟悉的小鹿嘴里会发出来的一种声音。她说，你真的是小鹿吗？对方有点不耐烦地说，你还住在别墅吗？要给你寄点东西。她说，在是在的，不过你不用……对方挂了。

吴小莉习惯通过声音来想象一个人的嘴巴。人的嘴型和声音往往是匹配的，有时她已经见过一个人的样子，脑子里还是会顽固地保留着通过声音想象的那张嘴的形状，以至于觉得所见之人不真实。这一次，她无法通过声音想象出小鹿现在的样子了，所以，只能怀疑那个声音。

三天之后，她收到了一个顺丰快递，地址不详，只写着浙江宁波，手机号是小鹿打来时那个，可是，吴小莉已经通过114查过了，这手机号是上海的。她打开来，是一箱比肉还贵的红美人橘子。

她给那个手机号发了一条短信：红美人收到了，以后别寄了，邮寄费太高，我心疼。

她只收到两个字的回复：废话。这下她确认那就是小鹿了。那么，她的嗓子为什么那么沙哑？是因为家庭太操劳吗？她有孩子了吗？如果能见到小鹿的孩子，她不知道会有多喜欢呢。

这箱红美人的包装已经够周到的了，每两个之间都有纸板相隔，可还是破了两个。就连破的，她都小心地切去开裂处，其余一点不浪费地吃掉了。就因为，这是小鹿寄来的。除了程诚，她没再给任何人品尝。

成都的落叶总不是那么彻底的，尽管秋已深了，可还是有叶子在凋零着。吴小莉每天都在打扫，她不明白怎么会有那么多叶子可落，它们在树上并不觉得有那么多呀。可是，任叶落许多，别墅还是罩在暗影里的感觉，也许因为日光太惨淡吧？深秋的日光经常是这样半阴半阳的。

吴小莉打扫完树叶，直起腰看着这座宅邸，突然记起大岛先生曾经在她的手心里写"侘寂之美"的"侘"字，现在，她自己也变成侘寂的一部分了，只是不觉得美。

秋风硬了，扫荡得人六神无主，没着没落。若论对人心理的杀伤力，秋风真是比冬天的北风还严酷几分的。也许秋天就是会把一种秋意充分暗示给人吧，你对它越有感应，它越是会像递刀子一样地。吴小莉突然怀念起小鹿，不是因为那箱红美人，而是因为她带来的那股活力。如果说快乐是一种能力，小鹿就是最高能的那种人，有她在的日子，怎么都不会寂寞的，可是，自己以前总是拒斥她。从前嫌她聒噪，现在，她是一个字都不肯跟她多说了。

小鹿以自己的消失让吴小莉明白了：她并不总是在那里的。而自己以前的不当回事，无非因为她总是现成地存在着，这道光来得太容易了。

程诚上幼儿园了，很少再来玩。孩子在长大，父母在变老，只有她，连变老似乎都嫌慢，她希望岁月过得快一点，自己现在已经是老了，一生快要过完了。

据说人之所以会得雪盲症，不是因为白，而是因为空无一物的单调。吴小莉现在体会到了，那些空白无事的日子，她简直要得"雪盲症"。然而，她又不敢有事。

小区里安装网络，智也让她安装上，以后可以上网解闷，她婉言谢绝了。她还是小心不去打扰自己，安心地把大岛太太这一生过完吧。她仿佛看见自己的身影在一条通往天边的高堤上走着，无论阴晴圆缺，她都只能这么走着。

连桑桑都嫌寂寞，老想出去，可是她一出去，就会觉得别人都在生活，只有她不是，这使她愈发不愿意接近"正常人"。也许，真正的生活早就结束了。那现在是什么？她给自己的答案是：一种模拟生活。不是她在生活，是别人借她在生活，她只是那个人的傀儡，或者说那个人是她的傀儡。她的生活是虚的，一推就倒，但只要不推，就永远不会倒。要推它，除非有只外来的手，她自己是不太可能的。还有一种情况，就是迫不得已，她巴不得有种迫不得已的情况发生。

桑桑的毛掉得厉害，她买了一个滚筒式的粘毛器。滚筒上的胶纸一层层剥离，好似日子在一片片被揭下来。每次用完一卷胶纸，她就怀着极大的成就感去换下一卷，好像日子过完了就是一种成就。清除狗毛时，她看着手底的粘毛器滚来滚去，就像看着某一种命运，会看得双眼发直。

吃得少，买菜也少了。有次她在小区门口买菜时，程一帆走近来，关切地看着她说，没事多出来买买菜，每天买，吃新鲜的。她苍白的脸上泛起了一层红晕，她是羞于自己被人看透了，而那个人又是他。当然，除了他，谁还会去看她活得怎么样呢？更不用说看透。但好在，还有他。

因为靠得近，她突然看见，他头顶上已经生出了白发。她简直有点惊悚。但也就在那一刻，她意识到，他已经从男孩变成男人了，只是因为他容易脸红，使她感觉还是从前的样子。

她果然按他说的，早上买菜勤了，现买现吃，吃最新鲜的，她的心情似乎也新鲜了起来。她有时会在门口看见他，有时看不见，他不是每天早上都上班。即便看不见，她的心里也是生动的，因为，今天看不到就意味着明天会看到。

几个月后，吴小莉早上梳头时，赫然看见自己头顶有几根白发，应该不是刚生出来的。她居然有一种欣喜，一种与他同步了的骄傲。

总是在她摇摇欲坠时，他的关切及时抵达，使她再打起精神往前走一阵子。其实不过是一个眼神一两句话的事儿，然而就使她有了精神。

但是，过一段时间，吴小莉又会反复，陷入习惯性地走神。她剪豌豆角时，剪着剪着就把豆角扔掉，蒂蔓留下来了。她用手剥瓜子时，剥着剥着就把瓜子壳留下，瓜子仁扔掉了。

吴小莉把瓜子仁留给程诚吃。她看着程诚吧嗒吧嗒吃瓜子的小嘴儿，会想到他爸爸小时候的样子，父子俩实在太像了，只是程诚不像爸爸那么忧郁。

智也从日本带回一个扫地机器人，脸盆大小的一个圆饼子，自己到处转着扫灰，没电了就自己去寻找充电座。吴小莉仔细观察着它如何寻找充电座。即便远一点，在不同的房间里，它要感应到充电座在哪儿原来也不难。难的是调适方向，充电座前方是一个小半圆的缺口，机器人的方向必须直对着充电座，才能完美地与这个小半圆吻合，如果方向偏了，就不能完全吻合，它会退回去，再来一次，如此反复好几次，直到完全吻合，充电指示灯才会亮，充电开始。距离并不重要，重要的是寻找对方向。吴小莉若有所思。

冬天到了，人对于温暖的需求大大增强，智也打电话回来说想吃火锅。吴小莉早早把电火锅找出来，把鲫鱼煮上了。鲫鱼是不吃的，刺难剔，但鲫鱼汤鲜美，做火锅汤底最好了，大岛父子都喜欢，这也是他们传下来的做法，还有日本带来的调料包。吴小莉把火锅调到低档，就去准备鱼丸肉片海带青菜等等。智也回来她是欢迎的，欢迎他常回来打扰她，但他一直保持着平均每周两次的频率。也许正因如此，她才那么欢迎他吧？人和人之间，是有一个"熟臭"的规律的。一切准备完毕，她回来看看火锅里的鲫鱼怎样了，却发现毫无动静。她马上反应过来，忘记打开电源开关了，指示灯根本没亮。她赶快打开来，调到最大档，智也快回来了呀，鲫鱼是要炖到鱼骨直接能捞起才好的。

智也回来了，她说，稍等一下，就好。智也把带回的脏衣服放到洗衣房，就带着桑桑上楼去换衣服了。智也回来的重要目的就是换洗衣服，他的酒店式公寓看来没有很大的衣橱。智也回来的另一个目的就是看桑桑。他对桑桑的感情显然胜过她的。

智也下楼到厨房，吴小莉正在拿餐具。筷子笼有两个，一个专放筷子，一个放刀叉勺等。吴小莉伸手去抓勺子，智也叫了起来：哎！吴小莉疑惑地看着他，智也指着刀叉勺笼说，你就这么一把抓呀！吴小莉顺着他的视线，看见了水果刀。她什么时候把水果刀放到了这里面呢？刚想到这里，手指一阵刺痛，她倒抽一口凉气，抬起手，血已经挂在手指上。智也责备地说，你干吗这么魂不守舍的！是的，她是魂不守舍，甚至她的痛觉都魂不守舍了，慢了几拍才传导过来。

吃完火锅，吴小莉去洗碗，智也说，我来吧，你这样还能洗碗吗？吴小莉说，不要紧，我用了防水的创可贴。

等她洗完碗出来，智也还在客厅里，好像在等她的样子，电视机已经被他关了。她不自在起来。智也站起来说，坐一会儿吧。

她在他对面坐下来，准备换一块创可贴，智也开口了，他说，要么，你再考虑一下，你还这么年轻……

她猛抬头，坚决地说，不用，我这样很好！

智也无言了。他是不希望她守寡的，这不人道，也妨碍他的生活。然而，他又没有让她走后又继续供养她的道理。他希望她自己觉悟。曾经他以为，也许等她熬不住了就会走。但是，这个女人真顽强真顶打，看不出任何熬不住的端倪。他只好从长计议，久而久之，这里倒成了他不折不扣的家。他对这个继母的感情是复杂的，其中包含着无可奈何。

他看着她包完新的创可贴，说，以后小心点儿。他被打败似的站起来上了楼。

经过这件事之后，吴小莉的魂魄似乎又聚拢来了，好几个月没有再犯走神的毛病。

春去夏来，在吴小莉的印象中都像画片翻过去一样，留不下太多感触。多雨的时节，别墅是树影密密，青苔森森，她心里也是如此。地上的青苔她不管，但她看不得一点阶痕，总是不停地刷啊刷。在这不断重复的动作中，她分身出一个旁观者，看着自己的变态。毫无疑问，没有人目睹这个神经质地刷台阶刷石板路刷……不停地刷刷刷的女人，会不认为她变态。

有次她去理发，在理发店卫生间里，看着无数的她层层叠叠由远及近地在镜子里盯着自己，不禁怔住，心里发毛，她发现自己很怕与镜子里的自己对视。从此，她避免再去这个卫生间。

10

吴小莉不会伤春，却总是逃不过悲秋，仿佛一种季节性的情绪绑架。她不记得自己从前是如何度过秋天的，没有印象，就说明无知无觉没啥毛病。自从独守别墅之后，她的秋天总是难过，秋风一起，似乎天地间都凉了空了，她的心里也空空落落的。她不至于像林黛玉那样见月伤心对花流泪，但看到那些翻飞的黄叶，她会觉得像纸钱一样，她恨不得在天地间扯一张大网接住它们，好让自己眼不见为净。她打扫落叶时，想到了黛玉葬花，那何尝不是虚妄的，埋了还不是腐烂成泥？只是眼见不到它们被腌臜而已，不过哄了哄眼睛，又怎么骗得过自己的心呢？她现在觉得，心是最难糊弄的。

怎么留意到已经几天没见到程一帆一家三口的，吴小莉已经不记得了。当她意识到并刻意去寻找时，发现他消失了，她想去问问程诚妈妈，发现她也消失了。她开始时不好意思去问其他的门卫，最后终于忍不住问了，一个小门卫告诉他，程班长好像请假了。她豁出脸皮又问，为什么请假呢？小门卫摇头说，不知道。两天、三天、四天，她快疯了！

她这才意识到，如果没有他在这里，自己是撑不下去的。就算看不见他，她也知道他在，她已经习惯了他的存在。

她绝望地去找手机，她脑子里萦绕着他的手机号码。她发现手机已经没电了，至于什么时候没电的，她同样没留意，她很少用手机。充电，等待，开机，出现的第一条短信是：家中老人去世，我回老家几天。

她把手机贴在胸前，凶猛流泪，以至于啜泣。他为什么不给她打电话说呢？这样她就不至于错过了。也未必，她不是关机几天自己都不知道吗？他身边有人，也许不方便打电话吧？再说，他和她，总是不习惯说话的。

就在那几天，小鹿打来了电话，问，还在别墅吗？她回答，在。然后，她急急地问，你在哪里？小鹿挂了电话。小鹿的声音还是那么不可思议地沙哑，她想问问她怎么了，可是她不给她机会。

第三天，她又收到了顺丰快递来的红美人。包装越加精致了，需要一层层打开。打开泡沫箱，橘子上面是一层花型镂空的泡沫纸，衬着饱和的橘色，清新可喜；揭开泡沫纸，一个个饱满的橘子各自待在花型的窝里，只露出胖脑袋，齐刷刷地看着吴小莉；再把它们小窝的墙拿掉一截，丰腴的橘子就露出了金身，圆胖胖的，列队整齐，仿佛一张张卡通娃娃的脸，在与吴小莉对视。吴小莉看着这些可爱的橘子，突然蹲下来，掩面泪流不止，泪水从指缝里流出来，滴答滴答落到橘子上。桑桑坐在她面前看着她，也吧嗒吧嗒流泪。

她流着泪给小鹿发短信，不再说心疼邮费的话了，说的是：收到，谢谢。本来还有一句：有空来看看我。但她写完又删了。凭什么要小鹿来看自己，而不是自己去看她呢？你以为你是谁？

几天以后，程一帆回来了，带程诚来看她。孩子和桑桑一见就彼此兴奋，冲到院子里跑来跑去。一俟她和他单独待在客厅，她的泪就再也忍不住了。她说不出话，也不敢说话，一开口肯定要失态的。她没法告诉他，她那几天受到的折磨。他不知道原委，但是看她满脸的泪，伸出手，似乎想替她擦眼泪。伸到一半，又无所适从地收了回去。他站起来，说，别难过了。然后，顿了顿，走了。他走得很是时候，他若再不走，她不能保证自己会不会倒在他的怀里。她听见他在院子里对孩子说，爸爸先回去了，你跟干妈再玩一会儿。

日子又如常地过下去，吴小莉还是时不时地回到恍惚游移的状态里。不被什么事情占据的时候，她一不小心就走神，但只要智也一回来，她就不再走神了，好像一个敬业的员工投入了工作状态。手里拿着东西的时候，她也不那么容易走神，这样她就有事没事地让自己拿着点什么，比如书或者电视遥控器，当然，更多的时候，她是抚摸着桑桑的头。

一度，她迷上了做针线活，简直上了瘾。专注于一件具体的事情，人就有了寄托。她觉得沉迷于什么的感觉真好，没有杂念，没有困扰。她几乎把家里能缝的东西都拿来缝了一个遍，比如，把旧的枕套缝在新的枕套里面，这样多了一层保护，枕芯就不容易变黄。同时，还有一种废物利用的喜悦。就连智也的旧鞋垫，她都细密地缝补如新。

有一次母亲来，看见她在给一只厨房里用的旧袖套换松紧带，就要拿过来替她缝，她其实是不愿意的，但母亲坚持，她就交到了母亲手上。还差几针就完了的时候，线怎么都不够了，母亲一面重穿针线，一面说，唉，小莉，你就是个巴结命，打小给你缝东西，就老是差一点线不够。吴小莉怔住，看着母亲说，你以前怎么没跟我说过呢？母亲自知失言，讷讷地说，我就是随口这么一说，你的命好着呢，比我们都好。吴小莉不再言语，但似乎听得见自己心里的冷笑。她赌气再也不缝东西了。

吴小莉又回到了熟悉的荒芜里。她对自己感觉越来越陌生，陌生到快要认不出自己了，她觉得这样也好，终于不再试图去辨认。她好像流落到了异乡，连对于周围一切人和事物的感觉都陌异了，除了他。

有时母亲来，她都好像面对一个陌生人，也许那是母亲看她的眼光的反射吧？她用母亲的眼光打量着自己：从表情到内心，都寡寡的。她知道，那种感觉只能用寡来形容。独自出神的时候，她的眼睛在无声而执拗地透出一个字：寡。寡妇的寡。她心里的孤寂的声音，似乎都能被人听见了。

她对自己的生活继续秉持旁观的态度，并带有事不关己的冷静。如果大岛先生走后的生活不是这样，又该是怎样一副样子？她想不出来，或者不愿想。生活是抽空好还是用苦难填满好？自己的活法是积极还是消极？……没有比思考活着这回事更累人的了。反正她是漂着活的人，水流到哪里她漂到哪里，无所谓了。

别墅的日月太长了，有人说，洞中几日，人间千年，吴小莉觉得是倒过来，别墅千年，人间几日。她常常过得都不知道是哪一年了。

2008年，举国欢腾迎奥运，小区里到处悬挂着五环旗，吴小莉的情绪也颇受感染。但她个人这一年的大事是：桑桑死了。桑桑十岁，也就意味着大岛先生走了十年。对于桑桑的死，吴小莉满心无法驱除的自责，她觉得是自己疼钱贻误了桑桑的病情。它开始出现恹恹不振的状况时，她以为它跟自己一样是秋天征候。还有一个她羞于承认的原因，狗狗看病是很花钱的，她拿不准要不要跟智也说。也许应该她来花这个钱？……要么，等等看，实在需要去宠物医院时再跟智也说吧。也许就是在她延宕之间，桑桑错过了最好的治疗时间。

智也回来，直接把桑桑接走了。桑桑上车时还在看着她，眼里的意思似乎是：你不上来吗？但是智也没说让她一起去，她想桑桑也许需要住院，她第二天再去看它吧，现在去的话，智也还要让司机送她回来，反而是添麻烦。可是，没等到第二天，当天夜里桑桑就走了。天亮时，智也打电话告诉她这个消息，她哭出了声。

当天中午，智也带回了桑桑的骨灰盒。吴小莉想起了十年前，大岛先生离开家，也是十几个小时后智也抱了骨灰盒回来的。她颤抖着，没有力气和勇气去接那个盒子。智也把它放进了香室，在大岛先生旁边。她匍匐在打坐地垫上，哭到几乎要昏厥过去。智也担心她，打电话把她母亲叫来了。

司机把母亲接来，智也就准备走了，走前嘱咐吴小莉给桑桑上香。母亲对于桑桑摆放在大岛先生旁边甚觉不妥，她说，不就是一条狗吗？智也说，您知道《忠犬八公的故事》吗？那就是秋田犬，它不是一般的狗，它是亲人。说完就走了。

吴小莉哭得更厉害了，母亲仍然不解地说，不就是一条狗吗？吴小莉哭着说，妈，求您别这么说了。母亲不悦地说，我和你爸死了，你怕是都不会哭得这么厉害。

吴小莉生气地说，这是两回事。她生气归生气，哭却是止住了。她没法告诉母亲，是她疼钱害死了桑桑。她料到母亲会说，狗的寿命是有限的。她固然知道桑桑的寿命也不算短了，但总觉得它应该还可以多活几年，如果得到及时治疗的话。

程诚已经是小学生了，只有周末会来看桑桑。当他下个周末一来就唤桑桑时，吴小莉眼圈红了，说不出话来。母亲代她开了口：桑桑死了。程诚仰面大哭起来，简直比她还伤心。她真羡慕，孩子可以这样直抒胸臆地哭。

桑桑走了之后，程诚也来得少了。作业确实太多，而且，他长大了一些，知道区分亲疏了。

智也问吴小莉要不要再养一条狗，她说不养了。她是怕了，受不了再一次生离死别了。还有，她不好意思跟智也说，她就那点钱，养不起一条狗了。物价在涨，工资在涨，她的赡养费一直没变。

鞋子总是不如衣服耐穿，大岛先生在时吴小莉买的几双鞋多是尖头细跟的，在他走后就穿得少了，她常穿的是那双坡跟的，舒服，适合买菜散步。现在，这双坡跟鞋终于坏了，外表看不出来，但大脚趾的位置内层牛皮老化，老把袜子磨破。这正应了那句话，鞋子合不合适，只有脚知道。毕竟外表看不出毛病，扔了可惜，她不舍得；待要修补，近处又找不到修鞋摊，只能到光华村从前光顾的那家，但又怕碰见熟人。犹豫许久，她还是把鞋子送到了那里，好在父母已经不在那住了。她把鞋子放在修鞋摊上，就到熟悉的菜市场买了点菜，然后回来取鞋。好巧不巧的是，她在伸手接鞋时无意间一抬头，瞥见了母亲的身影。她的脸好像挨了一烙铁，手不自觉地缩了回来。母亲手里也拎着两方便袋的菜，虽然呈给她的是一个背影，但她觉得母亲是看见她了，因为母亲的脚步显然比平时匆忙得多。她没有喊母亲。下次见面时，母亲也没有提到这件事。也许母亲是没有看见她？她有点怀疑。可更加顽固的直觉告诉她，母亲一定是看见她了。

起初她是难受，觉得自己的功夫白费了，母亲还是知道了她生活的真相，如同看见一件破棉袄的里子。难受了没多久，她又心酸甚至心寒起来，母亲装作不知道，不就是只为自己心里好受，而拒绝体恤她吗？最后她又觉得，优先照顾内心和自尊毕竟是奢侈的，母亲知道了她的真实状况也好，就不至于对她指望太多了，她也可以放下了。但她知道自己是不可能真正放下的。

桑桑走了几个月后，吴小莉的窘迫幸而得到缓解，智也给她涨了两千块赡养费。其实，这差不多是把养桑桑的钱贴给她了。他终于意识到物价涨了，该给她加钱了。

没了桑桑，智也回来得也少了，变为一周一次。吴小莉成了一个有爱没处放、有力没处使的人，愈发孤独。她觉得自己在一条孤立于天地间的陌生的大路上越走越远，走向莽苍的野地，走向天尽头，她已经辨认不出自己的身影了。她只能像歌里唱的那样：我是一块拒绝融化的冰。她若融化，就难免自怜；一自怜，日子就更难

262

过。当初她是硬着一条心，什么都没想就做了大岛太太；现在她倒是想得多了，却硬要让自己不去想。

又到秋天了。这些年变化最大的就是庭院中的树，她嫁来时，它们还立于屋前像发育期的少年，现在已经是冠盖屋顶了。一阵风过，树叶簌簌而落，好像要把这座岑寂的别墅埋葬似的。她终于对苔痕失去了打扫的兴趣，一任它们堆积和发黑，散发出不言自明的沧桑感。不知是因为这些树还是处处可见的苔痕，别墅已经变成暗绿色的了，屋子里的空气似乎满满的都是幽深的年岁感。

逝去的都逝去了，只剩下这座别墅和她。有时候她会感到不可思议，她和这座别墅有什么关系呢？怎么就成了它的主人？存在于她和这座别墅之间的人，过渡了一下，便消失了；现在只有她，守着一座原本不相干的空城，还有一个遗孀的身份。一直住下去，她将被深埋在这里，看起来，她的命运是誓与别墅共存亡了。

小鹿每年深秋还在寄来红美人。她每次收到必流泪。但仅此而已。

程一帆似乎总不见老，这简直要使她生怨了。因为，不管怎样令她心动，他还是别人的呀，别人的丈夫和父亲！偶尔，她的思绪会飘荡得很远：如果那个女人不是那么可怜，她会不会……每一想到这里，她便赶紧打住。她不知道答案。她也不知道他怎么想，但她直觉到，这个女人的可怜也是他心里的一个阻挡。如果他不是这样的人，她或许也就没有那么认可他了吧？一个不顾一切去爱的他和一个善良心软的他之间，她真的不知道如何取舍。如果他们能协力冲破那软枷锁，也许他们就不是他们了吧？终究，她只能无奈地怨着。

怨归怨，他一脸红，她又心软了，而且自己也脸红了。她以为自己的脸皮早已老了，可是，无论多大年纪，他们一旦面对还是会脸红。

其实吴小莉也没见老，她的身材发式几乎都没变，还是穿着大岛先生在时的可体的衣服，还是大岛先生喜欢的刚刚好的披肩发，只是多了几根不仔细看根本看不见的白发，还有几丝浅浅的鱼尾纹，法令纹都还没来得及长出来。如果从背后看，她跟从前一模一样；如果隔着几步正面看，她也跟从前一模一样。但她显然又不一样了，不一样的不是硬件，是软件。她的神情变了，不再是那个水灵灵的红润含羞的吴小莉了，她偶尔的脸红出现在苍白的脸上，都会令人感觉不搭和出乎意料。

作为几乎与共和国同龄的人，父亲感慨着：我小时候，猪肉几毛钱一斤，现在，十几块一斤了。她总是安慰父亲，退休工资多少不是也在涨嘛。父亲说，那哪里赶得上？你结婚的时候，一百块钱买将近二十斤猪肉，现在呢？一百块钱连十斤猪肉都买不到了。

父亲是个过小日子的人，什么都换算成猪肉，她早已习惯了。但他提到她的结婚，还是让她心理倾覆。她的生活，岂止产生了两倍的落差！再说，人也不是光靠猪肉活着的呀。

这样活着，太轻了！轻得难受，轻得毫无感觉，轻得心里发慌。人有重力的时候嫌重，真的完全失重了，又会漂浮得没着没落，反过来嫌轻。这样活着为了什么呢？如果只是为了不受苦，那就不妨死去，死去不就什么苦都不必受了吗？她有时发狠地想。

别墅的二楼有间客用的起居室，是用一幅白桦林的画做背景墙的，画面的两边是白桦林，中间是一条衰草连天的小路，通往无尽的远方。吴小莉有时打扫完了，会坐下来望着那条小路出神，她幻想着自己从那条小路走了，走出这个世界去了。至于走向了哪里，她也不知道，且不管它，她只想着走出去。要么，有人能从那条小路走来也行，那能是谁呢？她想不出什么人。小鹿？如果小鹿能从那条小路向她走来，越走越近，越走越近……她简直要花了眼，信以为真。

2010年春天到来时，吴小莉莫名喜欢上了骑着自行车随便去哪里。在十字路口和丁字路口，她一般是由绿灯来决定方向的，哪个方向的灯先绿了，她就去往哪个方向。

她发现，如果有人骑车逆行，正常行驶的人们反而会把最右边让给逆行者，可能体谅到不合法的行路者内心更不宽裕吧？她觉得人心还是善良的。

她记得小时候，自行车还很稀罕，骑自行车的人一按车铃，那些被提示让路的人就会起反感。现在，是汽车鸣笛会让人反感，尤其是豪华汽车。她现在才悟到，无论自行车还是汽车，引起的其实是同样的仇富心理，只不过在贫富不那么悬殊的年代，人们意识不到罢了。现在骑自行车不至于引起仇富心理了，但她还是不愿意按铃，如果有人挡了她，她宁愿下车等等，反正她也没什么事要去做，何必着急呢？

当她骑在车子上呼呼生风一往无前时，感觉生活是流动的，内心是舒畅的，自行车仿佛一条小船，条条道路就是纵横的河道，任由她从流漂荡任意西东。每次骑到很累，出一身透汗，回到家洗个澡，她就觉得比桑拿一次还舒服，不光毛孔打开了，心也打开了。

那天母亲来时，告诉她又见到刘玉珍了。她一听就发毛了，硬邦邦地说，别再提这个人。母亲不再言语，但显然对她的生活是有看法的。母亲走后，她的心却乱了。她人生的变道，就是从刘玉珍开始的。现在，她活成了这般模样，能怨这个女人吗？显然不能，那该怨谁？除了自己，没人可怨。

她接下来的两天又陷入了那种间歇性地自我搏斗。你小心翼翼的那点自尊，能当什么呀？你这样活着，就叫体面吗？这根本就不叫活着！她脑子快要炸了。

她骑上自行车出了门。出小区时，还跟程一帆打了个照面。他说，注意安全，别骑太远。她笑着点点头。他知道她在骑自行车锻炼，她是这么跟他说的。她骑出一两百米远，后背还能感觉到他的目光。

她在省道上骑行着，渐渐不再心乱如麻。她骑得越远，心里越清朗，仿佛距离扯开了那团乱麻。

她看见一辆逆行的山地车正在冲过来，她本能地把最右边留给了这辆车。可是，一辆自行车突然从她后面赶了上来，贴着右边在骑。中国人在交通上对眼神的功夫据说是世界第一，吴小莉看逆行车的态势，判断他确实是打算靠右边的，她想按铃提示一下刚刚上来的那辆自行车，又觉得不太礼貌，再说，人家是对的，她也没理由提示。她想，这个人马上就能会意逆行者的方向的。可是，这个人很可能觉得自己是对的，并没打算让道。三辆自行车，两个方向，中国人的交通闪避，往往是靠刹那间的眼神交流加肢体语言加自行车把的动态迅速完成的，无法分析，但直觉惊人准确。可是这次，他们没有成功，在最后一瞬间，逆行者看到前面那个人没有让的意思，临时调整了方向，冲着吴小莉这边来了，吴小莉吃惊之下，不是往右去，而是斜刺着猛往左去了，一辆汽车正好从对面开过来……

那一刹那，她的念头是：结束了，终于。

11

吴小莉醒来了，好像漂浮过一条漫长的河流艰难地爬上岸。其实她不想上岸，可是她的身体没有听从她的内心。她看到自己躺在白茫茫的病房里，旁边的设施凌乱得非常讨厌，这些凌乱直通她的身体。她没有新生的喜悦，反而有点懊恼。

没有人发现她醒来，她又昏睡过去了。此后的几天，她都在昏睡与微醒之间载沉载浮。

时不时地，她在幽冥之中感到巨大的解脱。好了，不用醒来了，真好！感谢上苍，没有让自己活到老而没用，那太不堪了，这才是最好的寿终正寝。……总算过完了，她的窗明几净的人生。……至少不再浪费人类资源。……这些年，大半时间都活在一种自我说服之中，努力论证自己的生活可以成立，这下好了，不用再跟自己拔河了。……活得不自然，死得自然也很好，那样的活法，正好配这样的死法，反正她活着也是在死着。……一生都在，不停地驱赶着什么，提着一口气活，就是这样的人生，也耗尽了所有力气，终于到了尽头……

有时，她又在昏冥之中感觉到一丝不甘。自己如此收缩如此一退再退地活着，还不能得个善终吗？

最终，还是解脱感占了上风。这一生终于过完了，她体面地完成了一个任务。她不想对任何人说什么，她也不想听任何人说，她觉得这样就可以了。所以，她不听从病床边的唤醒，无论是来自父母姐姐还是智也。她们的眼泪滴到她脸上，她嫌恶得很，她可是有洁癖的人呀。

她听到一个沙哑的声音。是的，是小鹿，她想念的小鹿。她怎么来了？她听到她说，你这是自找的吗？她听到她的啜泣。她闭着眼，有一股自内而外的热气把她的眼睛嘘得痒痒的，很是难耐。她想睁开眼，可是怎么努力都睁不开。她睡觉时如果把手压在胸口，就会做危急之下怎么跑都跑不动、怎么喊都喊不出来的梦，拼命扒拉撕扯自己的胸膛都不行，她会一直挣扎到把自己弄醒。可是现在，她怎么挣扎都醒不了，她的眼皮那么沉重。她又沉入海底了。这次时间很短，她仿佛积聚够了力气，她要睁开眼，看看小鹿。终于，她睁开了眼，可是，小鹿已经不见了。她的泪珠子悄无声息地滚落下来，好像不讨人厌的乖小孩，她冷眼旁观着哭泣的自己，训斥着自己：不要哭给我看！

反正小鹿已经走了。她怀着深深的失望，又堕入了昏冥……

怎么来了一个男人的啜泣声：我真该死，我才知道……是他的声音，是的，是他，她在载沉载浮的冥与醒之间想到过他，可是，她又觉得，他的生活是完整的，她是自外于他的，她的存在与否并不重要，虽然，他对于她是很重要的。她无非是一个可以自动脱落的外挂，算了吧，放手吧……

可是，现在，他在她身边，他的啜泣让她心疼，她想醒来，只是为了告诉他：不要哭。

她努力着，努力着，如同幼蝉穿过泥土的黑暗……

你醒了！他的含着哭泣的声音先抵达了她。然后，她看见了他的脸，满是泪痕的脸。她的脸也满是泪痕了……

他握住她的手，这是第一次。在她爬出死亡之河时。

出院回到家时，春天已经快过完了。别墅的院子像一座荒园，草木肆意生长，似乎有一种无人打扰的快感。家里一时打理不出来，保洁和除草都是智也请人来做的。那辆夺命车也压了白线，她的治疗费主要来自车主的保险，她损失的就是一辆自行车。智也一次给了她两个月的赡养费，在她住院期间，智也还给她买过一些日本的营养品。母亲陪她住了一段时间，天天给她煲鸽子汤，换着各种蘸料让她吃鸽子肉。鸡太大了，只有鸽子合适。

母亲走前，父亲一次性买来一笼鸽子，母亲嘱咐她一两天炖一只。可是，她不会杀鸽子的，所以就养了起来。每天，她把鸽子粪收起来，埋进花下，那一年院子里的花因此长得格外茂盛。

程诚和妈妈来看过她，程诚妈妈还帮她杀了两只鸽子，她让她带回去一只。然后，他来了，问她要不要帮忙杀鸽子。一定是程诚妈妈告诉他了，她不愿意杀鸽子。她没有让他杀，想养下来给程诚玩。

她说，我已经好了。他上下打量着她，好像在问，好了吗？她苍白的脸马上涌红了。

他说，我那一天去接程诚了，没有留心你没回来。

她说，都过去了。

是的，都过去了，她没有感到命运无常什么的，反而觉得总算发生了一件不寻常的事情。她不是喜欢平淡的吗？是的，她喜欢平淡，可是，太平淡了呀，怕是连尼姑都喜欢不起来了。

新版《红楼梦》电视剧开播了，构成她休养期间的重要寄托。她能找出所有的改编处，以及与1987年版的不同。总体上，她觉得新版比旧版差很多。但新版总归是新的观感，她还是爱看。

死过一次之后，吴小莉的生活又平静地重启了。

12

当母亲和吴小玲谈论那个相亲节目的时候，吴小莉还没怎么在意，她以前老看台湾的相亲节目，觉得无非如此了，还能出位到哪里去？有一个周六的晚上，智也回来，也在看这个节目。吴小莉便随着他看。那些女嘉宾又现代又靓丽，使吴小莉颇觉新鲜，相比之下，自己真的是前朝遗老了。

如此便成了规律，吴小莉每周六都跟智也一起看相亲。吴小莉甚至想，智也这么热衷于看相亲，不会是自己也想去参加相亲吧？鉴于他的外籍商人身份，可能会很抢手。一想到这点，她又暗中自愧，她不就是当初相亲时看重了一个外籍商人身份，而把自己弄成如今这般的吗？

她起身去倒水，智也突然喊道，这不是那个疯疯癫癫的女孩吗？

吴小莉抬眼去看，正弯腰接水的身体马上直了起来，是的，是她，小鹿！

小鹿声音有点沙哑，说话却还是那么嘎巴脆，斩截，有个性。尽管她已经三十七岁了，气场一点都不输于那些年轻的女孩子，还是她熟悉的那个小鹿。

她不是结婚了吗？怎么会出现在相亲节目中？难道又离了？还是她搞的恶作剧？吴小莉相信，这样的恶作剧对小鹿来说根本不是个事儿。小鹿比以前瘦了，看起来更有气质。一有特写镜头，吴小莉就仔细地研究着她的面部，最明显的是抬头纹深了，下巴尖了。也许因为化妆太到位，其他变化被掩盖了。

节目完了，智也打着哈欠站起来，说了一句，这个女孩这些年怎么不见了？她是不是吸过毒？

吸毒？怎么看出来的？不可能！吴小莉说。

智也诡秘地笑了笑，没说什么。

吴小莉恍惚记得自己在昏迷期间小鹿来过，可是，她醒了之后，她为什么不来了呢？她又是怎么知道她出事的呢？

犹豫再三，吴小莉第三天给小鹿手机上发了一条短信：你快来看我！

小鹿马上打了过来，一接通就说，是你吗？

吴小莉说，是我。

小鹿又问，真的是你吗？

吴小莉说，这还有什么好怀疑的吗？接着又说，我在电视上看到你了。

小鹿说，你好了吗？

吴小莉说，早就好了，出院回家了。

小鹿说，等我几天，我退出节目就去找你。

结束通话，吴小莉随便翻看着手机信息，住院期间的很多信息她都没看，多数是垃圾信息。翻着翻着，她停住了，有一条是小鹿的！正是她受伤后的几天。小鹿说，你好吗？我想去看看你。可是，怎么还有回复：她出车祸住院了，住在……她明白小鹿为什么会来看她了，是有人替她回了信息，不是吴小玲就是智也。可是，她为什么后来不再来了呢？还有，她为什么那么怀疑接电话的人是她呢？难道她的声音变化很大吗？

过了一些天，小鹿来了，是开车来的，在吴小莉家门口使劲儿鸣笛，吴小莉就出来了。她从车里出来，戴着大墨镜，咧开大红的嘴唇冲她笑，牙齿尤其灿然。吴小莉怔了一下，才认出她来，感觉她像从电视上直接走下来的。她说，看什么看！不认识我了吗？

尽管声音不似以前那么清亮，可是，腔调还是那么熟悉，吴小莉居然一下子眼圈红了。

太多的话涌来，以至于口不择言了，想到哪句就问哪句吧。吴小莉说，你为什么后来又不去医院看我了？

小鹿打了一个艮，说，我去了一个地方。

吴小莉说，去什么地方那么重要！

小鹿说，确实很重要，但你别问了。如果我不去那里，就不会这样出现在你面前了。

吴小莉隐约感觉到了什么，没有再问。她想起了第一次在相亲节目中看见小鹿时，智也的那句话。

两个人不大自然地沉默了一下。小鹿说，我去看了你，突然觉得，不能那样活下去了，否则我就不配见你……当时你昏迷着，但我坚信你不会死。两个人眼睛都湿了。

为了从难堪的情绪状态里摆脱出来，吴小莉说，我变化很大吗？你刚才电话里好像都听不出我的声音了。

小鹿再次咧嘴笑，说，咱俩扯平了，你以为我死了一次，我也以为你死了一次。

吴小莉听得满头雾水，你说什么呢？我可没死。

小鹿笑得简直喘不过气来，平息了一下，她说，我后来，好了一些……又去医院看过你，住你那张床的一个男的告诉我，之前住在这张床上的那个女的死了，几天前刚把床腾给他。你说巧不巧，那个女的也是车祸！那我就以为，你懂的。你死了，那我就去相亲喽！

什么话？我死了你就去相亲！你有没有良心的？吴小莉也学会大叫了。

小鹿认真地说，嗯，是的，你死了我就去相亲。

吴小莉悻悻地说，你就气我吧。

小鹿说，你见到我就像见鬼一次，我也见到你就像见鬼一次，扯平了。

吴小莉觉得，这大概是这些年来她最开心的一天。以前见小鹿，总是怕心里乱，现在，她感觉到的不是乱，是开花了。大言不惭一点，也可以说是心花怒放。其实，乱和开花的形态，原本就是差不多的。

小鹿注意到了吴小莉的台历。守寡之后，吴小莉习惯于每过完一天，就在日历上把那天的数字涂成黑点。开始时，看见那些黑点像黑洞洞的眼睛望着她，她还会感觉触目惊心，特别到月尾时，那些黑眼睛密密麻麻的，看得她心里发毛。时间久了，她就安之若素了，可能因为是自己亲手涂黑的，所以不觉得有什么了。小鹿说，看着简直瘆得慌，你这些年，就是这样过来的吗？吴小莉觉得她说得很对，回想一下，她这些年的每一个日子，大概都相当于一个黑点。

小鹿一来，吴小莉重新知道了开心是什么感觉。甚至当她把硅胶保鲜盖套到切开一半的西瓜上，发现与西瓜切面严丝合缝时，都会感觉好开心。快乐的冲击波给她一种感恩：一切都是最好的安排。

吴小莉当然要问小鹿的婚姻究竟是怎么回事，小鹿说，下次，我带个电影来给你看。

几天后，小鹿带了一个《落跑新娘》的电影碟来，是大嘴美女朱莉娅·罗伯茨主演的。小鹿说，我特喜欢她。吴小莉说，我不喜欢，嘴太大了。小鹿一副不出所料的表情，笑道，我就知道你不会喜欢，因为，她美得不够标准。

女主角四次踏上红地毯，又四次因为婚姻恐惧症而逃离。吴小莉直到看完也搞不明白为什么。小鹿说，在生活中，特别是一些重大转折的关头，你没有过转身想逃的时候吗？吴小莉懂了，也无语了。她太有体会了，只是，终究没有逃，她做不到。

小鹿说，这个影碟，我买了已经十三年了，97年一有盗版碟我就买了，一直保存到现在，居然没有坏。

97年？吴小莉重复着。

小鹿很肯定地说，就是你结婚的那一年。说实话，那时候，我曾经想拿给你看，曾经想劝阻你，可是，你已经连结婚证都领了，当然，那也并非不可救药了，关键是你……当时你铁了心要结婚。

吴小莉说，我如果不打定主意，就不会跟人走上红地毯，一旦到了那个地步，就算知道错了，也得错下去。

小鹿来气地说，是，我知道，这就是你！

吴小莉说，不说我了，我已经是这样了。我们要说的不是你的结婚问题吗？你先生，还是那个漂亮的初中同学吗？

小鹿说，你还是不了解我，你光看他走路的样子，就知道我不可能喜欢他嘛，我最受不了走路拖沓的人，尤其是男人，恨不得在屁股上踢两脚，或者抽两鞭子。

吴小莉想起了男孩走路飘飘的样子。小鹿又跟了一句：再说了，他根本不喜欢女孩。

吴小莉现出一点不安的神色，小鹿不以为然地说，你这个人，太正了。

吴小莉不知道说什么好，小鹿干脆告诉她，我根本就没结婚。但是——她说，我真的曾经想跟他结婚的！

这当然又超出了吴小莉理解的范畴。但她理解了小鹿为什么要给她看《落跑新娘》。

小鹿迎着吴小莉迷惑不解的眼神说，我就是想看看，我还有没有救。她摇了摇头，似乎对吴小莉表示无奈。她说，你可能缺乏了解某些事情的神经，比如，有人找很多男朋友，只是因为她并不喜欢男人。

吴小莉继续闭口不言，她不想惹出小鹿更极端的话来。小鹿问，你最爱看《红楼梦》，那你知道，"我为林妹妹病了"是怎么一回事吗？

吴小莉有点蒙，她所理解的，就是木石前盟的缘故。她于是这么说了。

小鹿说，那你觉得，那只是前世注定的，没有现世的爱情发生吗？你根本不懂爱情！她的口气，近似于不屑了。

吴小莉红了脸，老实地承认，我确实不懂。

小鹿负气地说，那我告诉你，喜欢一个人，有时候就是犯贱，这就是爱情。

虽然她不明白小鹿为什么来气，这句话她倒是无比同意。她和他，不就是这样吗？白白受苦。

吴小莉终于想出一句话，她说，那你可以跟别人结婚呀。

小鹿说，我也想这么做，但是，找不到感觉，没办法。

怎么算找到感觉？她想起了她和他之间的脸红。她跟大岛先生，几乎从未对过眼神，不要说找到感觉了，连夹生都不算，完全是陌生人，却成了物理距离最近的。

那么，怎么算找到感觉呢？她问，眼睛却不敢看小鹿。

就是你会为那个人心动！心动，才是一剑封喉的标准，别的都是白扯。小鹿看着她说。她说得率性，但绝对不是随便说说的。

吴小莉对男女之间的莫名其妙一直是困惑的，她曾经以为，爱就是莫名其妙，因为，她找不到理由。现在，她一下子认同了小鹿说的，是的，脸红不就是因为心动吗？年轻时的脸红，有着情窦初开的害羞与含蓄、钟情与倾心，包含全部身心的信息，最能说明一切。最初的脸红，可能就是最终的爱。

小鹿似乎自言自语地说，这个世界上最深奥的问题，就是谁爱谁，为什么？比哥德巴赫猜想还难解。其实，我理解你和他，感同身受地理解。

吴小莉红了脸，赶紧解释：我们真的没有什么。

这才是最要命的，小鹿说。转而又问，你看过《飘》吗？有小说也有电影。

吴小莉摇头。小鹿说，里面的女主角叫郝思嘉，是斐雯丽演的，她爱艾希礼，就是一种莫名的执念，真正的爱情体现其实并不多……不过因为一个苗头被掐灭，她的执念就成型了，从此不可解，搭错脉的爱最难解。

吴小莉马上敏感到：小鹿在暗示自己和他是搭错脉吗？小鹿看出了她的心思，又说道，讨厌的是，你和他，好像并不是搭错脉。

吴小莉不再说话。这个关于他和她的艰难话题，总算过去了。

吴小莉觉得，小鹿虽然仍有不悦，但却接纳了他们之间的关系，不再那么不以为然。这使她如释重负。

吴小莉的时间因为小鹿的到来而变得流动加速了，好像欢快的小河。小鹿隔三差五地来，连程一帆都注意到了。吴小莉说，是一个多年以前的老朋友。他是感觉到她不那么依赖他了吗？

小鹿简直浑身是戏。她上次来时穿着长 T 裙和七分打底裤，这次来时却只穿着长 T 裙。吴小莉打量着她空空的下半身间，你是不是忘了穿裤子？小鹿吃着蓝色玻璃瓶装的酸奶，仰脸大笑，边笑边说，下次专门穿条裤子给你看看。吴小莉说，那你又会忘了穿T恤。小鹿又大笑，说，你也学会幽默了。

在小鹿叽叽嘎嘎大说大笑的时候，吴小莉看见那个熟悉的身影从院墙外走过，她马上有点不自在了，脸微微发红。

吴小莉感觉小鹿是看到他了，却装作没看见。她大大咧咧地把另一瓶酸奶递给吴小莉说，快吃吧，自己做的，可以当饭。吴小莉说，我不吃，太像吃面霜了。小鹿看了看酸奶瓶，笑起来说，对哟，还真像面霜瓶。

吴小莉乐意小鹿来。不必发生什么特别快乐的事情，小鹿就能让她乐不可支，她一来，好像连别墅里的空气都变得活泼了。

只是有一样，小鹿不要找事儿。但她免不了会发作吴小莉私下以为的间歇性的抽疯。

有一次，她对吴小莉说，你都守寡十几年了，可以找个人啦，不结婚也行。

吴小莉说，那干吗呢？

小鹿说，你说干吗呢？你没有需要吗？

吴小莉的脸腾地红了，拉下脸说，我是有洁癖的人。

小鹿马上反唇相讥，既然有洁癖，为什么要跟大岛结婚呢？丑人是不配有性生活的。

吴小莉这次是难堪得脸红了，她气急地说，你……然后就说不下去了。

小鹿说，好啦，别生气了。她拍拍她的胳膊。吴小莉把她的手甩开了。

小鹿又来了劲，说，你说你有洁癖，是吧？那假如是跟他呢？

小鹿不必说出"他"是谁，她们彼此便心领神会。吴小莉再次涨红了脸说，你要是再这样，就别来看我了。

小鹿反而笑了，说，我偏要来！怎么着？说真的，当初我一想到大岛碰你，就感到恶心。

吴小莉尽管生气，心里却不由得附和，我何尝不是如此呢？她说，大岛先生已经走了这么多年了，你又何必！

其实，她不也是用不洁的想法怀疑过小鹿吗？怀疑她是那种女孩。人有时难免会对别人怀有某种美好或不洁的想象，只是，人与人之间，不是什么都可以拿出来说的。偏偏小鹿是无所不言的人。

她的洁癖，倒确实是大岛先生给她的强迫症，皆因小鹿所说的那样。但是现在提起大岛先生，简直有隔世的感觉。小鹿终于跟她的情绪契合了，感慨道，说起大岛，简直是白头宫女说玄宗啊。

吴小莉斜了她一眼说，你留点口德就好。

小鹿还是说，那时候，你为什么要那么着急结婚？我现在想起来还耿耿于怀。

吴小莉不作声，心里叹道，要是身后有只狗追着你，你比谁都跑得快。

小鹿说，说实话，难道，跟这样的人，你也会有快感吗？

吴小莉沉下脸说，我要快感做什么！

这下轮到小鹿怔住了。她说，还是你狠。然后又补充了一句，但是也可怜。

吴小莉不理她。打死不开口，这是她最后的一招。这种临界的话题，总是使她感觉到某种逼迫甚至危险，除了沉默，她别无他法来应对小鹿。

小鹿也不理她，自己划着手机，发出滴滴嘟嘟的响声，不知是玩游戏还是看短信。

沉默过后，吴小莉又有点不甘心，挑战似的质问小鹿，那你说，你为什么那么多年不理我？

小鹿从手机上移开目光，毫不回避地看着吴小莉的眼睛说，因为，你有坚持的东西，我是改变不了的。

什么话！你总是有理……吴小莉把抱枕往沙发上一摔，不满地咕哝。小鹿反而被逗笑了。

13

在一个单一空间里，很容易聊出岔子，不如出去逛街。吴小莉在电话里一提议，小鹿就说，好啊，我来接你。

上了车，小鹿问，去哪里？吴小莉说，你决定，不用问我。小鹿说，那就去小酒馆吧。小酒馆？吴小莉觉得耳熟，却一下子想不起是哪里。小酒馆，小酒馆……哦，是她跟大岛先生第一次约会的地方。很久远的事了，想起来恍惚。她说，玉林路那一带，真的很多年没去了。小鹿说，我以前倒是经常去老白夜参加沙龙什么的，现在新白夜搬到窄巷了。沙龙这种活动，跟吴小莉几乎是绝缘的，只能是一个传说。小鹿说，要不干脆去新白夜吧，正好给你见识一下。

小鹿停车的位置离井巷更近，她们下车后先走到了井巷口。吴小莉蓦然想起当年在这里见从前的田中太太、现在的苗姐的情形，担心再次遇见她。她径直走过了井巷口。宽窄巷街区热闹的气息扑面而来，简直令她大吃一惊，她说，宽窄巷怎么变成这个样子了！小鹿说，你还活在十年前。吴小莉的印象确实还停留在十年前，她几乎不逛街的，觉得一个人茫茫然溜达太尴尬了；她也不需要买衣服鞋子包包什么的，大岛先生在时置办的这些东西，够她穿用一辈子的了，她的那些中规中矩的衣服，似乎永远不会多时尚，但也不会过时，是永恒的正装基本款。

她们最终只是去做了美甲。小鹿说，你看，我们就是做个指甲，都会感觉不一样了，所以，不理解你干吗要把自己埋在家里做古墓派，你当你是小龙女呀？

吴小莉说，我也理解为什么有钱女人爱做指甲了，确实是提神。

小鹿说，当然啦！其实，富婆都有自己的充实方式，购物美容也是一种愉悦嘛，并不像我们以为的那么空虚。

吴小莉心里却又煞风景地想到，可是，如果只有购物美容做指甲这几样事呢？

接着她又想到，自己现在反正有了小鹿，再也不用担心寂寞单调无聊了。

14

做指甲这样的事是会上瘾的，就像用口红一样，因为再也看不得自己指甲和嘴唇的惨淡。好长一段时间，吴小莉和小鹿都定期去做指甲，她们干脆在小鹿家附近的科甲巷一家美甲店办了卡。

在小鹿的影响下，吴小莉指甲的颜色也越选越大胆，直到那一次，吴小莉做了玫红色的。

智也周末回来时注意到了她的指甲，随口说了一句：做指甲了？她略略羞赧地点头，又赶忙解释，是小鹿拉我去做的。她慌不择路地栽赃给小鹿了。对不起了，小鹿。智也惊奇地问，那个疯疯癫癫的女孩子？吴小莉说，其实她挺好的。智也没再说什么。

吴小莉那天买菜时，又碰上了程一帆，她这才意识到，好像好久没有注意到他的存在了。小鹿对自己的改变这么大吗？

因为意识到这一点，吴小莉的神情就更不自然了。他的注意力则放在她的指甲上，眼神难以言传，表层意味好像是：挺好看的嘛；深层则是陌生和谨慎的有所保留。她感觉到了隔膜，好像她的红指甲隔开了他和她，同时，她也为自己这段时间对他的淡忘而感到愧疚。吴小莉当即决定，以后再也不去做指甲了。

这个秋天北风乍起黄叶飘零时，吴小莉没有"犯病"。她知道是因为有了小鹿的缘故。

她觉得跟小鹿在一起，年龄都意识不到了。同龄的旧友在一起，是不容易感觉老的，似乎只要彼此的感觉没变，时光便没有改变她们什么。但她的生日到来时，还是感觉又长了一岁。

她的生日自己总是会忘，都是母亲提醒的。但她很奇怪小鹿怎么知道她的生日？她说，我不是看过你的护照嘛。小鹿看似大大咧咧，居然这么细心。她对小鹿，却做不到这么细心。

小鹿问她怎么过？她说，领导人不都说了嘛，不折腾。

到了那一天，小鹿来了，带了两大袋吃的喝的，还有一份礼物，是一条施华洛世奇的水晶天鹅项链。小鹿把项链直接戴到了她的脖子上，她不好意思地瞅着镜子里的自己说，太亮了！我这张脸配不上。小鹿说，你配得上，你什么都配得上。

小鹿问她，你知道施华洛世奇为什么专做天鹅造型吗？她摇摇头，她对施华洛世奇一点都不了解。小鹿说，因为，天鹅专一，一生只有一个伴侣。

她脱口而出，这不就是我吗？小鹿不以为然地说，你那叫什么专一！你是愚忠愚孝。吴小莉其实也觉得自己的话经不起推敲，她专一的究竟是谁呢？

吴小莉头一次感到了被宠溺的快乐。原来，再匮乏的人都有自己的奢侈，小鹿就是她最大的奢侈。她总以为小鹿是不知匮乏为何物的被宠坏的孩子，永远不会去在意别人的冷暖，没承想，却是命运派了她来宠她和填补她的匮乏的。她其实是不习惯别人对自己这么好的，她打定主意，小鹿下次来时，她也要送给她一件礼物。

两个人忙活半天整出一大桌菜，种类虽多，但量比较少，花色很齐全，看起来是一个像模像样的生日宴。小鹿说，就算要剩菜，也得丰盛一点儿，今天是个大日子。吴小莉条件反射似的又想起大岛先生的浪费与消费理论。

小鹿拿出自己带来的香槟，两个人很有仪式感地开香槟。吴小莉见过大岛先生开香槟，她喜欢那嘭的一声，瓶塞干脆地弹出来，香槟泡泡们像小脑袋一样蜂拥而出。她觉得这个过程真是爽。但她是不能喝酒的，杯底倒了一点，跟小鹿碰个杯表示一下，一饮而尽，就换上了葡萄汁，看起来倒是跟红酒很相似，好像也是在喝酒的样子。小鹿说，用高脚杯喝饮料都格外带感，是不是？吴小莉说，哎，说出了我的感觉。

就在这时，智也却回来了。小鹿用手机放着音乐，她们都没有听到钥匙开门的声音，智也突然出现了。吴小莉反弹似的站了起来，小鹿也迟疑着站了起来。

彼此问了好，智也说，我正好赶上了。

吴小莉想了想，这也不是周末，难道他知道她生日？

还是小鹿洒落，笑着做了个请的手势说，来的都是客，欢迎，请坐，我们本来就做着你的菜了，你看，这么多呢。她倒会反客为主。

智也落了座。小鹿一手拿酒杯，一手抓起一个卤鸡爪，一口下去，一怔，然后哆嗦了一下，大叫，哎呀，好吃得我都哆嗦了一下，哇靠，怎么这么好吃！趁着她的兴奋劲儿，智也伸过酒杯来，两人很响地一碰。吴小莉直担心碰破杯子，智也已经抓起一只卤鸡爪也开吃了。

这一晚上竟出奇地愉快。小鹿和智也不时地开玩笑，好像老朋友一般，偶尔，他们还会夹杂一点日文。他们真是登对，说话总是能相互接得住。吴小莉明白了，他们有共同熟知的日本文化，他们也在同一个段位上，算是棋逢对手。

智也和小鹿一起喝香槟。智也说，这么浪漫的晚餐，应该配个烛光。

桌子对面再配个绅士，最好就叫个达西什么的。小鹿接过来说。

吴小莉说，达喜不是饮料吗？他们俩就大笑，笑得吴小莉摸不着头脑。

笑完了，小鹿说，姑奶奶，那是英国小说《傲慢与偏见》里的一位先生，哪天我拿影碟给你看吧。然后她又看着智也说，可要是论《红楼梦》，咱俩打包都不是她的对手。吴小莉知道小鹿这是保护她。一般来说，这样的事情大岛父子是不会对她解释的。

有一碟烫上海青要蘸料吃，每人已经配了一个生抽和麻油的小料碟，还要什么口味自己调。智也加芥末和醋时，都不问吴小莉，只问小鹿要不要。小鹿即便不要，也会接过来，然后问吴小莉要不要。吴小莉感激她，却又对这种情形颇觉尴尬。她说，不用管我了，我喜欢吃素，不需要那么多滋味。

小鹿说，人家都说，我可不是吃素的，你倒好！

吴小莉说，我就是专门吃素的。

她们这一来二去，好像故意说给智也听似的，吴小莉愈发觉得不自然，她也不知道这是怎么了。每逢这时智也便沉默地喝香槟。

这顿生日晚宴，以一瓶香槟见底结束。小鹿一边收拾碗筷一边说，哎呦呵，饱得打嗝。吴小莉笑得盘子差点失手。智也却听不出这里面的门道儿。在这方面，他没法跟他父亲比，虽然作为一个日本人，他的中文已经算相当不错。

刚撤完杯盘，有人送来了生日蛋糕，是智也订的。吴小莉和小鹿本来说好了不要蛋糕的，那是小孩子钟爱的玩意儿。既然来了，就走完仪式吧。插蜡烛，小鹿坚持插十八根。然后，熄灯点蜡烛，这下是有烛光了。小鹿和智也唱了生日快乐。小鹿嘻嘻哈哈，总是自带快乐氛围。但吴小莉却很难为情，她是不习惯当主角的，尤其有智也在旁。她迅速地吹灭了蜡烛。

15

没过几天，小鹿又来了，吴小莉拿出了早已准备好的礼物——大岛先生送她的那幅卷轴画。

小鹿接过来，在沙发上打开，看着上面的日文说，哦，好像是《源氏物语绘卷》那一类的，就是文字与绘画配合，表现《源氏物语》的故事片段，是很有名的大和绘。

吴小莉说，原来是《源氏物语》？

小鹿说，当然不会是真迹，真迹已经没几幅了，这要么是仿制，要么是受它启发，我没有研究，不能确定。但是应该也很昂贵的，你看，里面有金银箔呢。

吴小莉忍不住问，能有多贵？

小鹿说，总之，很贵就是了。你为什么不能问问大岛先生呢？

吴小莉说，我又不懂，怎么好问。

小鹿说，不懂才要问呀！嗨，咱俩的逻辑怎么是反着的。

吴小莉说，不懂的太多了，为什么都要搞懂呢？

小鹿正要反驳，吴小莉冷不丁把画推到她面前说，送给你。

小鹿吃惊地问，为什么？

吴小莉说，不为什么，就是送你一件礼物。

小鹿说，这么昂贵的礼物，你怎么能送给我？

吴小莉说，就是因为你说它有一点贵，我才能放心地送给你。

这又是什么逻辑！小鹿哭笑不得地说。

你对我太好了。吴小莉说。

小鹿正要去理头发的手指停在唇边，看着吴小莉，突然眼圈红了。她有点气急败坏地说，你有病啊？你这不是故意让我难过吗？

吴小莉认真地看着小鹿的眼睛说，真的，你对我太好了，我简直有点受不起，也无以为报……

小鹿打断她说，别说了！她唰唰唰几把就卷起了那幅画，往吴小莉怀里一放说，收好了，这可能是大岛留给你的最昂贵的礼物。

吴小莉怔在那里，半天无言。大岛总是这么出乎意料，她心里有点暖，同时又酸酸的。

小鹿平静下来，说道，我对你好，是我自己愿意，拜托以后千万不要这样了。她又把那幅画拿过来打开，对吴小莉解说，这是画的源氏和明石姬。

明石姬？吴小莉说，为什么是明石姬？在问出这句话的同时，她已经明白了，在大岛先生眼里，她就是隐忍的明石姬。明石姬出身低微，隐忍坚韧，与世无争，不怨不怒，忍辱含悲，默默辛苦，终得善报。大岛先生对她的定位，或许就是这样的吧？

她默默地卷好那幅画，拿过小鹿的手，放在她手掌上，正颜正色地说，请你把它拿走吧，我不想再看见它，我不愿意是明石姬。小鹿说，好吧，我会给你保管到最后。

天冷，人就容易抱团取暖，智也好像迷恋上了三人同乐的家庭氛围，又改为每周回来两次了。他和小鹿互留了电话，他想回来时就会叫小鹿一起，当然，如果小鹿不来，他也就不回了。每次都是智也的车子去接着小鹿一起回来，然后，三个人吃饭，两个人喝酒。最后，智也的司机再来送小鹿回去。

吴小莉喜欢这样的三人行，她情愿买菜做饭辛苦一点。只是有一点，她决不能让小鹿知道大岛先生的契约。她有一次委婉地对智也说，我们的家事，不要让外人知道。智也说，我懂。

过年时，智也回了日本，小鹿回了老家，吴小莉又是跟父母和姐姐一家在别墅过的。他们一直待到春节长假结束才走。其间还请了干儿子程诚一家来吃饭，由母亲主厨。吴小莉笑意盈盈地看着眼前的一大家子人，觉得年真是怎么过怎么好。她用看干儿子爸爸的眼神去看程一帆，然后就好像一切都很自然了。她尽量避免两人单独相对，他也是如此。在这种家庭欢聚之时，家长里短的礼仪亲情必然是排在第一位的，就掩盖了某些微妙。

过完年，智也和小鹿很快就从各自的家乡回来了，三个人又继续欢聚一堂其乐融融。所不同的是，这俩人都有了微信，会互发好玩的东西。小鹿有时还会把她做的菜拍照发给父母看，表示她很幸福。小鹿让吴小莉赶快装上微信，她说不喜欢。其实是她的手机内存太小了，她怕没有安装的空间。而且，家里根本没有安装网络。

小鹿拿过她的手机强行要给她安装，一试就知道不行了。小鹿说，你这手机也太低端了，像住别墅的人吗？说着扫了智也一眼。

不久，智也送给吴小莉一部 iPhone 4，也给家里安装了网络。吴小莉不能不感叹，还是小鹿厉害，自己差得太远了。吴小莉用上了微信，她的生活似乎更新换代了。

因为小鹿常来，吴小莉通过程一帆给她办了一张出入卡，她就相当于小区居民了。每次三个人吃完饭，吴小莉都不需要他俩动，因为他俩喝了酒。她一个人收拾，洗碗，厨房客厅来来回回。小鹿说，我喜欢看你做家务，有一种……家常的性感。智也说，嗯，温馨的味道。他俩一唱一和，倒是很般配。吴小莉红着脸嗔怪小鹿，你喝多了吧？

智也单独在吴小莉面前提到小鹿时，总是带点戏谑和亲昵地说那个成都粉子如何如何，而且提到小鹿的次数越来越多。夏天到来时，吴小莉看出一点眉目来了，智也在打小鹿的主意。也许智也喜欢的就是她的疯疯癫癫呢。

吴小莉不希望改变彼此的关系，她说不清自己是不是嫉妒小鹿自己有可能成为她的婆婆。难道她真的没有一丝丝嫉妒吗？她自问。她不能完全否认。但这肯定不是主要原因，只是一种直觉告诉她，这事不成。有一天晚上小鹿走后，她委婉地对智也说，小鹿是不愿意结婚的。智也不悦地说，她结不结婚跟我有什么关系？

第二天，吴小莉看见智也脸色阴沉，没吃早饭就走了。吴小莉心里七上八下起来。

好在吴小莉有大把的时间慢慢煨，秋天快来时，她想通了，他们俩既然一个未娶一个未嫁，在一起不是也很好吗？还有比小鹿进入这个家庭对她更有利的吗？等有机会小鹿单独来时，她准备问问她。

等待的时间似乎格外漫长，入冬后，智也终于有一次出差了，小鹿终于单独来了。一见面，吴小莉先忙着给小鹿剪掉袖口上的一个线头。她的强迫症越来越严重，看不得别人衣服上有个线头有根头发什么的，老想给人弄掉，弄不掉就心神不宁。

小鹿给她带来一大包暖宝宝，包括经期专用的，并给她讲解怎么用。吴小莉其实心不在焉。一等小鹿消停下来，她就问，你觉得，智也这个人怎么样？小鹿反问，什么怎么样？吴小莉吞吞吐吐地说，就是，适不适合做……小鹿睁圆了大眼睛说，你说什么呢？亏你想得出来！你就那么想当我婆婆吗？吴小莉脸涨得通红，结结巴巴地说，不是我……是……小鹿斩钉截铁地说，趁早死了这条心！吴小莉给噎得难受，终于不结巴了，干干脆脆地说，你怎么像尤三姐似的！小鹿噗地笑了。

这以后，智也和小鹿就没有一起回来过了。智也一个人回来时，脸色非常难看。吴小莉开始害怕他回来，他一回来她就紧张得几乎要窒息。

小鹿自己来时，都选择上午，这样就没有可能碰上智也了。吴小莉问她，你是不是得罪智也了？小鹿说，没有啊，就是每次他叫我一起来，我拒绝而已。吴小莉说，姑奶奶，你可知道这给我带来什么麻烦吗？小鹿大眼珠子一瞪说，他敢怎么着你？我找他算账！吴小莉说，求你了，姑奶奶，别给我找麻烦了。

智也的脸色再没缓和过。那次回来，他不知怎么发现了小鹿来过的痕迹，不高兴地说，那个疯疯癫癫的女人，老来我家里干什么？吴小莉注意到了，他说的是"我家里"。

晚饭时，为了调节气氛，吴小莉没话找话地说，今天遇上一件尴尬事，小区里有个女人推着自己的小儿子，我以为她是孩子的奶奶呢，问她孙子几个月了……现在二胎多了，很容易分不清辈分。智也哦了一声。吴小莉又说，也有的是男的找了小媳妇儿，孩子就分不清是儿子还是孙子……智也冷冷地说，你是后悔跟我父亲结婚吗？没有人勉强你。说着啪地放下筷子上了楼。留下吴小莉一个人在桌边难堪得要死。

已经夜深了，智也的楼上不知是杯子掉地上了还是怎么的，发出很大的炸裂声。吴小莉吓得哆嗦了一下，大气不敢出。

吴小莉一夜失眠不安，她知道，智也一定以为小鹿拒绝他是自己的挑唆，谁让她先暴露了自己的态度呢。但她又没法向智也解释，那只能此地无银越描越黑。

她很想天明去问问智也，你是不希望我继续在这个家里待下去吗？她马上替智也回答了：我可没这么说，或者，你自己愿意。她发现自己还是怕的。她决定第二天早上照常去买菜做饭打扫卫生，就当什么都没有发生过，就当没有看见智也的异常。她不知道这样的日子能持续到何时，她只想得过且过。既然一开始选择了退，她就要一直退下去，直到退无可退。

那个月的赡养费，智也一直拖着没给她。

她知道，小鹿不能再来找她了，她干脆不要再跟小鹿交往下去是最好的。

她不是想过容易的生活吗？何必给自己这样的挑战。她想象了一下没有小鹿的生活，就是回到车祸之前的日子罢了，那也强似失去别墅的生活，她绝不能失去。

下一次小鹿打电话约她时，她冷静地说，我们以后不要一起玩了吧，各人有各人的生活。

小鹿急促地问，发生了什么？你为什么会突然变了？

她说，没什么，玩够了。

小鹿说，不对，一定是智也这个混蛋……

吴小莉挂断了电话。她自责这样对待小鹿，但也是没办法。她觉得自己是该收心了，程诚一家，吴小玲一家，还有她的父母，都过着那么辛苦的生活，她总是这样吃喝玩乐寻开心，是应该有罪恶感的。

吴小莉手洗智也的白衬衣时走神了，衬衣领子染了色。她马上要拿到洗衣店去干洗。她有点沮丧，早知如此，不如直接去干洗了，这样折腾，真没意思。可是她再想想，不折腾，这些时间又能怎么度过呢？也好，这至少是个事儿，无非是改变了洗衣卡里的钱数而已。用大岛先生的理论，这是消费，不是浪费，不必心疼。钱到别人手里，也是让别人有日子过了，全世界的钱不就是从你手里到我手里这么流通吗？只要没有浪费资源，就不能算浪费……小鹿不再来，她的脑子又开始习惯性地信马由缰了。有钱人的理论，她父母那样的人是没法理解的，她也只是偶尔拿来安慰一下自己而已。

吴小莉却到处找不着洗衣卡。她一定要找到，不能让智也看见染色的衣服，他强迫症那么严重，绝对不能容忍的。最终，她在智也桌面的文件柜里找到了那张加了塑料卡套的洗衣卡，可能是他自己拿去用过。当她把卡抽出来时，愣住了，同时抽出来的还有一张三人大头贴，显然是智也的全家福。小孩子看起来只有三四个月大，脖子还是软的。女人也不是之前东方明珠电视塔照片上的那位。看来，他已经结婚生子了？反正他隔三差五回日本，究竟是出差还是探亲，她是不了解的。她把卡和照片又放回了卡套，自己花钱去给他干洗了衬衣。

他为什么不告诉她？告诉她又怎么了呢？她就这么不遭待见吗？联想到小鹿，她终于明白他不让她了解自己生活状况的原因了，他是不愿意失去某种自由。同时，她也领悟了他那句话：她结不结婚跟我有什么关系？他想得到小鹿，并非为了结婚。她不后悔曾经阻止他了，她的直觉看来是没有错的。对于一个看不透的人，也只能凭直觉。

小鹿带来的红美人只有最后一只了。那个周六的下午，天气阴冷，她剥开它，看着手中汁水流溢的红澄澄的饱满果肉，泪突然开始流，跟那些滴滴答答的汁水一样。

晚上智也回来了，看见茶几上的橘子皮，想必认得那是红美人。他冷冷地说，她又来了？她说，她不会再来了。

当晚，两人沉闷地吃饭，沉闷地看了一会儿电视，各自沉闷地上了楼。九点半，吴小莉准备上床了。

突然，她听到院外传来一个女人的吵嚷声，她侧耳静听，是小鹿。她赶快披上毛呢大衣下楼出门，是的，是小鹿，她闻到她嘴里浓重的酒气。她在大骂：大岛智也，混蛋，你以为……你有几个钱，就可以……为所欲为吗？姑奶奶也……不缺钱……

邻居们……智也……怎么办？她的生活，即将崩盘吗？吴小莉想起了唯一一次坐过山车的感觉，排山倒海的，山呼海啸的，天地颠倒的，头脚易位的……她的脑子在坐过山车，头颅被什么凿开，变成空空的隧道，然后被穿越，然后，四分五裂地炸开，炸开，尖利的玻璃碴迸溅……

她几乎是出于本能地打了程一帆的电话，她牙齿打着颤说，我家门口有点情况，你快过来！

他说，我听到了，正在过来。

他过来了，吴小莉心里的炸裂感略微减弱。小鹿还在大吵：大岛智也，你给我下来……

吴小莉牙齿嘚嘚嘚的，心里祈祷，千万不要下来！求求你！

是该让她走还是进家门？如果不要被邻居们听到，就是赶快拖她进来；可是，智也在里面，如果进来以后发生激烈冲突呢？更无法收拾。

吴小莉脑子急速旋转着，先冲上去抱住了小鹿，因为程一帆是没法对女人动手的。程一帆的对讲机也在响：什么情况？要不要再派人过去？程一帆赶快回答：我在，没事，没事，不用派人过来。

程一帆劝说小鹿到值班室去，可是她根本不可能听他说什么。只要没有别人来，吴小莉觉得就好一点，但是，再拖延下去，就不敢保证了。吴小莉浑身颤抖着，程一帆把她敞开的衣襟往中间拢了一下，她自己赶快用两手紧紧攥住，但依然发着抖。程一帆担心地看着她，如果她再抖下去，他看样子就要抱住她了。

吴小莉声音不大但很有重量地说，小鹿，你是要我给你跪下吗？好！那我跪给你看！

程一帆一把拉住了她。小鹿也来拉她，同时住了口。吴小莉发现智也出来了。她脑子里的炸裂声又陡然响起，同时出现的还有毁于一旦这样的词，她绝望地攥紧了程一帆的衣袖。

进来说话吧。智也说。她没想到智也会这么平静。

吴小莉扶着小鹿往里走，智也有礼貌地对程一帆说，谢谢您，请回吧。

进了屋，小鹿因为刚才的大喊大叫，剧烈地咳嗽着，吴小莉生怕她咳吐了，赶快去楼上卫生间拿痰盂。

当她拿着痰盂下来时，小鹿已经不咳了，正和智也用日语说着话，俩人脸色都很冷峻，但明显不是在吵架，而是在交流。

吴小莉看看他又看看她，想从他们的脸色上猜出点什么，却一无所获。他俩用日语说完之后，居然握了一下手，是智也先伸出的手。

智也对吴小莉说，好了，你不用担心了，以后我们还会是好朋友。

小鹿满脸还是酒后的红，眼神迷离，重复了一遍，好朋友。然后看着吴小莉说，你放心吧。

就这么出其不意地和解了。智也叫了司机来送小鹿回去。走出院子，吴小莉发现程一帆还站在门口。原来他一直守在这里。

16

吴小莉不知道小鹿和智也谈了什么，他们又恢复了正常，经常不定期地一起回来吃饭喝酒找乐子。智也看起来是放弃了对小鹿的想法，但两人依旧友好相处，像哥们儿一样。

吴小莉是只要天下太平就好，根本不求甚解。她宁愿不求甚解地活着。她又重新打起精神来，每天家里清洁完毕，空气中氤氲着洗涤剂的香味儿，连家具都精神了许多，她冒着热气看着屋子里的一切，身心快慰。现在，没有比做家务更让她心里踏实的了，把家里每一样物事都弄得妥妥帖帖，心里就妥帖了。即便心里有什么烦乱，也在这个过程中理顺了，化解了。

她买了两个储酿罐，和小鹿一起酿苹果醋，看着苹果块在圆柱形的大玻璃罐里一天天变色冒泡，她就像看着一个孩子的学习成绩在变好一样。她等着一个满分的考卷。

智也看着她们兴兴头头地忙活，好像也有旁观的快乐。有天早饭时，他对吴小莉说，你可以和小鹿交往，让她晚上住这里也行，我父亲没有禁止这个。吴小莉有点纳闷，我们不就是在交往吗？何出此言？然后，她从"让她晚上住这里也行"这句话找到了答案，因为喝酒不能开车，每次小鹿晚上都要智也派司机送回去，他可能觉得麻烦吧？

吴小莉说，住这里不方便吧？以后让她自己开车来，不要喝酒就是了。智也说，那就不要了，不喝酒怎么能开心呢？你没明白我的意思，算了。

算了就算了，吴小莉也不再想这茬，一切如旧。

17

夏天，小鹿去了日本，给一个中学生暑期夏令营当翻译。她的旗袍就是为这次日本之行买的，她说要用旗袍征服和服。吴小莉现在一个人也过得优哉游哉，因为她知道小鹿会回来的，给她一个空当独处，也是一种很好的调剂，正好再看看新版《红楼梦》电视剧。

九月份，小鹿回来了，给吴小莉带回好多礼物，和果子扇子木屐之类，吃喝穿用的都有，满满一大包，简直就是一个百宝囊。吴小莉说，你是不是把日本超市货架上每样都给我拿了一件？小鹿说，还真是的，凡是我在日本期间买过的，除了卫生纸和水，其他每样都给你备份了。

说实话，智也虽然经常往返日本，却很少给她带东西，除了香。其实香也不算是给她带的。原来有桑桑时，他为桑桑带的多。以前大岛先生在时，每次回日本会为她带点礼物，但他跟她在一起的时间不过一年而已，所以，日本对她来说还是外国。小鹿是留意到了自己跟智也谈起日本的桩桩件件时，吴小莉流露出来的陌生感吗？

小鹿说，我最得意的还是淘了好多原版碟。小鹿在自己拿来的一堆影碟中翻找着，最后拿了一张说，看这个吧，性感女神莎朗斯通演的，在中国叫《本能》。

小鹿在快进片头，吴小莉站起来去把窗帘拉上。

吴小莉不喜欢看外国片，她只是随顺小鹿的喜好而已。可是，这部电影中有些莎朗斯通的镜头让她越来越不适，她说，算了，不看了吧。

小鹿说，知道你爱吃素，不至于连个电影都不能看了呀！

吴小莉说，你自己看吧，我去干活。说着就要起身。小鹿从背后抱住她说，求你了，坐下一起看吧。她只好又坐下。小鹿的手臂依然在她腰上。过了两分钟，她挣脱出来说，我还是去干活吧。

小鹿扳过她的肩，看着她的眼睛说，你是怕吗？

她惊奇地问，我怕什么？

小鹿放开她，好像一种自我放弃似的，任上半身向着沙发背跌去。吴小莉起身干活去了。

等她把楼上打扫好下来，小鹿也快看完了。吴小莉从冰箱里拿了石榴，递给小鹿，小鹿手劲比她大。小鹿把石榴一掰两瓣，并没有马上给吴小莉一瓣，而是看着两瓣红艳艳的石榴子说，好性感。吴小莉笑了一下，对她的疯疯癫癫表示不以为意，然后自己从她手里拿过一瓣，小心地剥着吃起来。

小鹿也开始剥石榴子，边剥边说，有的人，也许天生就是绝缘体，基因决定的，怎么努力都没用。

吴小莉吮吸着石榴汁说，人要不是绝缘体，难道还要通电吗？那不电死了？

小鹿说，你真是天生的圣女。

吴小莉说，我不是剩女，我是寡妇。

小鹿被逗乐了。她突然凑近吴小莉的耳朵说，难道，你没有本能吗？吴小莉还没回过味来，她又说，你可以自己解决呀……

我不需要！吴小莉脱口而出。她打了一个寒噤，毛毛虫掉到身上的那种寒噤。

两个人都僵住了。小鹿坐直了身子，把石榴放到茶几的小碟里，认真地说，你知道你最让我悲哀的一句话是什么吗？

吴小莉直直地看着她。她说，我要快感做什么！

吴小莉仿佛记得自己说过这句话，她低下头，慢慢地剥着石榴子，终于开口说，你不要改造我了，我就想带着洁癖过完这一辈子，不想给自己添麻烦。

小鹿说，你可以不这样呀！

吴小莉说，你不懂，我必须这样。

小鹿说，没有什么是必须的。

吴小莉嗫嚅着说，我就是没有欲望的人。

小鹿模仿赵本山的腔调说，这个可以有。两个人都笑起来，尴尬的谈话氛围终于打破了。

吴小莉心里说，欲望不是我的问题，心动才是。她脑子里飘过了那个从来都不需要想起，但永远也不会忘记的人。

小鹿说，我不明白，为什么你要抗拒欲望？

你不需要明白。吴小莉说。她说不出来，欲望对她来说是一种奢侈品。

她想了想说，我也没有抗拒，我天生就是这样，我觉得挺好的。是的，她确实得益于此。没有欲望就是胜利，就是最大的安全感；只要她没有欲望，就没有什么奈何得了她。

这简直是你制胜的法宝了！小鹿无可奈何地说。但我不明白的是，既然没有欲望，还为什么而活着呢？

吴小莉若有所思地说，活着本身，就是一种欲望吧？

小鹿说，你这是画地为牢。吴小莉几乎是嗤之以鼻地笑了一下。她在大岛先生划定的范围内活着，已经足够了，并不需要那么多自由。

小鹿质问，你告诉我，你这样活着，为的是什么？

吴小莉以绝不合作的态度回答，活着就是活着，还要问为什么吗？她似乎是在跟小鹿绕口令。

小鹿把遥控器往沙发上一摔，恨恨地说，我要是你，早就……她没说下去，估计她也意识到了，吴小莉没什么"早就"可以怎样的选择，毕竟，她不是她。

18

好长一段时间，吴小莉不太想见到小鹿了。她也说不清为什么，就是不热衷于一起玩了。难道，这就是"熟臭"的道理吗？好像有默契似的，智也叫小鹿来，她也好久不来了。智也说，她说忙，好像在翻译一本日文书。

又一茬果醋酿好了，她和小鹿尝试过用各种水果酿造果醋，这次是综合的，味道居然比之前的都好。小鹿许久不来，她一个人喝不完，关键是喝着没劲。没有小鹿的生活，确实难耐许多，但相比之下，她还是觉得不见更好。她有她的拧劲儿。

但是，吴小莉很注意看小鹿的朋友圈。小鹿却偏偏什么都不发，好像要故意折磨她似的。吴小莉是从来不发朋友圈的。吴小莉越来越不放心，她首先不是想她，而是要知道她是不是好着呢，她还是有某种担心。她决定给小鹿发条微信问候一下，好好的，突然就不联系了，也不自然，是吧？于是她发了鲜花和微笑的表情，问，忙啥呢？她秒回，没忙啥。再也没有下文了。这是给吴小莉碰了个软钉子。过了两天，吴小莉又说服自己给小鹿发了一条微信，咱们的果醋酿好了，来喝吧。她秒回，你自己喝吧。

吴小莉还能怎么样呢？她也是自尊心很强的人。她决定不管她了，果醋送给程诚喝去。程诚上初中了，已经住校，只有周末回来，作业太多，也难得来她这里一次了。

这是吴小莉第一次走进这座院子。她首先看见了院子里养着的鸽子。那是她出车祸后父亲为她买的，她没吃完，连同笼子送给了程诚。

门是开着的，她一面往里走一面喊，程诚妈妈。女人从屋子里走出来，局促又热情地迎接她。她说，我酿了果醋，来送给你们品尝。

他不在家。程诚正在做作业，看见她进来，站起来喊干妈，却并不去接她手里的两瓶果醋。母亲说，拿着吧，干妈给的，干妈不是外人。他才红着脸接了过去。那种脸红，多么熟悉。孩子有自尊了，轻易不会要她给的东西了。

尽管女人很能干，收拾得井井有条，但毕竟，屋子太狭小了，每一寸空间都挤得满满的，她蓦然想起了自己曾经熟悉的商厦的后场。地面是水泥的，泛着潮湿的痕迹。她不仅心疼起他来，也心疼程诚。女人就不该心疼吗？该，但那是理性上的。

女人让她坐，她坐在了程诚书桌前的凳子上，程诚站在她身旁。桌上摆着一盒酸奶，还没喝完。女人对儿子说，酸奶喝完吧。她跟女人随意说着话，无意间看见程诚在舔盖，她赶紧把目光挪开。但只那一眼，已经刺痛了她。其实她喝酸奶也会把盖上的用勺子刮掉，毕竟那么一小盒酸奶，光盒子和盖子就沾去了太多，怪可惜的。可是，在这样的一间屋子里，看一个孩子舔酸奶盒的盖子，她就觉得特别难受。那是他的孩子呀。她准备过几天买两瓶一升装的酸奶送过来。对了，还要送一份酸奶伴侣专用油，是调配着牡丹籽油红花籽油等等的亚麻籽油，小鹿教给她用的，并且专门给她带了两小桶来。

第二天，女人却上门来了，是来向她借钱的。女人说出"借钱"这两个字时，眼泪几乎同时出来了。她说，程诚刚刚交了学费，她要去看她的另一个儿子……爷爷奶奶也不会缺了孩子什么，可是，她毕竟是当妈的……女人不管她了不了解自己的状况，就把这些都说了。

女人说完，局促地搓着自己的手，吴小莉这才发现，女人的手腕有点变形，关节特别大。女人看见她注意自己的手，就说，风湿性关节炎。她蓦然想起昨天亲眼见到的潮湿的小屋，他们的家。她知道风湿性关节炎不是小毛病。

她看着这个女人，心里酸酸的。女人原本是俊秀的，但太多的操劳使她的美丽与否完全不重要了，没有人再去关心这一点，它也便不再显露，实用性功能性完全掩盖了她的审美性。她突然对这个瘦瘦的女人有了一点真正地心疼。她从未嫉妒过她，但是现在，连她没有被自己嫉妒过，她都感到一丝微末的心疼。

她拿出八百块交给女人说，不用还了，就当程诚升初中，我表示祝贺的吧。女人说，一定要还的，等手头宽裕了就还。女人还委婉地表示，不愿意让丈夫知道自己又去看孩子。吴小莉问，他不愿意你去吗？女人说，倒没有不愿意，就是不愿意给他添堵。吴小莉略感宽慰了一点，她也觉得他不该是那样的人。

女人走后，吴小莉在别墅门前的台阶上呆立了许久。她跟小鹿待久了渐渐松动的心，再次紧缩了起来。还要问"这样活着为的是什么"吗？用排除法就可以了，比如现成的，为了不像这个女人这样。她不能太贪了，什么都想要。

吴小莉突然觉得，他在她生活中的存在，并不仅仅是一种守望，还是一个警示。他一家人的生活，就是给她看到生活的对岸是什么，提醒她不能掉进河里。她再次感觉到对于生活的畏惧，以及张着大口的深渊的威胁。

他跟她，心那么近，却是生活在两个层次里呀。吴小莉这样想的时候，并没有什么优越感，只是对命运生出些许感慨。如果有可能，她倒恨不得跟他平均一下。难的是，他不仅仅是他自己，她也不仅仅是她自己。

深秋的时候，小鹿突然来了。吴小莉听见汽车不停地鸣笛，便走出屋子，认出了小鹿的车。她走出院门，小鹿却不下车，只是按下车窗玻璃，冲着走近的她喊，我是来给你送橘子的。

哦，红美人，谢谢啊。她说。她看看小鹿的脸色，放了心。又故意满不在乎地说，来都来了，进来喝杯茶呗。

小鹿这才解了安全带。吴小莉搬下了副驾座上的一箱红美人。

进了屋，吴小莉一边烧水备茶，一边说，听智也说，你在翻译书，我也不敢打扰你。

小鹿率性地说，我根本没有翻译什么书。

吴小莉只能揣着明白装糊涂，轻描淡写地说，哦，是吗？

小鹿说，装什么装！你不是讨厌我吗？说完赌气地看着她。

吴小莉忍不住笑了，这就是她所熟悉的小鹿。她也顺水推舟说，谁让你烦人，老让我去想什么活着的问题，弄得我不开心，本来我活得好好的。

就这样化解了。吴小莉觉得自己给小鹿炼出来了，说话的尺度底线放开了不止一点两点。

智也又经常回来吃饭了，三人欢聚一堂的局面又恢复了。智也说得对，她俩就是二元对立统一的存在。

小鹿一来，吴小莉的生活就动了起来，她几乎带她吃遍逛遍了成都所有的网红店。小鹿只有一个原则：不排队。但网红店怎么可能不排队呢？小鹿的办法是：避开高峰期，比如不在饭点去吃饭。吴小莉是"你高兴就好"的原则，反正她们时间从容。

吴小莉不能不承认，她还是希望生活中有小鹿的，小鹿为她带来光亮，跟小鹿在一起的她是飞扬的，那是她活着仅有的飞扬。连她的姐姐吴小玲都酸酸地说，那个小鹿，为什么对你那么好？吴小莉答，她愿意呗。心里却不无愤愤地说，你对我不好，还不许别人对我好吗？她不会怀疑吴小玲话中有别的意思。

某些高级的风花雪月，吴小莉觉得必须归功于小鹿。如果没有小鹿，她只属于柴米油盐。小鹿才配得上风花雪月，得益于小鹿，她才能体验到风花雪月的好日子。

好日子却总是让吴小莉隐隐地感到一丝不安，是受虐惯了，种下了受虐狂心理吗？

但是，许多的好日子就那么过去了，也没发生什么。吴小莉开始相信，也许生活原该如此吧。

19

四十岁，是大生日，必须隆重地过，一个国家逢五排十都要大阅兵呢。小鹿说。

其实，小鹿的每一个生日吴小莉都没为她过，因为她不说是哪天。所以，她自己的生日，她也希望省略掉，偏偏小鹿记得牢。这世界上牢记她生日的人，一个是她的妈妈，另一个就是小鹿了。

怎么过呢？小鹿说，出去玩吧，好想出去玩，你想去哪里？

吴小莉说，手机屏保上的任何一个地方。

小鹿说，这就跟"吃什么？随便"一样难办。

吴小莉说，我一点都不想出去玩，成都还不够玩的呀？全世界那么多人都到成都来玩呢。

小鹿说，世界上的好地方多着了，一辈子都去不完。

吴小莉说，既然去不完，那去不去都无所谓了。

小鹿笑起来，无奈地说，我都给你气笑了，这是什么理论！我还是想去看看大千世界。

吴小莉说，那你去呗。

小鹿说，拜托，我不是想去看世界，我是想跟你去看世界。

出去旅行的讨论没有结果，小鹿就另外想招，哎，咱们去学打香篆吧，学会了自己打，打沉香的，这可是很高大上的哟。

吴小莉想起来了，她们曾经在大慈寺看见别人打香篆。她说，那需要静功夫，你行吗？

小鹿说，你行就可以了，我是为了你，那应该是你喜欢的。

吴小莉开玩笑说，那还不如做冷香丸了。

小鹿猛然张大嘴巴，眼睛睁得溜圆，如梦初醒似的说，我知道了，我知道了！吴小莉说，你别吓人啊。

小鹿说，我说个地方你肯定想去，北京！吴小莉摇头。

曹雪芹故居！吴小莉点头。

在吴小莉生日的前一天，小鹿陪她来到北京。四十岁的吴小莉，这是第一次走出四川，竟一翅膀就飞到了首都。

到了宾馆已是晚上，选房间时，前台客服问，要双标还是大床房？吴小莉说，双标。小鹿说，大床房。两个人几乎是同时说的。客服只好看着她俩。吴小莉跟小鹿商量说，还是双标吧，你睡觉肯定不老实，我跟人一个床本来就睡不着觉。小鹿面无表情地说，好吧，随你。

吴小莉先洗完澡躺下了，等小鹿上床时，她已经快睡着了。她听见小鹿一直在翻身，浆洗的床单被罩像纸一样，发出窸窸窣窣的声音。吴小莉迷迷糊糊地问，你还没睡着？小鹿说，你有一窍，始终未开。吴小莉不明白她怎么来了这么没头没脑的一句，但是反正也习惯了她的没头没脑，便没说什么，打了个哈欠翻身继续睡。小鹿在她背后又吐出一句：不开窍的人是幸福的。

第二天，她们来到了北京植物园内的曹雪芹故居，叫黄叶村。那是个四合院，权当曹雪芹的家。所有图片资料和介绍，吴小莉基本上不陌生。冬天无人的平房里阴冷寥落，似贾家败落后的光景，透着《红楼梦》结局的寒意。院子里遒劲的老树下，铺满厚厚的黄叶，使黄叶村名副其实。比虬枝低矮的那一排书店，是吴小莉最喜欢的地方。那是青瓦石墙和木格门窗的房子，上午的阳光透过一溜玻璃窗照进来，投在窗下高低错落的书籍、文房四宝、手工纸本、明信片、茶具、绿植、陶罐上面，形成一种很有灵魂的光影互动。所有文创产品都是围绕《红楼梦》的主题设计的。中间摆台上，除了平放侧放和高放的书，中央还有一个小小的博古架，安静地摆放着精致的小物，使整个空间生动立体。博古架的一边是青紫渐变的古风陶瓶，另一边是龙泉窑的天青色瓷瓶，里面舒朗地插着修长的腊梅枝。窗格在洒满阳光的书上投下方块状的影子，花瓶及瓶中花也在书上投下静物画般的影子。不知是阳光太晃眼还是看得累了，吴小莉眼里竟漫上泪水。

屋里的桌布都是亚麻或青花印染土布，吴小莉在铺着青花桌布的圆桌前坐下，周身沐浴在阳光中，简直不想站起来了。那满室生辉的暖色调，似乎一种令人感动的生命的底色。吴小莉的心在《红楼梦》里盘旋多年，没承想来到曹雪芹故居，竟是被一屋阳光所感动。她闭上眼睛，想象着来上一壶茶，打开一本《红楼梦》。

如果说吴小莉是来看黄叶村的，小鹿则是来看吴小莉看黄叶村的。她也翻翻看看四处打量，但主要是为吴小莉拍照。店员是两个姑娘，看见小鹿频频为吴小莉拍照，一个羡慕地对另一个说，闺蜜结伴玩是最好的。吴小莉喜欢"闺蜜"这个词，不像"亲""美女"

那么起腻。小鹿却大不以为然地说，什么闺蜜呀！两个姑娘诧异地瞟了小鹿一眼，吴小莉则习以为常。小鹿在哪里都是小鹿呀。

避开店员，吴小莉小声说，你别像狗仔队似的嘛。小鹿却大声说，我也就是对你，知足吧。小鹿拍完照片发了一个九宫格的朋友圈，倒是没有吴小莉的正面照——她知道吴小莉是什么样的人。"这一刻的想法"，她写的是：两个人的美好。吴小莉看见智也跟了一条评论：阳光温煦，岁月静好。

贫寒的曹雪芹故居与华丽的贾府完全不是一回事，曹雪芹就在这样的寒舍中回忆着旧日贵族生活，用文字构建着一个繁华家园，如同画饼充饥，想想真是残酷！吴小莉觉得这个叫曹雪芹的人太令人心疼了。她也想到了那个长相气质都酷似金城武，却与金城武的人生天差地别的贫寒男人。

午饭是在卧佛寺旁吃的素斋，素面正好当作生日面。吃完继续逛游。成都是青绿的底色，却没有北京晴朗大气的阳光，这样的阳光与明黄绛红的宫墙寺院是如此相适，给人某种厚朴宽缓的抚慰。在卧佛寺，小鹿虔诚叩拜。吴小莉在一旁看着，感觉这一刻的小鹿简直不像小鹿。

不自觉地又走到了黄叶村，小鹿与吴小莉在一面墙的遮阳芦苇帘前来了几张自拍，阳光透过枯叶稀疏的树冠，把花花撒撒随风摇曳的影子打在芦苇帘上，安宁又生动。小鹿尽量避开强光与树影，使两个人的面部呈现在柔光中。她们看着自然光中的两张脸，简直完美到无言，说光润玉颜都不够，配不上那光的自然美好。脸上有光，即心里有光，光呈现的似乎不仅仅是美，更是光明伟丽的一种人生境界。

吴小莉选了一张最理想的，发了平生唯一的一条朋友圈，并配上了"这一刻的想法"：我愿光阴如此——光明眷顾，光影成花。

吴小莉久久地看着这张照片，似乎不相信自己会有如此光亮与舒展的时刻。她不知道，这将成为陪伴她一生的一张照片，也将成为她痛哭不已的一张照片。

两个人走得很累，但很有成就感，如同完成一桩功德圆满的大事。这个生日，吴小莉感觉过得太值了，简直有一种被命运眷顾的受宠若惊。但她心里明白，这个"命运"是小鹿给予她的。

跟小鹿在一起，吴小莉一向坚持ＡＡ制，做到做不到是另一回事——小小不然的钱小鹿经常不让她出的。但是这一次，她由着小鹿请客了。她心里会记着的。

她们在北京城里溜达，满街都是灰头土脸又步履匆匆的人，吴小莉看着就想起在商厦上班的时候。小鹿不是第一次来，一切早已不新鲜，喜不喜欢以吴小莉为准，凡是吴小莉不喜欢的，她也决定不喜欢。偌大的一个京城，吴小莉最喜欢的竟是黄叶村那一角。

第五天，也就是在北京的最后一天，她们去了烟袋斜街和南锣鼓巷。在烟袋斜街的一家香囊店，吴小莉未进门先看见一个旧时药店学徒打扮的伙计跨坐在长板凳上，用木手碾来回碾着身前碾槽里的中药粉。这伙计是个机械人，所以可以无休止地来回重复这个动作，脸上带着永远不变的笑容。吴小莉很不愿看见这一幕，觉得有点扎心，最扎心的是这个伙计的笑容。外公用"磨道里的驴"来形容一辈子辛苦做事却活不出头来的人，可是，如果这头"驴"还带着满足的笑容呢？

北京之行就要结束了，吴小莉确认，这几天，是她四十年来最飞扬最明亮的几天。

晚上十点多，吴小莉先洗完上了床，这几天太累，刚沾枕头她就迷糊过去了。突然，她的身体抽动了一下，小腿猛地击打床面，弹坐了起来。小鹿刚洗完澡正在擦头发，被她的猛然动作吓了一跳，急步走到她床前问，怎么了？吴小莉还蒙着，心咚咚跳得发悸，她回溯着刚才的梦，慢慢地说，我梦见过河，河水很浅，有一些石头露出水面，我试探着，好不容易找到一块以为可靠的垫脚石，一踏上去，石头就翻了，我一下子就这样了……小鹿说，我有时候也这样，没事儿，继续睡吧。吴小莉却没有躺下去，她不但心有余悸，而且还有一种莫名的不安，她缓缓地说，我觉得有什么事儿发生似的。小鹿说，能有什么？我在这儿呢，你尽管睡吧。吴小莉说，我感觉很不好……小鹿说，你多心了，我给你百度一下，看看这是一种什么现象。

小鹿对着手机念出来：这种因瞬间抽动、产生下坠感而突然惊醒的现象，可以简单理解为"临睡肌抽跃症"……大脑处于清醒状态时，大脑皮层会发出指令让下级的神经别乱动，受神经支配的肌肉也只能乖乖听话保持原状。……刚进入梦乡的时候，大脑皮层也昏昏欲睡，兴奋性会降低，对身体有意识地控制也随之减弱。但大脑皮层以下的神经还挺精神的，会在不受大脑控制的情况下让肌肉嗨起来。……大部分的入睡抽动是正常的生理现象。

小鹿说，你看，科学都解释了这种现象，放心睡吧。吴小莉还是摇头。床头柜上的手机突然响了，两人一惊，都去看自己的手机。是吴小莉的手机响，她拿起来，看了看，对小鹿说，是我姐。她看着小鹿，有点害怕似的，迟疑着不敢把手机往耳边放。一接通，还没等她说话，吴小玲就急急地说，家里出事了，你还在逛首都呢。怎么了？吴小莉一下坐直了。进贼了！吴小玲喊，好像很解气似的。吴小莉这次出门，是让母亲去帮她看家的。家里有人住着，别墅区的安保又那么严密，怎么会进贼？

没偷走智也什么吧？吴小莉第一句居然是这样问。不是你家，是爸妈家！吴小玲又喊。爸爸不是在家吗？吴小莉问。爸爸昨天到你家去了，住下了，今天回到家才发现夜里给偷了！吴小玲说。那丢了什么？吴小莉问。你能想到的都给偷走了，你不是明天回来吗？回来再说吧！吴小玲说完挂断了。

小鹿坐到吴小莉身边，小心地看着她的脸色。吴小莉往里挪了挪身子，说，我爸妈家进贼了。然后又沮丧地说，我就知道人欢无好事。小鹿笑了，搂住她的肩头说，怎么能这样想！破财免灾嘛。吴小莉把她的胳膊拿掉说，对我家来说，破财就是大灾了，还免什么灾。

吴小莉没想到自己得偿夙愿的照亮终生的北京之行会是这样结束的。这再次证实了她的宿命观：自己就是不该飞扬的人，飞起一尺，就会跌落一丈。

20

第二天飞回成都，小鹿直接开上自己停在机场的车，把吴小莉送到了母亲家。在小区门口，吴小莉请小鹿不必进来了，小鹿只好听她的。母亲已经回来了，一脸的张皇失措，白发看起来更多了。吴小莉看了看，跟搬家差不多，除了锅碗瓢盆家具被褥，家当几乎全给偷走了，连一个电饭锅都没放过。母亲当天煮饭用的是二十年前的小铝锅——原本是被吴小莉当垃圾扔了，母亲又捡回来的。看来，母亲的废物囤积症不是没有道理的。

吴小莉问父亲，有没有丢钱？父亲只是叹气，她就明白了。母亲又哭了起来，说，这一辈子，也就那么点积蓄，我说存银行吧，办个卡也行，你爸非要现金，说现金拿在手里实在，这下子……唉，我这是什么命呀！吴小莉难受得厉害，有什么能使她免于这种不堪的心酸呢？答案很明确。她犹豫着……

晚上吴小玲来了，少不得又是夹枪带棒：咱家为什么招贼呢？还不是人家知道咱家有个女儿嫁了日本老板，是住别墅的！吴小莉气得想揍她：你又给家里带来什么了呢？我带来的，肯定抵得过那些被偷走的，还绰绰有余呢！你有什么资格说我？但她当然没撑，她知道那是更加添堵和找死。

吴小莉终于不再犹豫，说，爸，妈，你们估算一下，大概损失了多少？父亲终于开了口，我估摸着，不低于这个数。他伸出了一根指头。吴小莉知道，这不可能是一万。吴小玲显然也很吃惊，父母还有这么多家底吗？母亲又唉声叹气，说，破家值万贯呀。

吴小莉不想再看下去和听下去了，她说，我明天给你们送十万来。说完就走了。她只是要尽快逃离那种不堪的心酸。

第二天，吴小莉去了两家银行，然后又去了父母家。如果她答应了智也的条件，离开别墅恢复自由身，得到的也不过就是十万。现在，她卡里剩下的钱怕是连贼都懒得惦记了。她攒了这么多年的，这一下几乎归零了。她只能回到起点重新开走，她可真是磨道里的驴呀，永远在原地转圈。

关于吴小莉家失窃的事，智也根本不知道。小鹿则是无论怎么问，吴小莉都不肯多说。过去了，过去了！她不耐烦地说，以免小鹿继续追问。

那段时间，小鹿来时买的东西比以前更多。吴小莉心中有数，她和小鹿的来往，小鹿付出的比她多。她看见小鹿有意识地更多付出，心里很不是滋味儿，沉着脸说，我不是吃不起饭，你用不着买这么多东西。小鹿故作不懂地说，不多呀。

有一晚上智也回来，三个人一起吃饭，小鹿趁着喝了酒，旁敲侧击地说，智也，日本的物价怎么样？中国的物价涨得可真快哈。智也说，日本物价我没留意，中国的我也没留意。小鹿说，你没留意，我这不告诉你了嘛。然后又对着吴小莉说，你这个大掌柜，给我们的伙食水平可不能下降哦。

下一次给赡养费时，智也说，以后就按这个数吧。他走了，吴小莉数了数信封里的钱，是九千。

吴小莉拿着那个信封呆坐在床边，突然明白自己的情绪症结在哪里了。想想也是可怜，不过每月多两千块钱，就可以收买自己的情绪。原来，安全感才是她最不能触碰的蛋糕呀。

北京之行，对吴小莉的改变真的很大，此后几年，她是越活越放松了。当然，也是年纪到了的缘故。

吴小莉换装了。她从前的衣服确实都穿旧了，她也确实发了一点点福，穿着勉强了。她虽然还是不习惯穿家居服，也接受不了小鹿那种披挂上阵的棉麻范儿，但她接受了森女系的棉麻衣服。

当她第一次穿着一件芥末黄的棉麻连衣裙在小区门口见到程一帆时，竟不由自主地脸红了。他显然也注意到了她的变化，上下打量着她，居然也脸红了。

他是去接程诚周末回家的。程诚紧接着从后面走上来，见到她，叫了一声，干妈。程诚已经上高中了，个子比爸爸还高，完全长成大小伙子了，所以，叫干妈都会脸红了。

没有什么比孩子的长大，更能够让人感觉到时间的老去和生命的成熟。

21

2019年的冬天，猪肉格外贵，吴小莉的父亲又启动了他的猪肉价格标杆，感慨着：刚建国那会儿，猪肉几毛钱一斤，你结婚那会儿，一百块钱还能买二十斤猪肉，今年，一百块钱也就买三斤猪肉了。

吴小莉说，行了，爸，您能吃多少猪肉呢？我包了您的。话虽这么说，物价还真是涨得让人心慌，幸亏智也在年初把她的赡养费长到一万了，不然她真成了住别墅的穷人。房价当然也涨得像发洪水似的，这座别墅的价格比她住进来时翻几番了，不过，也跟她没关系，她只是住别墅的人，不是别墅主人，连房产证上是谁的名字她都不知道。

这个春节，智也不打算回日本，小鹿也不打算回老家，三个人一起过，有的玩乐了。吴小莉提前给父母送了些年货去，他们是要跟吴小玲一家过了。毛毛大学毕业工作了，已经有了女朋友，听说女朋友也在成都过年，那他们也有的热闹了。

程诚在重庆上大学，直接从重庆去老家过年。他的父母要在成都过年值班，吴小莉父母不来过年，她也不好把他们叫到家里来了。她听程诚妈妈说，还有其他工友在一起，物业公司会照顾到的。

过小年时，小鹿来过，带来几包口罩和橡胶手套，还有几瓶酒精，叮嘱吴小莉，出门一定要戴口罩和手套，回家一定要用洗手液洗手，再过一遍酒精，鞋子要脱在门外，外套要脱在廊檐下晾着，不要直接拿进屋。吴小莉一一答应照办，还把她带来的东西送了一些给父母和程诚妈妈。

虽然如此，吴小莉其实还是没怎么当回事。腊月二十八，小鹿又来了一次，还是带了那些东西，不过比上次少。她说，防疫物资已经很难买了，她不分昼夜地在跟国外志愿者联系捐赠，有一些已经在路上。难怪吴小莉看见她眼睛里满是血丝。

吴小莉说，那你就住在我这儿吧，别来回跑了，我做饭给你吃。小鹿说，不行，志愿者团队是我组织的，我不能离开，除夕大概也顶多来吃个年夜饭，我是不放心你，抽空过来看看。她待了不多时就走了，走前再三叮咛，那些东西要珍惜着用，尽量不要出门，情况比你想象的严重。吴小莉不出门，不用电脑上网，只是在手机上浏览一些新闻或传闻，对于疫情是没有多少认识的。

第二天早上，吴小莉到小区门口买菜，发现只有一家小摊在摆着，而且说马上也要收摊回家了。回到家，吴小莉看到武汉封城的消息，才真正意识到疫情的严重性。

还是不要出门了吧，她想。但是，她几天前在网上订的一台饮水机到了，快递小哥说，门卫现在不让进了，只能自己到门口取。她只好又全副武装起来，走到小区门口，跟门卫室借了一辆板车，快递小哥帮她把饮水机搬到车上，试了试说，稳当的，不用绑。吴小莉就拉着往家走。走到一个小坡道，饮水机突然向后张去，她腾出一只手去扶饮水机，还没够到，另一只手拉板车的力量不够了，板车又开始下滑。正在她顾此失彼的时候，有人一个箭步上来，用手稳住了饮水机，同时用腿挡住了下滑的板车。

是他。让他看见自己的狼狈，她大窘，不过现在都戴着口罩，什么也看不出来。他说，你放在门卫室，我给你送过去就好了嘛，何必自己运。口罩使人的声音听起来都不一样了。唯一直接交流的眼睛却变得格外有用，她看见他的眼睛，觉得还是年少时的眼神——现在越来越感觉那是年少时。她不觉又在口罩下红了脸。

他帮她把饮水机送到家，安装好。平常她是会拒绝这么多接触的，现在都戴着口罩，她感觉就没有那么多敏感和禁忌了。

中午智也回来了，说公司已经关门，他回家之后不再出门了，叫她也不要再出门。吴小莉说，小鹿怎么办？智也说，叫她快来，然后就不要再走了。吴小莉说，她带了一个志愿者团队，走不开。智也说，我也在联系日本方面的口罩。

当天晚上九点多钟，吴小莉听到微信消息提示音，拿起手机一看，是他。他说，你到院门口一下。吴小莉马上穿好外套出去。他站在院门口，像很多年前的那个新年夜一样，只是多了一副口罩。

他说，我们物业公司有个人回到老家确诊了，不知道是在哪儿得上的，公司领导正在讨论怎么办，消息还没对外说，我来告诉你，无论如何不要出门了，下一步可能会组织送菜上门。她点头。

他们相互看着，没有更多的话，紧张和担心使他们的眼神更深切。吴小莉突然想起了电影电视里看到的那些乱世之中的男女，她说，你要小心。他点头，嗯，我走了。

吴小莉上了楼，智也站在三楼和二楼之间的楼梯拐角处问，什么人？来干吗？吴小莉说，物业的人，嘱咐要小心，少出门。智也说，在微信群里说不就行了吗？干吗要跑来？增加传染风险。吴小莉没说什么，进了卧室。

除夕中午了，小鹿还没来，吴小莉在微信里催她几遍，她都没有回复。下午两点，程一帆在微信里告诉她，小区要封了，所有跟那位确诊的物业公司员工有过接触的人都要排查，千万不要出门。十几分钟后，就有全套防护的居委会工作人员上门来送纸质通知：小区封了，外人不能进来，住在小区里面的业主没有特殊情况不要出去，物资会统一供应。

小鹿怎么办？吴小莉问智也。他说，你问问她。吴小莉马上用微信视频联系小鹿。小鹿接了，面色憔悴，声音沙哑但语速很快地说，我的微信要跟很多国外志愿者保持联系，你快点说话。吴小莉简短地把小区情况说了。小鹿说，那我还……去吗？吴小莉心里乱乱的，也不知怎么回答。叫她来吧，小区万一有风险；不让她来吧，又觉得失落和不放心。小鹿说，我还是不去了吧，要为团队其他人负责，我这里也确实太忙太忙，本来想去吃个年夜饭赶快回来，现在看还是别去了。吴小莉说，那你怎么过年？小鹿说，都什么时候了！过什么年！微信断了。

一会儿，小鹿发来微信文字：刚刚有人微信联系不上我，打电话进来了，视频断了，先这样吧，你小心！！！有事随时联系。

下午三点多，程一帆发微信来，说他住的小院有一位同事发烧了，已经送去医院，小院封了，他和程诚妈妈都不能出门了，叫她务必小心。

吴小莉心里更加惶惶不安，简直连年夜饭都无心准备了。她只能发微信跟小鹿说说小区的情况和自己的担心，小鹿回复了两个字：镇定。四点多，有人背着喷雾器在院门口消毒，是一路消毒过来的，全小区都要消毒。

智也一直在楼上守着电脑，他在跟日本方面联系。吴小莉上楼告诉他，小鹿不来了。又问他，年夜饭吃什么？他说，随便弄点吃的吧，哪还顾得上年夜饭。

吴小莉做了四菜一汤，煮了饺子，两个人没情没绪地吃完，智也又上楼去了。吴小莉打开电视，春晚的欢乐声音在别墅里回荡，却只是增加了空落落的感觉。

吴小莉洗完碗，坐在电视机前，却一个节目都看不进去。她给程一帆发微信问，你怎么样？他只回了两个字，还好。吴小莉心里又空又慌，只想找点什么事做，可是，实在没什么事可做了。

初一上午，有全套防护的两个女工作人员上门送口罩和消毒水，只把袋子挂在门把手上，远远地说话。吴小莉问，你们是物业的还是居委会的？对方答，我们是街道组织的志愿者。听起来是年轻女孩的声音。吴小莉问，你们还需要志愿者吗？我可以做。她太需要做点什么了，什么也做不了的感觉实在可怕。对方答，当然需要，谢谢您。不要出去！智也的声音从她背后响起，从现在开始，我们俩都不能出门！吴小莉只好摆手跟外面的人说，不好意思。门外的两个人说没事儿没事儿，快步走了。

吴小莉除了刷手机微信实在干不了别的，可是，来自微信朋友圈和各种群的信息更加令她坐立不安。最令她坐立不安的还是那个小院。他怎么样？早上她又发了微信问候他，他连回都没回。她真想去看看，可是，智也说不能出门。她又发了微信问候他，他还是没回。她不停地看微信，他还是没回……她真想去看看！

她改为给小鹿发微信，把所有不安向她倾倒。小鹿终于回复，如果到晚上他还没回，我就替你去看看。

到了晚上八点，她告诉小鹿，他还没回复。小鹿说，我马上过去，不要着急了。她马上又替小鹿担心起来，着急地问，这样可以吗？你不会有风险吧？小鹿没回。

半个多小时以后，她听见院门口有人摁车喇叭，是她熟悉的小鹿的方式。她跑到院门处，小鹿已经开走了，向着小院那个方向。

她站在栅栏墙里面，等着她回来。幸好她给小鹿办了小区出入证，不然现在她肯定进不来了。大约二十分钟后，小鹿开车过来了，摇下车窗。隔着院墙，在昏暗的路灯光里，吴小莉只看见小鹿口罩上方的眼睛闪着光。她怕惊动智也，不敢开门出去。小鹿与她对视了几秒，摇摇手开走了。

吴小莉上楼进了卧室，微信语音来了，小鹿说，我没法判断情况怎么样，他夫妻两个都在睡。吴小莉急切地问，那你见到他了吗？小鹿说，见是见了，门拍了很久才开，可能有人给他们送的饭，也没怎么吃，他好像不认识我了似的，不知道是睡迷糊了还是本来就不大认识我，我都把口罩摘下来给他看了……吴小莉担心又着急地说，你不该摘口罩！小鹿说，着急呀，顾不得了，反正就那么一小会儿……语音断了，吴小莉估计是又有电话打给小鹿了。

吴小莉急急地在手机上百度新冠肺炎症状，说什么的都有，她心里更乱了方寸。吴小莉想起居委会送来的纸质通知，马上找了出来，拨打上面留的电话。接电话的人说，知道了，但是现在医院床位紧张，马上联系试试。吴小莉又打120、114，所有能查到的可能有用的电话，她都打了，反复地打，一直打到救护车的声音响起，那时已经快半夜了。她跑下楼去。智也还没睡，追下楼来问，你上哪儿去？吴小莉说，你不用管。智也在后面说，你不能出去！吴小莉已经迅速打开门冲了出去。

吴小莉赶到小院门口时，程诚妈妈已经进了救护车，程一帆刚刚在担架上抬出来。吴小莉想走上前去，被穿防护服的人阻止了。程诚妈妈听见了她的声音，挣扎着抬起头朝着她的方向说，拜托你……照顾程诚……我起不来了，没法……谢你。吴小莉带着颤抖的哭音说，别说了，你会好的。程诚妈妈虚弱地说，求你……答应我。吴小莉哭着说，我答应你。程一帆的担架也抬了上去，吴小莉不再哭，冲着救护车大声说，你只要想到：活下去！不许想别的！答应我！程诚妈妈说，我……答应。然后，就没声了。程一帆始终没有声音，吴小莉拼命想看清他有没有点头之类的表示，然而，他被遮挡得太严实了，她什么也看不到。急救车无声地开走了。吴小莉留意到了它的无声，可能夜深了，怕在小区里扰民，也可能怕在更大的范围内引起恐慌。

从这天晚上走出家门，吴小莉就变得无所畏惧了，她几乎每天从早到晚都在外面奔波。智也不再约束她，也约束不了她了。他自己联系的防疫物资从日本发过来了，他也要出门去协调接收和发放。

吴小莉参加了小区的志愿者团队，每天都在帮助大家送菜送防疫物资，还有为小区里子女不在身边的老人采买生活用品。她不知道自己为何如此拼命，她只知道自己停不下来。她已经很多年没有跟一群人协作去做一件事了，她一点不觉得苦和累，也一点不觉得为难和打怵。她很奇怪，自己这么多年为什么对出去工作感到如此恐惧？

她的生命能量好像忽然苏醒了，如同惊蛰之后的动物。再次投入生活，真好！感觉到被人需要，就仿佛找到了存在的价值，就恍若成为了生活的主人。这种感觉真令人踏实。

她白天忙，夜里脑子也闲不下来。一天夜里，她平静地躺着，想着明天将要做的工作，居然是很期待。从前的她，可绝不是这样的。她突然有所顿悟，是曾经的层层累加的压榨，使自己走上了不归路，但是，职场并不总是会那样的呀。有句话说，没伞的孩子跑得快，而她呢？是没伞的孩子，一旦拥有了一把伞，就格外害怕失去，一直固执地打着，不知道雨早已经停了。正因为无论风雨阴晴都打着伞，她才看不见这个世界了。

早上醒来，想到昨晚的顿悟，她感到一丝懊恼，为什么要等这么多年才能顿悟呢？她感觉一场漫长的雨，终于在心里结束了。阴晴风雨，原本都是正常的，只是她一度被淋怕了，心就一直没有从雨中走出来。

程一帆夫妇还没有确诊是不是新冠肺炎，但也不允许探视，她只能日日夜夜祈祷。如果真有什么情况，小区会通报的，她在的志愿者组织也会首先知道，所以，没有消息就是最好的消息。

小鹿可能太忙了，她发微信过去，她开始还偶尔回一下，后来干脆不回了。吴小莉体谅她忙，连智也这个日本人都为中国疫情忙起来了呢，小鹿这个最早忙起来的人，能不更忙吗？

吴小莉也抽空打电话问了问父母的情况，母亲说，一直不出门，应该没问题，就是毛毛女朋友吹了，整天拉着脸，我们看着也很不安逸。吴小莉问，怎么吹了呢？女朋友不是说在成都过年的吗？我还以为带回家里来了呢。母亲叹气说，挣那么点儿钱，怎么耍得起女朋友。吴小莉说，年纪轻轻，有手有脚有脑子，钱不是可以慢慢挣的吗？还愁过不下去。母亲说，说是这么说，你现在不愁吃不愁喝的，理解不了他啦。吴小莉怔住，居然连母亲都怀疑她的话不是出自真心了，可见，走出家门不过这么几天，她的心态已经发生了多么大地变化！好像换了一个人。她仿佛走了一圈，又回到原点，换了一种心情重新出发。

初九那天下午，程诚从老家回来了，他不知道父母生病的事情，只是联系不上父母很着急，就跑来了，到了却发现那个小院已经封了。孩子懂事了，没有贸然上门，而是发微信向吴小莉了解情况。吴小莉赶快离开志愿者团队回到家，程诚在家门口等她。

彼此都戴着口罩，只露出眼睛，但她简直不敢看孩子的眼睛，心里好酸楚。她该怎么跟这个可怜的孩子说呢？她不想在门口跟他说，让他回家吗？她不知道智也什么态度。孩子的目光一直在期待着她说点什么，最后她心一横说，先跟我回家吧。

孩子在洗手消毒的时候，她站在旁边说了他父母的情况，尽量轻描淡写。她不想面对面坐着说，那会显得更严重，让孩子更紧张。孩子停了一下，又继续洗完手，擦干，说，我要去看他们。吴小莉说，你哪儿都不能去，现在就上二楼，住在那间客房里，衣服全部换下来我给你洗，行李我一会儿消完毒给你送上去，吃的喝的我给你送到房门口。孩子呆立了一会儿，乖乖地跟着她上了楼，她把WIFI密码告诉了他。

傍晚智也回来，她跟他说了程诚的事情。他显然对吴小莉的自作主张既惊讶又不满，他说，你怎么着也该跟我商量一下吧？吴小莉能听出他的弦外之音：他才是这所房子的主人。吴小莉说，你让孩子到哪里去呢？你要是不同意，我就跟他出去住，无论如何，我得收留这个孩子。智也不以为然地笑了一下说，出去住？住哪里？吴小莉说，宾馆，或者我父母家，让他们去我姐姐家住。智也说，都不容易的，现在。他边往楼上走边说，算了，就这样吧，多加注意就是了。

因为要照顾程诚，吴小莉参加志愿者行动少了一些。但老是联系不上小鹿，她觉得是个大问题。她给小鹿发了很多微信，她一条都不回复。

正月十二那天上午十点多，小鹿回了一条：我在发烧，现在略微好一点儿，过一会儿去见你一面，跟那天一样，不下车。吴小莉没有去当志愿者，专门在家等她。可是，等到中午，她还不来。吴小莉着急了，又开始发微信问她，怎么还不来？何时来？直到晚饭时分，她还是没有回复。吴小莉简直急疯了，不停地走来走去，连五分钟都坐不住。她煲了鸡汤，准备让小鹿带回去，可是，将近一天过去，鸡汤都快熬干了。她唯一的心理安慰是，也许她的团队又来了紧急任务，她走不开。晚上十一点多，小鹿回复了一条：我到荷兰去了，你好好的。好想你给我一个拥抱啊。

抽风啊？这个时候去荷兰！她赶快给她连发数条微信，不要去！不要发疯！赶快到我这儿来！吴小莉的微信铃声是蝈蝈叫，发出去之后，她就特别期待着蝈蝈的叫声，可是，直到她睡着，蝈蝈叫了无数遍，都不是来自小鹿。这些年来，感觉小鹿一直在她耳边"废话"，现在她不作声了，吴小莉才觉得世界似乎变了一个样子。

她第二天第三天继续发：你再不来，我就去找你了！快回复我！可是，仍然没有一次蝈蝈叫来自小鹿。实际上，她根本不知道怎么去找她，她从来没有去过小鹿的家。一直没有回复，也许，她真的是去荷兰了？

元宵节上午，她收到来自小鹿的一条微信：她已经走了！

这个混账女人，还真去了！不跟我见个面告别一下，就走了！她恨恨地想。

当天傍晚，智也回家，神情凝重地叫她坐下来，说有事要跟她说。她第一个反应是：他是要赶程诚走吗？她做好了一切准备，反正她不会放弃这个孩子。

她坐到沙发上，紧张地盯着智也的脸。智也说，小鹿走了，昨天夜里走的，她可能染上了新冠肺炎，没有确诊……

你胡说！她去荷兰了！她给我发微信说了。吴小莉凶巴巴地打断他说。但她脑子里同时闪过，小鹿曾为她去过小院……这件事智也不知道，他压根不知道小鹿来过小区和小院，所以他才这么说，为了让她好受点。他以为，如果真实地告诉吴小莉，小鹿是在来见她的路上出了车祸，她会更加难受。小鹿被送到医院后只在当晚醒来了一小会儿，就是给吴小莉发微信说"去荷兰"的那会儿。也许，她就是为了这条微信才让自己醒来了一会儿。

你还收到她什么消息？智也问。

吴小莉打开手机，找到来自小鹿的最后一条微信，伸到智也面前说，你看，她跟我说，她走了！就是去荷兰了。

智也说，你再看看那句话，会是她发的吗？

吴小莉看着那几个字，可怕的清醒瞬间划过大脑。但她仍然不愿意承认。

那是别人发的，我也收到了，我刚刚从她那里回来。智也从随身的纸袋里抽出一个卷轴，放到吴小莉面前，说，这是她留给你的。说完垂下头去，仿佛再也没有力量去看吴小莉。吴小莉一眼就认出那是明石姬和源氏的卷轴画。

我要去找她！她猛地站起来，鞋都不换就要往外走。智也从背后抱住了她，她挣脱不开。智也说，你冷静，你找不到她了，我们都找不到她了……

吴小莉拼尽全力甩开智也，一头撞到了墙上，她听见智也说，我靠……然后，她什么都不知道了……

她醒来时已经是夜里，智也和程诚在床边守着她，一个坐着，一个站着。她本能地去摸自己的额头，摸到了纱布。他们俩都靠近来。

回自己……房间去。她微弱地对程诚说。

不要紧了，他回来已经一周了。智也说。

我没事，你们都去……睡吧。吴小莉说。智也让程诚去睡了。吴小莉又让智也去睡，智也说，我不困。

吴小莉说，我没事，你去睡吧。智也没动。她突然凶暴地说，你怕我为她去死，是吗？我才不会呢！

她开始滔滔不绝：她说，她可不想作为死人躺在那里被活人观看，你看，她说到做到了，算她狠！我恨她！谁允许她这么做的？她觉得可以这样对待我吗？她错了，我绝不原谅她！我才不会哭呢，我就不为她流一滴眼泪！我就要拆穿她的游戏，我就不配合她，我就不承认她死了，好吧，她死也白死了！

智也的眼泪开始流下来。她挣扎着爬了起来，智也说，你要干吗？她说，我没事，就是去上个卫生间。智也把她扶到卫生间门口，她木木地挪了进去。她站在洗脸池前，不看镜子，低着头捧了水拍到脸上。她抬起头，终于从镜子里看到了自己，她呆怔地看了几秒，眼泪突然开了闸，倾泻而下。我还活着，小鹿死了！她号啕大哭，站立不住。智也打开门进来，扶住了她，她在智也的搀扶下踉跄地奔到床边，跌倒在床上。

她躺着，一闭上眼睛，眼前就是小鹿，她的展颜一笑，她的朝霞一般的脸，她的孩子一样吧啦吧啦地说话，她的喜怒形于色，她嚣张而毫不自知的鞋跟声，她的风风火火不管不顾……她一睁开眼睛，那个活生生的现实就会触目惊心地横亘于她的意识中：那个活色生香的小鹿消失了，世界上没有她了！这个意识，带着两扇大铁门猛然关闭的绝响，在她心里炸开，无限炸开，令她感到即将昏死过去的晕眩。

她从来没问过小鹿为什么对她这么好，当她想起来问时，她已经不在了……她知道为什么了，就是为了让她有一天这么难受。我就不难受！我偏不难受！……但是，她的泪汹涌地流着，心被利爪撕扯着……

吴小莉没有太多时间为小鹿悲痛，第二天晚上，医院通知，程诚妈妈走了，不是新冠肺炎，是风湿性心脏病夺去了她的生命。程诚的悲痛，似乎摆在了她的悲痛的前面，她必须为孩子擎起一片天。程一帆的病情还不知怎样，吴小莉来不及去想其他。

智也要回日本了，公司他已经请了职业经理人来打理，短期内他不会再来中国工作了。经过这次疫情，他觉得跟家人在一起更重要。他把别墅过户给了吴小莉，作为她此后的生活来源，怎么处理全凭她，他就不再给她赡养费了。同时，他留给吴小莉十万块钱，作为她独立生活的启动资金。

智也是正月底走的，在临走前的最后一顿晚餐，程诚到厨房去端汤时，他认真地看着她，说了一声，对不起。吴小莉瞬间眼圈红了。她不能不感慨，迄今为止，这辈子最长的时间，居然是跟这个对她说对不起的人一起度过的。这个继子不像继子，亲戚不像亲戚的人。

他又何尝不感慨，只有他，同时知道两个女人的秘密，她们对他几乎发出了相同的恳求：不要让对方知道自己的秘密，否则就是毁了自己。她们都太害怕失去自己看重的东西了，虽然她们所看重的是如此不同。

智也承诺，把毛毛办到日本去留学。吴小莉觉得这是他送给她全家的最好的礼物。

智也只把大岛先生的骨灰盒、大岛夫人的遗像带走了。他想把桑桑的骨灰盒也带走，吴小莉婉言请求他留下，他答应了，只带走了桑桑的许多照片。留给吴小莉的，只有一张大岛先生的遗像，这是她婚姻所剩的全部。

吴小莉只送给智也一样东西——明石姬和源氏的卷轴画。她说，你把它带回日本吧。智也迟疑着不接，她说，做个纪念。他接了过去。

程一帆脱离危险后，程诚去隔着玻璃看望过他。程诚回来时，吴小莉在家门口等着他，两人什么都没有说，就一齐眼圈红了。她觉得孩子长大了，长成大人了。

晚饭后，两人正在收拾碗筷，程诚突然说，爸爸知道妈妈走了，他还说，谢谢您。说完，放下手中的碗，恭恭敬敬地对着吴小莉鞠了一躬。吴小莉本能地想去扶起他，但手里拿着盘子和筷子，一下又腾不出手来。程诚又说，这是替我妈妈感谢您。说完，就快步上楼去了。

吴小莉那天夜里在床上辗转了很久，程诚妈妈的影像在她脑子里徘徊不去。对于这个可怜的女人，她心里还是怀有某种不安，虽然她自忖没什么对不起她的，可她毕竟太可怜了呀。她觉得她不是死于疾病，而是死于自己的命运。或许，她的不安来自这里？

可是，命运这东西，谁又能说了算呢？

三月的雨后，玉兰花开了，打开窗子，春天的气息扑面而来，直冲肺腑。吴小莉站在窗前，闭上眼睛，专心地感受着春天新鲜健康的气息缓缓吸进肺里……这个春天，这是最宝贵的身体感觉了。

程一帆要出院了。一大早，她带着程诚在医院门口等待着，等待着他从里面走出来。

这次，他们还会脸红吗？

图书在版编目（CIP）数据

结婚年 / 李美皆著 . -- 北京：作家出版社，2022. 1

ISBN 978-7-5212-1627-1

Ⅰ. ①结… Ⅱ. ①李… Ⅲ. ①长篇小说 – 中国 – 当代

Ⅳ. ①I247.5

中国版本图书馆 CIP 数据核字（2021）第 242022 号

结婚年

作　　者：李美皆

责任编辑：兴　安　朱莲莲

封面设计：意匠文化·丁奔亮

出版发行：作家出版社有限公司

社　　址：北京农展馆南里 10 号　　　邮　　编：100125

电话传真：86-10-65067186（发行中心及邮购部）

　　　　　86-10-65004079（总编室）

E-mail:zuojia@zuojia.net.cn

http://www.zuojiachubanshe.com

印　　刷：三河市北燕印装有限公司

成品尺寸：152×230

字　　数：250 千

印　　张：20.25

版　　次：2022 年 1 月第 1 版

印　　次：2022 年 1 月第 1 次印刷

ISBN　978-7-5212-1627-1

定　　价：48.00 元